U0927960

MINGUO TONGSU XIAOSHUO
DIANCANG WENKU

茜纱窗下·情海恩仇

民国通俗小说典藏文库·冯玉奇卷

冯玉奇◎著

中国文史出版社

目　　录

茜纱窗下

第一回　命运多舛　得意竟反成失意 ………………………………… 3
第二回　世道崎岖　姊妹遇优劣各别 ……………………………… 19
第三回　巧舌如簧离间手足情 ……………………………………… 35
第四回　窥影自怜凄凉倩女心 ……………………………………… 53
第五回　香饵垂钓虚荣女失足 ……………………………………… 69
第六回　离奇身世芬姑娘抛家 ……………………………………… 86
第七回　患难之中方见知心人 …………………………………… 103
第八回　心如止水从此冷爱河 …………………………………… 118

情海恩仇

第一回　仆仆风尘　姊弟长途闲磕牙 …………………………… 139
第二回　斑斑泪血　鸳鸯棒打痛满怀 …………………………… 153
第三回　兄妹献殷勤　目的只为他 ……………………………… 172

第四回　荒山嬉行猎　娇娃几遭殃 …………………………………… 186
第五回　堕身削壁幸遇多情女 …………………………………………… 201
第六回　百般温存难博爱怜心 …………………………………………… 215
第七回　知女身有托瞑目九泉 …………………………………………… 230
第八回　目的均未达计远思长 …………………………………………… 245
第九回　相思难如愿留书出走 …………………………………………… 256
第十回　情海报恩仇人月两圆 …………………………………………… 269

附　录　从鸳鸯蝴蝶派谈到冯玉奇小说 ………………………… 裴效维 281

茜 纱 窗 下

第一回

命运多舛　得意竟反成失意

这里是一间很宽畅的工厂房，里面布满着一排一排的全都是摇纱的机器。在每一架机器旁都有一个女工在静悄悄地工作着。她们似乎都觉得有些疲倦，所以看她们精神都很萎顿。原来这已经是深夜三点的时候，她们都是夜班工作者，所以在五更的时间内，她们几乎都有些睡意了。机器的声音是非常嘈杂，类如皮带在铁轮上滚过，马达在轧隆轧隆地作响，整个厂房里好像是落着狂风雨一样，洒洒的音韵，差不多把耳朵都震聋了。但这些女工们也幸亏这不停的声响来赶走她们的睡魔，使她们在疲倦中勉强振作一些精神出来。

不知不觉地在玻璃窗外慢慢地透露着一线曙光来，显然在东方的天半际已发现了鱼肚白的颜色。这时那些女工们的心中，都滋长了一种希望和安慰。就是不多一会儿，她们便可以回到家中休息睡觉了。果然，一阵呜呜汽笛的长鸣，这是放工的表示。大家这就把干完的工作匆匆收拾，拿到账房间里去记了账，然后各自拿了饭匣子，像鱼贯地走出厂房去了。

柳荷芬也是大中纱厂的女工之一，她的年纪还只有十九岁，生得修短合度的身材，容貌倒着实生得很美丽。假使她是出身在豪富之家的话，那不用说，她当然是一个美艳的千金小姐，如何会干着女工的生活？至少她还在学校里读书，要如聪明一些，当然还有出国留学去镀金的希望。不过所可惜的，她很不幸的是生在贫苦的家庭里，所以从小就没有受过高深的教育。算起来她大概读了两年书，其实这就等于没有读过书一样。所以荷芬虽然并不是目不识丁之辈，但可怜她连普通一封信都不会写。你想，她不做女工，还有什么事情可以让她有能力来担任呢？

她此刻拖着疲倦的步伐，踏上了归家的道路。虽然已经是初春的季节，但早晨的天气还是寒冷。尤其是一夜没有睡过觉的人，吹着晓风，更觉砭骨生寒，全身会有些发抖。柳荷芬的感觉上，有些头重脚轻地不舒服，两眼望到街上的景物，似乎也有些昏花的样子。她这时恨不得一步跨到了家里，但事实上是不可能的。她想乘车子回家，但又舍不得钱，因此只有一步挨一步地向前面走。

“荷芬姊，荷芬姊！我找了你大半天，谁知你先悄悄地走了哩！”

“自珍妹，我因为也找不到你，还以为你自己先走了。”

忽然一阵急促的呼声送入荷芬的耳中。她遂急忙回头去看，原来是同事耿自珍，于是停止了步，微笑着回答，表示等着她走近的意思。

耿自珍今年还只有十八岁，比荷芬小一岁。她们是坐在贴隔壁的机器旁工作的，因为彼此接近的关系，所以两人比较知己一点儿。荷芬住在公平路，自珍住在华建路，所以两人从厂里放工回家，是可以结伴而行，因公平路和华建路是只有差一条马路。这时自珍紧走了两步，走到荷芬的身旁，向她脸上望了一眼，便低低问道：

“你脸色多可怕的，汗毛孔都一根一根竖着，你觉得冷吗？”

“还好，这是因为一夜没有睡的缘故，你的脸色也不见得好呀。”

荷芬摇摇头回答着，她脸上浮现了一丝苦笑。自珍伸手摸一下自己的面颊，又望了荷芬一眼，低低地说道：

“我倒不觉得什么，我见你身子也在抖着呢。因为我体格比你强壮，像你这么娇嫩的身子，恐怕受不了苦，实在是不宜做夜班的。”

“但是厂方派到了身上，又有什么办法呢？所以像我们这种生活不正常的人，将来的寿命一定会减少的。不过苦命的人，多活在世上也没有意思，倒不如早死早干净，可以免掉许多的烦恼和痛苦。”

荷芬听她这样说，遂无限感慨地回答，她忍不住深长地叹了一口气。耿自珍拍拍她的肩胛，却并不以为然的样子，劝慰她说道：

“荷芬姊，你太消极了，为什么老是有这种悲哀颓伤的思想呢？比方说我吧，和你不是一样在世界上受着苦吗？可是我却很乐观，做人总要做，眼前吃苦算不了苦，我们年纪轻，说不定我们将来也会过好日子的。”

“你这话虽然对，但是我和你的环境却有些不同。”

“你这话可有趣了，我们同样是个工厂里的女工，一样环境、一样身世、一样苦命，这又有什么不同呢？”

自珍笑了一笑，颇有些倦意的睡眼向她怔怔地望着，表示有些奇怪的意思。荷芬却一本正经的态度，哧的一声，说道：

“比方说，你的爸爸还在做生意赚钱，对于你家庭中的生活负担，你爸爸会完全负了去的，那么你工作得来的钱，你自己可以花费着用。假使今天发了工资，你见到欢喜的衣料或是鞋袜，你便可以随心所欲地购买。至于我呢，那就和你完全地不同了。爸爸固然失业在家里，还要喝酒赌钱，赢的时候，他便买酒购烟地消耗了；但输的时候，这一笔赌债，却又是我的倒霉。再说妈又是疼爱妹妹的人，妹妹不做事情，在家里只知道吃穿，打扮得花枝招展似的。我一个人好像是牛马，一天到晚苦着苦着，永远就没有出头的日子。”

荷芬说完了这几句话，她心中是哀怨到了极点，一阵子悲酸，眼泪便扑簌簌地滚落下来了。自珍听了，方才觉得她的环境果然比自己更加恶劣，一时很同情地叹了一口气，遂低低地问道：

“你妹妹几岁了？”

“她也有十六岁了。”

“那么她也可以到工厂里去做事情呀。大家负担一些开销，那么你的肩胛也可以减轻一些责任，怎么能压在你一个人的身上？哼，我不是爱多管闲事，你爸妈也太偏心一些了。”

自珍心直口快愤愤不平地说，她表示代为有些气愤。但荷芬没有回答什么，她的脸色更加惨白一些，是因为心头凄凉的缘故，所以她全身也越加抖得厉害。自珍见街旁有点心摊贩，遂拉了拉荷芬衣袖，说道：

“荷芬姊，你也不要难过，我们肚子也饿了，还是吃些点心再走吧。肚子里唱空城计，我们的精神也越发萎靡起来了。”

“不，我没有饿……”

荷芬的腹内虽然也咕噜咕噜地响着，但是她咽了一口唾沫，还摇摇头回答。自珍逗了她一个媚眼，微微一笑，说道：

“荷芬姊，你别急，我请客呀。”

“我知道，不过我们辛辛苦苦赚来的钱，用你的和用我的这是一样地舍不得，所以我的意思还是回家去吃泡饭吧，节省一些下来，还可以买别的日用品。”

“吃一些点心，这也省不了多少钱。荷芬姊，你不要客气，我们坐下来吧。”

自珍却不知在乎节省这一些钱地说，她拉了荷芬的手，硬要她一同在点心摊旁的那一条长凳上坐下了。荷芬觉得情意难却，只好不再客气了。自珍遂向摊贩吩咐，说拿两万元一碗的线粉油豆腐汤共两碗，荷芬低低说道：

“两万元太多，我吃不了，我的一碗买一万元好了。”

“你又要肉疼钱了？今天二十九号，再过两天可以发工资了。我的钱不用去一些，藏着也没有什么用处。为人在世，最要紧是吃些穿些，钱太多了，死了又不好带到棺材里去，所以我想得顶明白。”

荷芬知道在她的环境里可以吃点儿穿点儿，但是在自己的环境里就不允许这么舒服了，因此向她苦笑了一下，却没有作答。两人在吃线粉油豆腐汤的时候，自珍又低低地说道：

“这个月的生活指数不知要升几万倍，我想物价这样天天上涨，至少要升十万倍以上吧。”

“就是升十万倍以上，也无论如何跟不上物价的。你想，白米已超出两百万大关，这年头儿生活真有些过不下去。”

“唉，你记得刚胜利的时候，白米卖多少钱一担呀？”

“这倒记不起了，大约三四万元钱一担吧？想不到涨上一百多倍呢！真要不得！”

“两位小姐，这年头儿比从前更不行啦。我们做小生意的也是本重利轻，起五更，落半夜，辛辛苦苦地站在马路上做买卖，也赚不到什么钱，吃一口苦饭还觉得很勉强哩。照此下去，米价一千万的日子也会到来哩。”

那个摊贩听她们互相地说着话，遂也叹着苦经地插嘴。荷芬和自珍虽然并没有回答他，但她们却不约而同地齐齐叹了一口气。

有了一碗热气腾腾的线粉油豆腐汤吃到肚子里，两人的精神果然振作了不少，就是风吹在脸上，也没有像刚才那么地感到寒意了。自珍抢着付了钱，荷芬只好老实不客气地向她说了一声谢谢，于是大家又急急地赶路回家了。

公平路公平里先走到，自珍向她说声回头见，她一招手，便向华建路走了。荷芬便走进弄堂，来到十六号后门口，只见母亲蓬了头发，正在洗便桶，遂向她叫了一声妈，管自地走到后楼去了。

后楼的面积当然比前楼小，但里面却还铺了两张床。一张床是荷芬姊妹俩睡的，还有一张床当然是她父母睡的了。荷芬是个十九岁的姑娘了，她觉得父母睡在一个枕上的情形，在冷天里倒还没有什么刺眼；假使在大热的暑天里，她就觉得很不雅观。女孩儿年纪大了，多少要避一些嫌疑，所以她主张在后楼再搭半个阁楼，给自己睡在阁楼上。荷芬这意思她父母也赞成，所以荷芬现在睡的地方就在阁楼上。其实说起来，那只能算为是阁板，因为上面也不用什么床铺，更放不下什么桌椅，无非是荷芬爬上去躺下来一个睡铺而已。

荷芬因为在外面吃过点心，所以她也不想再吃泡饭，就爬到阁楼上去睡下了。柳太太倒了便桶上楼，见荷芬已睡了，便开口问道：

“阿芬，你泡饭吃了吗？”

“嗯，我疲倦极了，睡醒再吃吧。”

荷芬应了一声，低低回答，她并不告诉在外面已吃过点心，是因为怕妹妹听见了又会吵闹的。果然，荷茵这小姑娘像鬼精灵似的“嗯”了一声，说道：

“姊姊在外面一定吃过点心的。”

“我吃了点心，你便怎么样？”

荷芬因为心中气愤不过，遂忍不住恨恨地说。荷茵很不老实的语气，也大声地说道：

“你吃点心，我也要吃点心，谁要吃泡饭啦？现在是民主国家，应该一律平等，我为什么要委屈一些呢？”

“你这小姑娘真是不讲理，你姊姊会赚钱，维持我们一家生活，你怎么能够呢？所以你如何能学姊姊的样子？”

这两句话本来荷芬要说的，现在被爸爸说出来，于是自己也就不开口了。荷茵听爸爸也帮着姊姊骂自己，心中又气又恼，忍不住一面哭，一面兀是不甘示弱地说道：

“哼！她做女工赚一些钱算得了什么稀奇？我明天也找工作去，准比她赚得多一些回来。姊姊不过给你吃两杯高粱而已，我明天给你喝白兰地、为司克，看你还说我不会赚钱吗？”

“你这孩子，真是越发没了规矩，敢唠唠叨叨顶爸爸的嘴？我瞧你有什么工作好做？做女工不肯去，做女职员没有学问不够资格。我看你呀，只会住在家里吃穿，还会吵嘴而已。”

柳金虎被女儿一顶嘴，心里也气恼起来，遂恨恨地骂出了这几句话。柳太太连说：

“好了好了，大清早吵闹些什么呢？被邻居们听到了，岂不是笑话？”

在她这些话中至少还有些庇护小女儿的意思，但荷茵心中认为自己被爸爸骂了，这是给姊姊得了意，所以她感到委屈得什么似的，忍不住抽抽噎噎地哭个不停。结果还是柳太太说了好话，并且去买了点心来给她吃了，荷茵才气平不哭了。幸亏荷芬已经酣然入梦，所以她没有知道，否则她心中自然也会十二分地气不过。

等荷芬一觉醒来的时候，已经是下午一点钟了。柳金虎坐在桌子旁，一个人喝着酒。柳太太正从楼下盛了饭菜上来，抬头见阁板上荷芬已经醒着了，遂低低问道：

"你睡畅了没有？我给你倒脸水，快下来洗脸吧。洗好脸吃饭，已经一点多了呢。"

"妈，妹妹到哪里去了？"

荷芬一面跳下阁板来梳洗，因为不见荷茵的人，遂悄悄地问。柳太太叹了一口气，说道：

"这孩子个性太强硬，因为你爸爸说她不会赚钱，所以她赌气出外找工作去了。十点钟走出，直到此刻还没有回来呢。"

"妹妹说话太过分，为什么老是跟我作对呢？我这么辛辛苦苦工作着，我何尝曾经吃得好一些、穿得好一些？她还要这样气不过我，叫我心里恼不恼？我说妹妹也太以想不明白。"

"荷芬，你不要难受，这种小孩子，你理她做什么？她说的只当她是放屁好了。"

柳金虎一面喝着酒，一面便好言地安慰着荷芬。因为他握着杯子的时候，想到了饮酒思源，他当然是要向他大女儿拍马屁了。荷芬却没有作答，微微地叹了一口气。柳太太已盛了饭，叫荷芬一同吃午饭了。

傍晚的时候，荷芬提了饭匣子，又要到工厂里去做夜班了。但这时候荷茵却仍旧没有回家，柳太太恐怕小女儿在外面发生了意外祸水，所以向柳金虎忍不住吵了起来，说他不该责骂她，现在这孩子一去而不回家，这人到底上哪儿去了？万一闯下了什么乱子，那可怎么办？正在吵闹之间，荷茵却回家来了。荷芬知道妹妹存心不良，是故意叫人急急的意思，遂也不说什么，管自地到大中纱厂去了。

荷芬走到提篮桥过去的时候，忽然前面来了两个小流氓拦住了荷芬，七搭八搭地向她调戏起来。荷芬见四下很冷静，而且天色已夜，所以心中又急又怕，红了两颊，也不开口，预备夺路奔逃。不料这两个小流氓见她是一个单身女子，很可以欺侮一下，于是动手动脚起来，还贼秃嘻嘻地笑道：

“小妹妹，你放工回家了吗？夜饭吃过没有？我们请客好吗？”

“不要啰里啰唆，你们快走开吧！”

“嘻嘻，小妹妹板面孔了，不要生气，我们一遭生两遭熟，大家交一个朋友也没有关系呀！阿狗，你瞧小妹妹脸蛋儿生得多漂亮的！”

“还有两座喜马拉雅山真是又挺又结实，让我来摸一摸窝窝心，哈哈，好像沙利文奶油面包。”

荷芬被他们这么无廉无耻地调笑着，一时急得芳心像小鹿般地乱跳，几乎要哭起来了。正在万分危急之下，忽然见斜马路内驶出一辆自备汽车来。荷芬在情急万分的时候，只好高喊救命起来。那汽车里的人听有女子呼救之声，遂把汽车停下，开了车厢，跳下身子来瞧仔细。两个小流氓一见汽车停下，知道事情不妙，遂急急地逃之夭夭了。荷芬见车厢里跳下的那个西服少年已走到了自己的身旁，并且问道：

“喂，怎么？你被暴徒抢劫了东西吗？”

“不，他们拦住了调戏我。”

荷芬绯红了两颊，低低地告诉。那个西服少年听她这样说，倒忍不住笑了起来，遂向她望了一眼，这就暗想：原来是个挺好的模样，怪不得有人去调戏她了。遂又问道：

“你受了亏没有？”

“没有，谢谢你搭救了我。”

荷芬摇摇头，一面道谢，一面管自地走了。那少年见她娇羞的神情，这才想到自己这句话问得太鲁莽，因为人家是一个女孩儿家，就是受了亏，也不肯向我一个陌生男子告诉的。因为见她仍旧向很冷僻的马路上走去，一时不免代她暗暗地担心，万一再有什么暴徒向她调戏，她不是真要受委屈了吗？这个少年倒是个很多情的人，一时起了爱怜之心，遂连忙赶上去叫道：

“喂，你慢些走。”

“先生，你……还有什么事吗？”

荷芬虽然是回过身子来了，但她心中却感到有些害怕，颦锁了柳眉，猜疑地问。那少年倒是愕了一愕，眸珠一转，说道：

“我问你此刻上哪儿去。”

“我……我……”

“是不是回家去？”

“不……”

“不管你上什么地方去，我想你走的那条路太冷静，要不要我用汽车送你去？”

那少年见她支支吾吾的似乎不好意思告诉的样子，一时很感到奇怪，但为了使她明白自己是一番好意起见，于是便老实地向她说明了。荷芬听了，方才恍然有悟，一时暗想：这少年不知是好意抑是歹意？但转念一想，人家是个公子哥儿，总不见得会看中我一个做女工的女子，我难道还怕他来抢劫我什么东西吗？在荷芬这么沉吟之间，那少年似乎已明白了她的意思，遂微笑着说道：

“没有关系，你不要客气吧。”

“先生，我真感谢你。”

随了荷芬这一句话，那少年已走到车厢旁，把手一摆，是请她坐上车去的意思。荷芬见他叫自己同车夫坐在一起，心里有些奇怪，但也不去加以思索，遂跳上车厢坐下。回眸见车头上座位里并没有车夫的，接着那少年从另一面车厢门外跳上来，和荷芬并肩坐下。在这时候，荷芬才明白他自己会开车，所以用不到雇用车夫的。那少年一面关上车门，一面拨动机件，低低问道：

"你到什么路去?"

"杨树浦路大中纱厂门口好了。"

"哦，你是不是到厂里做工去？为什么在夜里?"

"因为我轮到的是夜班。"

荷芬点点头，有些难为情似的回答。那少年一面开车，一面向她粉脸望了一眼，觉得这个姑娘虽然是个女工的身份，但却生得美丽非凡，而且温文大方，绝无一些轻狂的样子，一时有些情不自禁，遂低低地又问道：

"你贵姓?"

"我姓柳，杨柳的柳。"

"柳小姐念过书吗?"

"念不了多少书，要不然，我也不会到工厂里去做女工。"

那少年见她很感慨的样子回答，似乎很表同情，皱了眉尖，说了一句："你家里很贫苦吧?"但既说出了口，心中却又好笑起来，暗想：这还用问吗？当然因为贫苦的缘故，所以才做工去的。于是连忙接着又问道：

"你爸爸有没有?"

"有的。"

"他不做生意吗?"

荷芬很不好意思地点点头，却没有开口回答，显然她有些羞愧的神情。那少年暗想：做父亲的不做生意，倒叫女儿做工去维持家庭的生活，这未免太苦了女孩儿家了。他想详细地问她家庭状况，预备帮助她一下，但仔细一想，我是一个大学生，难道还预备跟一个女工去谈爱情不成？这未免被人家笑话。那少年这样想着，于是不再多管闲事了。不过他总觉得这个女孩子很使人可爱，我譬如在别的地方多花费一些，还是送一些钱给她，也算我做了一件好事。那少年想到这里，汽车也已到大中纱厂门口停下，遂给她开了车门，荷芬向他连声道谢，一面匆匆地跳下。那少年忽然说道：

“柳小姐，你掉落一样东西了。”

荷芬听了心中奇怪，连忙回头去望。只见他从车窗内丢出一方纸包来，接着把汽车便呜呜地开远了。荷芬低头把那纸包拾起，这就目定口呆，弄得丈二和尚摸不着头脑似的怔怔地愣住了。你道为什么？原来这是一刀有封条扎好的簇新钞票，而且还全都是五千元的红关金票，显然这数目至少是一千万元钱。她想：我辛辛苦苦地做工，一个月的工资也不过两三百万光景。他竟丢给我这么多的钱，在我们穷人的环境里那不是发了财吗？但转念又想：他给我一千万元钱，这是什么意思呢？难道他爱上我了吗？荷芬这么一想，两颊热辣辣地发烧，忍不住连耳根子都通红起来了。但她立刻又连连摇头，暗想：我这人真在发神经病了，痴心梦想，那不是太好笑吗？人家是汽车阶级的大少爷，我是个怎么样的身份？他如何会来爱上我呢？假使他真有爱我的意思，他当然把钞票亲手好好儿当面交给我了。现在他这么一丢，把汽车就开走了，可见他是慈善心肠的好人，因为知道我家贫苦，所以很同情地赠送一些钱给我们用的。他一定还恐怕我向他道谢，所以很快地把汽车开走了。想不到这世界上竟还有这么侠义心肠的好青年，那我今夜可说是遇到财神爷一样了。荷芬这么想着，遂把钞票藏入怀内，欢天喜地地步入厂内去了。

这晚荷芬在厂里工作，她真有些心不在焉地胡思乱想起来，觉得这位先生真是难得，他完全是出于人类互助的同情心，他对我并没有存着丝毫的歪心眼。可惜我没有问他贵姓大名，否则也好让我记在心里感激着他。今生虽然没有资格可以报答他，但我希望来生能够嫁他做一个妻子。荷芬这么想着，两颊发红，连自己也难为情起来，啐了一口，暗暗地自骂着道：你这女孩儿家真是想痴了，你是个女工而已，你有福气想做有钱人家的太太吗？一会儿又想：等到来生的时候，也许我变成有钱人家的小姐了也未可知，那时候我当然可以报答他此生中的帮助之恩了。

常言道，心无二用，这句话是不错的。荷芬因为只管胡思乱想，所以把手里的工作也会弄糊涂起来，因此纱会摇断了两包。这么一来，管理员小张便对她严厉地喝骂，扣了工资不算，还要停她的生意。一班女工虽然都大感愤怒，可是都敢怒而不敢言，只有暗暗表示同情而已。可怜荷芬除了伤心流泪之外，她当然一句话也说不出来。

管理员小张为什么要这样凶恶地对待她呢？其中当然也有原因的。原来小张曾经色眯眯地对荷芬不老实过，那时候荷芬也不客气地向他教训过一顿，所以小张结怨在心里，正苦没有机会来报复，因而今天当然要公报私怨地格外对待荷芬凶恶了。不过在小张的心里，倒并非是真要停她的生意，无非要荷芬向他说几句好话，那么小张便可以做一个人情饶恕她一次。万不料荷芬这姑娘的脾气也是十分强硬，她不情愿向人家哀求乞怜。因为她明知小张利用职权来欺压自己，那么将来自己处处地方恐怕还要受到他的拘束，所以她情愿打碎饭碗，绝不肯表示一些懦弱的态度。

次早放工的时候，荷芬依然和自珍结伴回家。自珍见她脸色惨白得可怕，遂表示愤激而又感伤的态度，恨恨地说道：

“照理说，小张也没有停你生意的权力，这小子真是太可恶了。不过在这恶势力的环境之下，又有什么办法可想呢？所以我的意思，你就忍气吞声明天向小张赔一个不是也就罢了。否则，你失了业之后，一家生计又如何是好？”

“我情愿饿死，我也不情愿跟他说好话赔错，倒让他越发威风起来了。自珍妹，这个月工资，我托你代为领了来，过几天我到你家里来拿好了。”

“那么你决心不干了？”

“嗯，我想天下没有饿杀的人，不在大中纱厂工作，我不相信难道就会死了不成？”

“好，你很有志气，但我希望你在最短期间内能够找到一个更好的工作做。”

自珍紧紧地握了她的手，表示十分敬佩的样子，热诚地祝祷着说。但荷芬听了她末一句话，心中却又茫然了，她忍不住深长地叹了一口气。

荷芬黯然神伤地回到家里，她坐在桌子旁，显出闷闷不乐的神气。柳太太每天早晨照例地洗清便桶上楼来，一见荷芬这样惨然的表情，便低低问道：

“怎么啦？你跟厂里人吵了嘴吗？”

“嗯，我被厂里停生意了。”

荷芬有气无力地告诉，在她心中以为母亲得知了这个不幸的消息必定要十分忧愁和吃惊。谁知出乎意料之外，柳太太却不以为意的样子，淡淡地说道：

“停了就停了，本来这种吃不饱饿不杀的工作也犯不着干。荷芬，你不要难过，我给你弄稀饭吃吧。”

荷芬被歇了生意回家，心中就只怕被父母责骂，不料母亲不但没有埋怨，而且还温和地安慰她，一时感到母亲终究是爱女儿的，她非常感激得几乎流下泪来了。这时柳太太点旺了洋油炉子，把稀饭烧好，盛出来叫荷芬吃早餐，并且悄悄地告诉她说道：

“荷芬，你妹妹昨天出去了一下午，你道她在做什么？原来她已找着生意了。”

“啊！真的吗？妹妹找到了什么工作做呢？”

荷芬在万分失意之余，立刻又喜悦起来，遂展颜一笑，向她急急地问。柳太太笑嘻嘻地说道：

“荷茵这孩子平日只知道游玩，不料游玩也有游玩的好处，我也不知道她几时学会了跳舞，现在由她的小姊妹沈莉娜介绍，你妹妹从今天起，她到米高美舞厅做舞女去了。听说做舞女比做女工舒服，而且还可以赚大钱。据沈莉娜说，她每个月就有三四千万进益。你想，这和做女工不是有天壤之别吗？我也不希望荷茵赚三四千万，只要有一两千万一个月进账，那比做女工总强得多了。”

柳太太这一番话听到荷芬耳朵里，她乌圆眸珠一转，心中已经明白母亲所以没有埋怨我被停生意回家的缘故了。原来母亲的意思，她希望我能跟妹妹一样到舞厅里做舞女去。做舞女虽然比做女工舒服，而且能赚大钱，但做工到底是神圣的、清高的，拿自己血汗去换饭吃，这是多么有意义。然而舞女的名字总近乎妓女性质，给男子们搂抱着跳舞，至少是得牺牲女孩儿的色相不可。尤其是像妹妹那么年轻的女孩子，偶一不慎，更有失足的危险。荷芬在这么转念之下，她把笑容慢慢收起，低低地说道：

“妈，妹妹这么年轻的女孩子，她去做舞女，恐怕容易上人家的当吧。”

“你这话太会顾虑了，你自己失业回来，又叫妹妹不去做舞女，那么我们一家四口难道活活地饿死不成？”

柳太太听女儿有不赞成的意思，这就很生气地把面孔一板，冷笑着回答。荷茵在床上原没有睡熟，对于母亲和姊姊的话，她全都听明白的，这时便插嘴说道：

“谢谢姊姊的关心，但我是一个穷光蛋，我做舞女的只有问人家要钱，人家绝不会来问我要钱的，所以我会上什么当呢？从前姊姊做女工来养我，现在姊姊失业了，照理该是我养活姊姊了。”

“妹妹，我是好意关切你的前途，你不要误会我吧。”

荷芬觉得妹妹的话中多少包含了一些讽刺的成分，这就显出一本正经的神情，向她低低地解释。荷茵冷笑了一声，却并不作答。这时柳金虎也醒来了，他知道了荷芬失业的消息，反而呵呵地笑道：

“很好，很好，你们姊妹两个可以一同去做舞女。等三年舞女做下来，我可以变成大富翁了。你们每人三四千万一个月拿回来，姊妹俩人就有七八千万。除每月开销两千万，这也很惬意了。但还有五六千万一月可以积蓄哩。那我这两个好女儿不是变成了金元宝了吗？哈哈！哈哈！”

“爸爸，我不会跳舞，我怎么能去做舞女呢？”

金虎这些得意忘形的话，足以证明他是个无志无气在社会中那类寄生虫的典型人物。荷芬听了，心里真有说不出的怨恨，这就慌忙推托着拒绝。金虎也连忙说道：

“不会跳舞，那又有什么关系？可以慢慢儿地学习呀。”

“我学不会怎么办呢？”

“学不会？天下有学不会的事情吗？你妹妹比你年轻哩，她也学会了，难道你会这么笨吗？”

“爸爸，姊姊不赞成跳舞的，你就别劝她了，反正我会赚钱来养活她好了。”

“妹妹，你说话不要太欺人，我这儿有一千万元钱哩。妈，你拿去，我至少也有两个月可以坐吃哩。”

荷茵这些话把荷芬刺激得跳起来了，遂愤愤地把一千万簇新的钞票从怀里取出，交到柳太太的手里去说。柳金虎和柳太太本来要想把荷芬怒责的，如今突然看见了这一叠簇新的钞票，他们立刻把怒容变成笑容来。尤其是柳金虎，猛可从床上跳起身子，连叫“拿给我，拿给我”。他觉得这五千元的红关金在市面上还不多见到，他抱在怀内，哈哈地大笑起来，说道：

“好女儿，好女儿！你……你……这些钞票是打从什么地方来的呀？”

“不用问的，反正女儿是不会去偷去抢的。”

荷芬对于父亲见了钞票会笑的神情，她觉得真是有些卑鄙可耻，遂微咬了嘴唇皮子，恨恨地说。这时柳太太和金虎绝对不再谈起要她去做舞女的话，还叫她快些吃好饭休息，可以早些睡觉了，说什么当心身子，不要太受累了，夫妇俩人却一味地奉承她。荷芬觉得世界上不管父母子女、夫妇朋友，哪里及得来金钱的好呢？她非常地感慨，叹了一口气，放下碗，便也到阁板上去睡觉了。

过了几天，荷芬到自珍家里去取了工资。据自珍告诉她，说小张怒气已平，假使荷芬肯认错说几句好话，仍旧可以去复工的。但荷芬却认为好马不吃回头草，自己绝不愿无志无气再去复工。大家谈了一会儿，也就各自分开。荷芬觉得这样子老在家里空闲下去也不是个道理，所以东寻西找预备到另一家工厂里去工作。可是胜利以还，工商业并不见发达，而且女工太多，厂方因节省开支，只有纷纷裁员，所以一时之间，连找个女工职位都很不容易。

那时候荷茵在舞厅里伴舞已有半个月的日子了，每天收入虽不及沈莉娜那么可观，但半个月计算，也有八九百万元的数目。金虎夫妇两人真是欢天喜地，遂做好做歹地劝荷芬先到舞校里去习舞，然后也做舞女去。荷芬在到处碰壁之下，真是心痛万分，觉得上海女子的唯一出路，除了牺牲色相之外，恐怕是只好束紧裤带饿死了。为了不愿妹妹一个人来负担这一份家庭的生活，所以她含了沉痛的眼泪，只好委委屈屈地答应了父母的要求。

荷芬是个绝顶聪明的姑娘，她在半个月之内早已学会了各种不同的舞步，于是她由妹妹的介绍，也到米高美舞厅里去过着灯红酒绿的伴舞生涯了。

光阴匆匆，荷芬在舞厅里伴舞也有半个月日子了。她的容貌、她的身段都比荷茵美妙，当然在这以美色为值钱的环境里，荷芬的发红自然比荷茵更快。这夜有人叫荷芬坐台子，荷芬不知是谁，姗姗地来到座桌旁边，只见一个身穿西服的少年站起身来，表示相迎入座的意思，但两人四目相接之下，彼此都有一个感觉，真是好生面熟的。忽然大家都想过来了，一时都有些感到意外惊喜地忍不住“啊呀”一声叫起来了。

第二回

世道崎岖　姊妹遇优劣各别

柳荷芬见那个西服少年不是别人，原来就是慷慨仗义赠送一千万元钱给自己的这个好先生。想不到今夜会在舞厅里彼此又碰见了，因为在荷芬心中对他有着相当的好感，所以她自然觉得十二分的欢喜，但并不知道他的姓名叫什么，因此只“呀”了一声，也不知道该叫他什么才好。那个少年似乎也觉得这个姑娘有些认识，虽然有些记起来了，但他也不敢冒昧地相认，于是一面请她坐下，一面请她点了饮品，吩咐着侍者拿上一杯菊花茶，然后笑嘻嘻地望着她问道：

“你有些认识我吗?”

“嗯，不但有一些认识，而且我认识得非常清楚。在一个月之前，你把汽车送我到厂里，而且赠送我一千万元钱。我当初弄得莫名其妙，后来仔细一想，方才知道你是因为知道我家境贫苦，所以慈悲为怀地接济穷人的。我要向你道谢，但你把汽车已经开走了。我当时心中除了感激你之外，又非常不安，因为我受了人家的救济，但连人家的姓名都没有问上一声。现在我们竟又碰头了，那真叫人喜欢。我第一先得向你道谢，第二请教你的贵姓大名，我想你一定会告诉我吧。”

那个少年听她絮絮地说出这一大篇话来，又见她的神情是显得分外妩媚，因为她过去的打扮很朴素，现在有了一层装饰之后，自然觉得格外艳丽，遂笑着说道：

“柳小姐，你真是好记性，我告诉你，我姓朱叫家璧。过去这些小事情，你还谢我做什么？我早已忘记了。”

“朱先生，你的记性也不坏，你还记得我姓柳的。”

荷芬听他很大方地说，这就把秋波脉脉含情地瞟了他一眼，笑盈盈地说。家璧因为自己说忘了，此刻被她这么神秘地一提，倒也红了脸难为情起来了，遂忙说道：

“因为我记得你曾经解释过一句这个柳字是杨柳的柳，所以我好像比较有一些印象。柳小姐，你吸烟吗？”

家璧一面解释自己所以还记得的原因，一面又竭力掩饰自己的不好意思，他取出烟盒子来，打岔地向荷芬敬烟。荷芬很灵活地把火柴划着了，给他燃火，一面摇头说道：

“谢谢你，我不会吸烟的。”

“柳小姐，我觉得很奇怪，想不到短短一个月的时间内，你的环境怎么又转变到这儿来了呢？难道厂房工作不多吗？”

家璧吸着烟卷，慢慢地吐去了烟圈子，接着回头望了她一眼，又低低地问。荷芬听了，自然不好意思把自己因为胡思乱想以致误了工作被歇生意的话向他告诉，在这时候她也只好圆了半个谎，深深地叹了一口气，很怨恨地说道：

“一个地方有一个地方的黑幕，比方说工厂里，那些管理员是最可恶的，他把我们女工好像看作玩物一样。他喜欢跟你吃吃豆腐，你就只好忍气吞声地受他侮辱。假使你板了面孔，他就会把纱少给你工作，甚至于停你的生意。我就生成是个硬脾气的人，所以我的饭碗自然容易打碎了。”

“你这话很对，这和电影公司里女演员一样，要想红起来做个名角儿，就得向一班导演拍马屁不可。所以一班女明星的成名，大半都是以身体去换得来的代价。这固然是女子可怜的地方，但也是人心的险恶，大都利用职权来横行一时。总而言之，这是社会不良的现象。”

家璧点点头，很感慨地回答。他心中却在暗想：柳小姐倒是个很有自尊性的女子，倒不能把她当作一个普通的女工看待才好。于是接着又低低地问道：

“柳小姐，你在这儿做舞女有多少日子了？”

“已经半个月了。”

“你一向会跳舞吗？”

“不，我在半个月之前学会的。为了要生存在这世界上，又有什么办法？唉！”

荷芬低低地回答，她叹了一声，脸上浮现了凄凉的神色。家璧听了，倒是沉吟了一会儿，暗想：柳小姐由女工一跃而成为舞女了，女工的生活虽然很辛苦，但堕落的危险性比较少一些，不过在这灯红酒绿中做了舞女之后，恐怕她的前途就有些忧虑了。虽然好的舞客也不少，说不定有人真正爱上了她，把她娶了去做正式夫妻，那么做舞女比做女工当然有希望得多。因为一个有钱人家的少爷，娶舞女做妻子的倒常听见；娶女工做太太，那简直不会有这样的事情。从这一点看来，可见世界上的人，大家都爱好虚荣，而绝对不着重实际的。但是正正当当娶舞女做太太的，老实说，这是很少的。因为舞客对舞女都是抱了玩弄的存心，就说爱情好一些，也不过一时之间而已。所以舞女的嫁人最可怜，不是做人家姨太太，就是和人家实行同居。假使要在音乐队中吹吹打打举行婚礼的话，这在一千人之中至多只能找得出一二个人来。所以换句话说，舞女嫁人根本是暂时性质，因为不久之后，舞女在被遗弃了后，舞女始终还是做一个舞女而已。

家璧在这么思忖之下，他非常地同情柳小姐。虽然他很有爱上柳小姐的意思，但他心里已经有个很知己的女同学，他当然不能滥用爱情地再去爱上柳小姐。所以家璧沉吟了多时，竟也想不出一个两全其美的办法来。荷芬见他只管默默地抽烟，好像有所深思的样子，因为大家不说话，空气未免感到沉寂，荷芬于是先开口说道：

“朱先生，你在什么地方办事呀?”

“不，我还在读书。”

“那你一定在读大学啰？几时可以毕业呢?”

“在春申大学三年级，还有一年半才能毕业。其实这年头儿，大学毕业又有什么用？因为要靠真实学问去赚钱，恐怕连家里耗子都养不活的。你瞧，这个月的物价和上个月比较起来，又相差了多少倍。所以投机、操纵、囤积，这才是现在吃饭真正的学问。”

家璧虽是个富家子弟，但他对现实觉得非常不满，所以一开口老是那么地发着牢骚。荷芬听了，心里颇觉奇怪。因为凭他的环境，他父亲至少也是个投机分子。假使这年头儿不投机、不囤积，如何能坐得稳自备汽车？如何能有资格玩舞厅？那么他所说的不是太以矛盾了吗？于是微微一笑，故意用了俏皮的口吻，低低地问道：

“朱先生，你爸爸是做什么生意的?”

“我爸爸是华东银行的总经理，他的行动我虽不过问，但我也知道得很详细。总而言之，有钱的人会更加有钱，贫苦的人这就更加地贫苦了。”

荷芬见他似乎很有些隐痛的神情，一时也不便再去俏皮他，调转话题，又低低地问道：

“朱先生府上姊妹兄弟多不多?”

“除了我，只有一个妹妹，所以平日我们也很冷静的。”

“你妹妹几岁了?”

“十七岁，比我小四岁。”

荷芬暗暗盘算着，朱先生该是二十一岁，比我大两岁，真是一对……想到这里，粉脸一阵子通红，几乎娇羞欲绝起来，但又镇静了态度，十分羡慕的样子，说道：

“你妹妹一定还在中学读书吧？同样的一个女子，你妹妹这样幸福，像我就这么命苦，这真所谓落地时辰有好有坏的了。”

“我想你将来也会有好日子过的，年轻的人是讲不到边的，谁知道谁的将来又怎么了呢?”

“我们做舞女的人哪里还会有什么好日子呢？也无非是一辈子在活地狱里受人看轻玩弄罢了。唉，所以我想起自己的前途，我就会觉得寒心。”

家璧温情地安慰她，谁知反而勾引起她的伤感，叹了一声，大有盈盈泪下的神气。家璧握了玻璃杯，微微地呷了一口茶，遂又说道：

“你也不能一概而论的，我以为做舞女的人也绝不是个个都会被人玩弄的，这是要看舞女本身的思想和人格而说的。假使这个舞女风流成性，她认为结交舞客好像是和男子握手一样地简单，那么在她们心中也许算为是玩弄男性，在互相玩弄之下，那根本也不知道到底是谁便宜是谁吃亏了。比方说舞国之中有个至尊宝，她专门勾引年轻的小伙子，在她怀抱里的小白脸也不知道有多多少少，那么这样说起来，是舞女玩弄舞客还是舞客玩弄舞女，这就很难说的了。所以我以为有自尊性的舞女，也绝不会被人家玩弄的，像柳小姐那么的品格，我知道你绝对有自尊性的。”

“这是朱先生看得起我，我心里非常感激。不过我也觉得像朱先生那么有作为的好青年，在这社会上真也太不容易找到了。”

荷芬听了他这一番言论，觉得很有道理，因为社会上情形太复杂了，在这灯红酒绿的环境中，那些水性杨花的女子确实也不少。所以有一班女子的堕落都是自甘下贱，真没有救星。不过听到后面，又见他这么赞美自己，一时芳心中大为高兴，她扬了眉毛，得意万分地也向他诚恳地夸奖。家璧笑了一笑，说道：

“‘有作为’三字轮不到我辈的头上，假使真正是个好青年，第一不吸烟，第二不跑舞厅，我什么都来得，所以我承认是个荒唐者。”

“那也不尽然，无论何事，只要有个限度，我认为逢场作戏，倒也无伤大雅。假使一个年轻的人不知道娱乐，只晓得用功，那不成个书骙子了吗?”

家璧听她这样说，觉得她谈吐很为文雅，一时心中愈加怜惜，很想改造她的环境，但又怕坠入情网，弄成了三角恋的僵局，那也很不好的。再说我那个女同学的爸爸是近代名人之一，平日和我爸爸也很有交情，他们对于我们的婚姻好像早有成见的样子，那么我要跟一个舞女结合，这当然不会得到爸爸的许可。与其是将来烦恼，何必今日多生什么是非。她的话很不错，我跑舞场原也是逢场作戏、偶尔为之的事情，我何必太以感情作用呢?家璧在这么思忖之下，他就不再说什么话，站起身子，向她求舞了。

两人在舞池里，荷芬是十分温情地偎在家璧的怀内，她把粉脸几乎要贴到家璧的颊上去，情形是亲热到了极点。一个年轻的小伙子，对于女人的温情总是乐而接近的，所以家璧当然也没有推却，他接受荷芬给予他的温情，不知怎么的心头忐忑地乱跳，他全身的细胞真有些紧张，额角上也冒出珍珠般的汗水来了。静悄悄地跳了一会儿，荷芬忽然低低地笑道:

“朱先生，你的心怎么跳得这样剧烈呀?”

家璧被她这么一问，慌忙离开了她的胸部，他红了脸，有些难为情的样子，讪讪地笑道:

“真的吗?那也许是我好久不跳舞的缘故，柳小姐，我舞步跳得不大好吧?”

“不，你的舞步很熟娴，我一共才学会了一个多月的日子，所以我的舞步倒真的不大好。朱先生，你得原谅我才是。”

“别客气，别客气，我已经觉得你很不错了。”

两人说着话，音乐也告停止，遂各自分手，回到座桌旁来坐下。家璧一见手表已经十点半了，于是在袋内取出五百万钞票，交给侍者买舞票，并又付了茶账。荷芬似乎有些依恋之情，秋波脉脉含情地瞟了他一眼，低低地问道：

“你预备走了吗?”

“嗯，已经十点半了，回到家里至少要十一点钟，明天还得上学校读书哩。”

家璧点点头回答，荷芬这就没有再劝留他多坐一会儿，因为不能误了人家读书问题。这时家璧在袋内取出厚厚一刀钞票，大约一千万左右，亲自交到荷芬手里，低低地说道：

“这一点儿钱你拿着用吧。”

“你……你不是已买了舞票吗？我怎么好意思再拿你的钱呢?”

荷芬心里很感动，她颤声地回答，而且还有不肯收下的样子。家璧从来也没有见过不要钞票的舞女，知道她是个心地善良的女子，于是笑道：

“这有什么不好意思呢？老实说，在我花费一千万两千万原是无所谓的事，但在你们就可以购买两担米，那么至少有两个月的粮食可以维持。所以我愿意帮助你一些小忙，你还是接受了吧。”

“朱先生，你太好了，我真不知该怎么地报答你才好。”

荷芬把这句报答的话既说出了口，但立刻又觉得一个女孩儿对一个年轻男子说这些话到底有点儿难为情，因此秋波逗了他一瞥娇羞的目光，低了粉脸却是赧赧然起来了。家璧似乎也有些懂得她心中的意思，这就不免荡漾了一下，不过他立刻又压制情感的发展，却并没有表示什么。荷芬觉得朱先生真是老实得可爱，因此一颗芳心愈加深深地嵌上了他的影子。侍者把舞票买来，交给家璧。家璧放在桌子上，握了握荷芬的纤手，说了一声“我走了”，他便站起身子。荷芬急急地也跟着站起，充满感情地问道：

“朱先生，你什么时候再来玩呢?”

“说不定，我有空的时候一定会来望你的。”

荷芬眼望着家璧匆匆地走出舞厅去了，她心里不知怎么的感到一阵惆怅，忍不住轻轻地叹了一口气，方才拿了舞票和钞票藏入皮包内，回到舞池旁的座位上去了。荷芬一到座位上，当然又有许多舞客来跳她，所以这晚她收入了一千多万的舞票，比往日却要多了两倍。十一点半舞厅散场，荷芬照例是同妹妹荷茵坐了三轮车回家的。今夜音乐在奏到尾声的时候，荷芬当然又匆匆地来找妹妹，只见妹妹也急急地走过来，她先向荷芬说道：

“姊姊，你今夜一个人先回家去吧，一个舞客要请我吃咖啡去。”

“这么晚了还吃什么咖啡？他要请你，明天下午不好请吗？”

荷芬说这两句话的时候，她当然并没有注意到旁边的人。不料荷茵身后站着的那个西服少年却赔了笑脸说道：

“柳大小姐，那么请你也一块儿去吧。上海地方，比不了乡下，一两点钟也算不了迟哩。你们胆子小，回头我把汽车送你们回去好了。”

“姊姊，就是这位吕振华先生请我去的，吕先生，这是我姊姊荷芬。”

荷茵这才向他们低低地介绍。荷芬没想到请妹妹吃咖啡的人也会在旁边，一时想到自己刚才埋怨的语气，倒也有些不好意思起来了，遂弯了弯腰肢，向他点点头，微笑着叫了声“吕先生”，然后说道：

“吕先生既然会把汽车送妹妹回家，那么妹妹就跟吕先生去吧。我先回家跟爸妈去说一声，也好给爸妈放心。”

荷芬因为这是妹妹的舞客，自己当然要避一点儿嫌疑，所以又向妹妹这么地说。吕振华见荷芬比荷茵生得漂亮，所以他的目标又转移到荷芬身上去，当时连忙说道：

“吃好咖啡，最多也不过一点钟，我的意思，大小姐也一同去吧，我们人多可以热闹一些。”

“姊姊，吕先生既然这么说，你就一同去吧，回头我们可以一块儿回家。”

荷芬正在考虑之间，听妹妹也这样怂恿，于是也就点点头答应了。当下姊妹两人跟了吕振华走出舞厅，只见人行道旁停了一辆自备汽车。吕振华拉开车厢，荷芬自然先让妹妹跳上了汽车，自己正欲跟着跳上，但吕振华很乖觉地却先跳了上去，那么在这次序的情形下，振华就坐在她们姊妹的中间。他伸手去关车门的时候，故意把手臂在荷芬胸部碰了一下，还对她微微地一笑。荷芬以为他偶一不慎，所以倒也并不介意，心中还在暗暗地细想，觉得做舞女比做女工确实有希望得多，因为在做女工的环境里，是绝没有跟这班大少爷一块儿坐自备汽车的日子。想不到我们姊妹两人都会遇到这样年轻英俊的阔少爷，假使我们能够如愿以偿地嫁给他们做妻子，这岂不是我们前生修来的好福气吗？这时振华向车夫吩咐了一句甜甜斯，那汽车夫便向平坦的霞飞路上直驶了。

振华坐在这一对姊妹花中间，虽然不能实行左拥右抱的欲望，至少也可以过过左顾右盼的瘾头。他觉得荷茵虽然生得美貌，但见了荷芬之后，那荷茵就差得多了，因为姊姊比妹妹更漂亮可爱。这好比同样是只桃子，荷芬赛过是水蜜桃，荷茵只不过是只生毛桃而已，那么放在口里吃起来，当然是水蜜桃的滋味鲜美甜蜜。振华在这么思忖之下，他真有些恨不得把荷芬抱住了一口吞了下去。

汽车到了甜甜斯咖啡馆门口停下，三人匆匆下车，走进了甜甜斯的楼上。侍者殷勤招待入座，洋琴鬼叮叮咚咚砰哧哧地正奏着动人心弦的音乐。舞池里已有好几对舞侣婆娑地起舞。振华先向侍者吩咐拿上三杯牛奶咖啡，并一大盘西点，然后取了烟卷，用打火机燃着了烟卷，吸了一口，忽然向荷芬笑道：

“大小姐，你抽烟吗？”

“我不会抽的。妹妹，我跟你先去舞一次。”

荷芬一面摇头回答，一面拉了妹妹的手，又向振华说声“请坐一会儿”，她们姊妹俩便走到舞池里去了。荷芬并不是真的要跟妹妹跳舞，她无非是要跟妹妹说话而已。因为在吕振华的面前，当然有许多的话不便向妹妹问出来。此刻她在舞池里便爽爽快快地问道：

“妹妹，你和吕先生认识多久了?”

“还只有一星期的日子，他很漂亮，手段真阔绰，买舞票总是三百万五百万，有时候还塞现钞给我的。”

荷茵很高兴地告诉她说，表示碰到了这么一个阔少爷舞客而感到非常庆幸。荷芬也代为她欢喜，一面又低低问道：

“吕先生在经商还是在读书?”

“这个我倒没有问他。”

“你真糊涂，应该打听打听他的呀。比方说，他爸爸是做什么生意的？他家里有些什么人？他今年有几岁了？不知道他有没有结过婚？这些你应该都要探问探问他的呀。”

荷茵虽然还只有一个十六岁的小姑娘，但因为她发育得早，而且个子生得很高大，所以已经有十八九岁模样可以看了。自从进了舞厅之后，和一班小姊妹淘说说笑笑，所以也听懂了不少男女间的事情。此刻听了姊姊这么叮嘱，一时红了脸，也不免赧然地害起羞来，低低地笑道：

“问他这么详细做什么？我们又不认亲结眷。”

“不是这样说，我们在舞厅里总不能做一辈子的舞女，所以有好的对象，我们是应该留心留心，找一个归宿才是。”

荷芬在微笑了一会儿之后，又显出一本正经的态度，向她低低地劝告。荷茵这会子并不作答，却憨憨地傻笑。荷芬忽然又想到了什么似的叮咛道：

“妹妹，不过最要紧的还是观察他有没有真心地爱你。假使他是个浮华的少年，那么他纵然有钱，你也千万不要上他的当。因为这种人无非存了玩弄的意思，假使把你身子弄到了手，他就会丢掉你的。对于这一点，我劝妹妹非谨慎不可。”

“我知道，你总是说的那么一套。”

“这是女孩儿关系着一生的事情，怎么能不常常地提醒你呢？因为你才只有十六岁的小姑娘，你怎么能知道社会是多么黑暗、人心是多么险恶呢!”

荷芬听妹妹并不以为然的意思，心中这就觉得担忧，遂又很严重地向她关照着说。就在这时，音乐已停，两人遂携手回到座桌旁来了。吕振华望着她们笑嘻嘻地说道：

“你们这一对姊妹花在舞池里跳舞，真仿佛一对美丽的蝴蝶一样，叫人见了真有说不出的可爱。”

“吕先生总是那么自说自话地取笑人家，我可不依的。”

荷茵显出娇媚的神情，逗给他一个白眼，却又笑嘻嘻地说。振华也笑着站起身子来说：

“我们去舞一次吧。”

一面向荷芬点点头，表示招呼她坐一会儿的意思，一面拉了荷茵的手，走到舞池里去了。两人搂抱着跳舞的时候，振华低低地问道：

“荷茵，你们是嫡亲姊妹吗?”

“是的，这难道还骗你不成?”

“因为有许多舞女，她们喜欢把隔壁小姊妹也认作亲姊妹的。”

“那信不信由你，反正没有什么多大的关系。”

“我当然相信，你又生气了?”

“谁生气呀，我不会生你的气。”

荷茵年纪虽小，但迷汤功夫却很不错。她嫣然一笑，偎紧在他胸怀里显出柔媚的神情。吕振华心里很甜蜜，一面也亲热地偎着她，一面低低地问道：

“你姊姊多大年纪了?”

“比我大三岁，今年十九岁。”

“有没有要好的舞客吗?”

“你问这些做什么？莫非你要动她的脑筋吗?”

“不不，你这小姑娘倒是一个醋霸王，难道跟你自己亲姊姊也吃醋吗?”

“我看你们这种色眯眯的人都不是好东西!”

“你不要冤枉我，我是一心一意爱着你的。我若有两条心，那我就要犯天打的。”

吕振华见她真有些疑心的样子，一时只好口是心非地念了重誓给她听。不过他心中却在想，这种都是迷信，犯天打的人到底很少。不过荷茵是只道他说的真心话，所以又很喜欢地笑起来，说道：

“你急什么？我跟你说着玩的。”

“不过，我预先得向你声明，假使我跟你姊姊跳一次舞，你会不会酸溜溜呢?”

“只要你没有爱她的意思，你就只管跟她跳舞好了，我绝对不会多心的。”

“好，你放心，我绝没有爱她的意思。本来呢，我原也不用和她跳舞，因为怕冷待了她，在她心中还以为我们多着她呢，所以你姊姊不是会生气吗?”

荷茵很相信他这几句话，遂点头称是。不多一会儿，音乐停止，两人遂携手回座了。大家又谈了几句，振华方才向荷芬求舞。荷芬向妹妹望了一眼，因为妹妹在微微地笑，这就站起身子，点点头答应了他的请求。振华对荷芬故意显出大方的态度，一面跳舞，一面含笑着说道：

“大小姐，你们姊妹俩在舞厅里伴舞有多少日子了?”

“我们做舞女还只有一个月不到呢，所以舞步跳得一些也不好，还得吕先生原谅才是。”

“大小姐，你真会客气，那么你们从前是做什么的?”

“我们从前也读过书，因为爸爸失了业，所以我们姊妹俩才不得已出来伴舞的。吕先生，我妹妹年轻不懂事，她有什么地方得罪你，你总要原谅她，而且我希望你能够多多地照顾她，那我就很感谢你了。”

荷芬这样对他说，无非是请他真心爱护妹妹的意思。但吕振华却觉得荷芬比荷茵要温情得多，因此心头益发要转她的念头了，遂含笑说道：

“你妹妹人挺好的，不过年纪轻，总脱不了有些小孩子脾气，比不得大小姐温情而文雅，所以更使人感到可爱。大小姐，我并不是夸奖你，你的容貌、你的身段、你的性情、你的谈吐，我自从和女子接触到现在，觉得你是最为十全十美的一个人。所以我非常地崇拜你，我以为像你这么美人儿，才是我们青年的灵魂。我……我很诚恳地向你求爱，不知道你能答应我吗？”

荷芬做梦也想不到吕先生会像闪电战那么地向自己求起爱来，这就红了脸，倒是怔怔地愕住了，暗想：我们才是初见呢，况且你又是妹妹的舞客，那举动未免太鲁莽了。若和朱先生相较，那真所谓有天壤之别了。从这一点看，可见吕先生是见花爱花的轻薄少年，他没有真心爱，他完全是以玩弄女性为目的，这和朱先生绝对不可同日而语的。想到这里，倒又暗暗地庆幸，幸而他早日地现出原形，那么使我们也乐意及早防备，否则年幼无知的妹妹恐怕是要上他的当了。于是秋波斜乜了他一眼，俏皮地问他说道：

“吕先生，你难道并没有真心爱妹妹吗？”

“大小姐，我已经是二十二岁的青年了，你妹妹还只有十六岁，那我们怎么能配成一对呢？所以我本来就把她当作小妹妹看待，并没有存了一些爱她的意思，因为爱一个未成年的小姑娘，不是很丧道德吗？”

“其实也没有关系，只要你有真心的爱，那么等上两年，妹妹十八岁了，你们不是就可以结婚了吗？”

“两年的日子太悠久了，我怎么等得及呢？再说夜长梦多，万一你妹妹爱上了别人，那叫我不是会感到失恋的痛苦吗？大小姐今年十九岁，和我相差三年，这真是天生一对、地生一双，我们若结了婚，可说是世界上最美满的一对夫妻了。假使承蒙答应，明天下午三时，你到大中华旅馆三百十八号房来找我，这边是我的长房间，我们不妨谈谈订婚的手续。同时我把一枚三克拉的钻戒交给你，算为订婚的信物。大小姐，我是一万分真心爱上你，千万请你答应我好不好?”

振华开头几句话倒还说得有理，因为他不忍爱一个未成年的小姑娘，所以荷芬表示同情，不过她还给他想补救的办法。其实振华无非是推托之词，他的目的就在看中荷芬的身子，所以他在后面又急急地说出这一番话来，大有叫荷芬马上就答应的意思。荷芬不是一个糊涂的女子，她是多么细心，所以她觉得吕先生是个专门玩弄女性的荒唐青年，因为他居然在外面旅馆内开了长房间，这是什么作用？还不是预备侮辱女性杀害女性的屠宰场吗？荷芬在这么一想之下，她的粉脸有些恼怒之色，不过她还竭力镇静了态度，故作沉吟的样子，低低地说道：

“吕先生，终身大事非比儿戏，所以还得给我考虑考虑，过几天答复你吧。”

“也好，不过我希望你明天下午到大中华三百十八号来玩玩，我先给你看一枚三克拉的钻戒，光头是好极了。”

“哼，只怕我没有福气戴吧!”

荷芬听他还一味地引诱自己，遂忍不住冷笑了一声，很讽刺地回答。吕振华还以为她在闹客气，这就显出一本正经的样子说道：

“大小姐，你别客气，像你这样美丽的女人，才配戴亮晶晶的金刚钻哩。你不信，我明天先送给你戴，至于婚事问题，你只管慢慢地答复我好了。”

“好，我明天一定到大中华来拜望你。”

荷芬乌圆眸珠一转，便故意笑盈盈地答应了，目的在给他吃一个空心汤圆，预备给他明天白等一下午，这也算是给予他玩弄女性的一个小报复。吕振华只道她真的被金刚钻钓过来了，他心里乐得什么似的，因为她明天一到了房间里面，这一切就是自己的世界，不怕她不给我一口吞下去。当下认真地向她连声地叮嘱，说明天切不可失约。荷芬含笑答应，这时一曲终了，两人匆匆地回座了。

吕振华为了表面不露一些痕迹起见，所以他又亲热地和荷茵跳了几次舞。荷芬见时候已十二点半了，于是说要回家了。振华没有表示反对，遂付了茶账，三人出了甜甜斯门口，振华把汽车送她们姊妹俩回到家里去。

汽车到了公平里门口停下，荷茵先跳下车子。振华在荷芬跳下车去的时候，把她手捏了一把，还向她丢了一个眼风，是关照她明天下午不要忘记的意思。荷芬点头会意，遂匆匆地也跳下车子。荷茵还向车内招了招手，但汽车呜呜一声，早已疾驰开去了。

姊妹两人回到家里，金虎夫妻俩都没有入睡，似乎对于两个女儿这么晚还没有回来表示无限焦急的样子，一听脚步响上楼来的声音，便双双地慌忙探身出来张望。一见了姊妹两个人，似获珍宝那么地放下心来，但口里却急急地问道：

“啊呀！你们两个财神女儿在什么地方玩呀？已经一点钟了，我们以为你们在外面发生了乱子，真是把我们老性命都急死了。”

“妈，一个客人请我吃咖啡，我叫姊姊一同去，所以迟一些回家了。”

柳金虎夫妇知道舞客是他们的衣食父母，那当然是应该应酬他的，所以要想埋怨的话也就说不出来了，还笑嘻嘻地问她们，说这个舞客姓什么，年纪轻不轻，是不是有钱的少爷？荷茵听了，十分得意地笑道：

“妈，他姓双口吕，进进出出常坐自备汽车的。”

“啊！这么说来，他是一个富家少爷呀，你可不要得罪他才好。”

柳太太满面含笑地叮嘱她说，她觉得吕少爷是个活财神，所以叫她女儿好好儿地拉拢着他。不料荷芬听了，却连连地摇头，说道：

“妹妹，这个吕先生不是个好人，他是个玩弄女性的坏蛋，所以我劝妹妹还是少和他接近的好。”

“什么？姊姊，你……你……一忽儿怎么又这样说了呢？这……

这……到底是什么意思呀?”

荷茵在咖啡馆里的时候还听姊姊要自己和吕先生亲热一点儿，探问探问他的身世，万不料回家之后，却又转变了主意，向自己竭力地劝阻起来，所以心中感到万分惊骇，她灰白了脸色，忍不住急急地问起她来。

第三回

巧舌如簧离间手足情

荷芬见妹妹用了惊骇而又猜疑的目光怔怔地望着自己，急得好像要哭出来的模样，连声地追问，于是格外显出认真的态度，严肃地说道：

“妹妹，你不要急呀，我当初因为没有发觉他的言语和行动，所以我自然不知道他的人品究竟怎么样。刚才在甜甜斯咖啡馆和他坐了一个小时之后，我方才明白他是一个玩弄女性、没有真情实爱的坏东西。这种人和他常在一起，是容易上他的当的，尤其妹妹年纪轻，所以我劝你千万要小心些才好。第一，不要把真心去对待他；第二，不能跟他出外吃饭，吃饭还不要紧，喝酒是千万喝不得的；第三，更不能跟他到旅馆去游玩。记牢这三件事，他就慢慢地会远开你了。”

“荷芬，你这话也不对呀。拿这种态度去对付舞客，那么舞客不是都要逃完了吗？”

金虎在旁听女儿这样说，他连连摇头，表示为了看在钞票面上，那也不是一个完全良好的办法。荷芬连忙接着又说道：

“我的意思并不是和舞客去板面孔相骂，我是说不要没有主意地糊里糊涂把自己身子给舞客去侮辱。为了看在钱的面上，我们表面上当然是对待他们十分亲热。假使他果然有真心的爱，那么他一定会用合法合理的手续来娶你，否则，你女孩儿清白的身子被他糟蹋过后，他就早已抛到脑后去了。”

“荷芬所考虑的倒也未始不是没有道理，因为一个姑娘值钱的地方就是处女，假使身份是个姑娘，而她身子早已被人玩弄过了，那么以后还能嫁一个好丈夫了吗？即使结了婚，恐怕马上也会闹离婚的。阿茵，我告诉你，你对于舞客的要求，别的什么都可以答应，只有一件事情，就是你裤带千万也放松不得的……”

柳太太究竟没有像金虎那么糊里糊涂只知道死要钞票，她当然也要替女儿的终身幸福做个打算，所以她觉得荷芬说得很有道理，于是很郑重其事地向荷茵叮嘱。荷茵已经很懂得男女间的事情了，所以她当然明白母亲所说松裤带的意思，一时涨红了粉脸，显出羞涩万分的表情，逗了柳太太一个白眼，恨恨地说道：

“妈，你这人真有些老背了，说话请你文雅一些好吗？幸亏没有外头人在房里，要不然让人家听见了，这算什么意思呢？”

“还不是因为没有外头人在房里，我所以才这么说的呀。虽然我说的话不免粗俗一些，但这是实实在在的情形，你总得小心才好。”

“好了好了，你们竟把我当作三岁小孩子那么看待，我不是死人，我会不知道好歹吗？”

荷茵显然有些生气的样子，把皮包在桌子上恨恨地一丢，管自地脱了旗袍，睡到下首的床上去了。柳太太这就不敢再说什么，向荷芬问道：

“阿芬，你今夜做着多少舞票呀？”

“大约一千多万吧。还有一千多万现钞，这是一个姓朱的舞客送给我的。”

荷芬一面说，一面把皮包打开，将现钞和舞票都取到桌子上来。柳太太和金虎听有这么豪阔的舞客，两人顿时眉开眼笑地“啊呀”一声，齐口问道：

“这姓朱的舞客一定是开银行的吧？他给你一千万现钞，这在你等于进账两千万舞票一样哩！这种舞客太好了，阿芬，你要好好儿待他才是呀！”

“他另外还买五百万舞票给我，其余五百几十万是别的舞客零零碎碎给我的。”

“那你只要捧牢这一个姓朱的舞客，你不是接到财神一样了吗？阿茵，你今夜做着多少舞票呀？”

金虎两手握住了一千万现钞，他笑得嘴巴也合不拢来，觉得这两棵摇钱树太好了，人家养了儿子，恐怕也没有像这两个女儿会赚钱哩。他一面想，一面回头向下首床上的荷茵望了一眼，也笑嘻嘻地问。荷茵对于姊姊说她的那个姓吕舞客是个坏东西的话，她心里很不快乐，因为在她心中认为吕先生是个很多情、很可爱的青年。此刻爸爸这么问，遂没好声气地回答道：

“我及不来姊姊手段高强，能找到一个好舞客，所以我是只做了八百五十万的舞票，现钞一张也没有。”

“有八百五十万一夜舞票可以进益，这也已经很不错了。阿茵，我们又没埋怨你，你何必说这些话呢？”

柳太太知道小女儿的脾气比较狭窄一些，所以连忙柔和地安慰地说道，一面把姊妹两人的舞票数了一个整数，给她们代为保管起来。荷芬是个细心的姑娘，她听妹妹这种怨恨的口气，明知自己一番好意，反而被妹妹见怪了，于是向她低低地说道：

“妹妹，你不要误会，我刚才说的完全是一番真心的好意，我也没有跟你别什么苗头，你说这一种负气的话，那不是太没意思了吗？”

“谁跟你负气呀？你的舞客有现钞会送给你，可是我没有福气碰到这么好的舞客。事实上是你比我强，那我根本没有讥笑你呀！”

“妈，你听你听，妹妹不是预备跟我吵嘴了吗？”

柳太太听荷芬也气呼呼向自己说，显然是要自己给她们说句公正话的意思。但这两位财神女儿一个也不敢得罪，只好赔了笑脸，连声地说道：

“大小姐、二小姐，你们不要吵，其实你们两人都是对的。怪来怪去都是这个老浮尸不好，见钱眼开，要你多问些什么呢?”

“是的，是的，我错，我错，打嘴，打嘴！两位好女儿不要生气，我做爸爸的向你们赔一个不是吧。”

柳金虎被太太一骂，为了要使两个女儿心中高兴一些起见，只好自认晦气，伸手连连地打自己嘴巴，完全显出一副小丑那么的样子来，笑嘻嘻地说。

这时，荷茵却从床上猛可坐起身子，表示忍无可忍的意思。她对于父亲这种丑态，好像有些视若无睹，她向荷芬问道：

“姊姊，你说吕先生是个坏东西，那么我倒要请教你，你那位朱先生他买这么多舞票给你，又给你一千万现钞，他存的是什么心眼儿？在你眼光看来，他是个好东西还是个坏东西呢?”

“我……我……”

荷芬想不到妹妹会向自己问出了这几句话，一时之间倒也回答不出什么话才好了。她说了两声“我……我……”之后，方才平静了脸色，说道：

“朱先生的好坏如何，我虽一时不能知道得详细，但我觉得比那位吕先生的人格总要高得多了吧。”

“姊姊，我真不明白你和吕先生有什么怨仇。我以为你不该在背后这么地侮辱吕先生，因为他是我的舞客，你存了什么心眼要破坏我们的感情呢?”

荷茵听姊姊这么说，她益发急起来了，一面气呼呼地回答，一面红了脸，大有盈盈欲泣的样子。荷芬慌忙辩白道：

“妹妹，你完全不了解姊姊的意思，我是一片真情地爱护你，难道你认为我是妒忌你的恶意吗？那就太冤枉人了。”

荷芬也觉得妹妹的话太使自己受一些委屈，因此脆弱的心灵也感到悲伤起来，眼皮一红，泪水竟夺眶而出了。柳太太和金虎见两人都哭了，倒由不得好笑起来，遂叹了一声，说道：

“你们姊妹两人真正还是一个小孩子的脾气，就是大家吵几句嘴，那也用不到哭的呀。阿芬，这件事情我倒也有些不懂起来了，你既然和吕先生还只有今夜初见，你怎么知道他是个玩弄女性的坏蛋呢？我的意思，你总得说出一个理由来，那么你妹妹心中才会知道你确实是一番好意了。”

“妈，我本来不愿说的，因为我怕妹妹听了生气。现在妹妹既然误会我存心不良地破坏他们的感情，那我就不得不老实地宣布吕先生的罪恶了。”

荷芬觉得母亲这意思也很对，没有理由地说吕先生是个坏蛋，这在妹妹心中当然要引起误会的，所以在这逼不得已的情形下，她拭了拭泪痕，方才低低地回答。荷茵听了这话，芳心别别地一跳，她急急问道：

“姊姊，你说，你快说，他和你在这短短一小时之内的见面之下，难道你就发现他有什么罪恶的行为了吗？”

“嗯，我老实告诉你，他在跟我跳舞的时候，他对我说，说我比你美丽，说我比你温和，他不爱你，他要爱上我……”

“什么？姊姊，你这话可是真的吗？”

荷茵的心头仿佛有块大石猛击一下般难过和疼痛，她的粉脸由血红而变成灰白起来，一面扑簌簌地落眼泪，一面吃惊地问。荷芬点头接着说道：

“当然真的，我绝对没有说半句谎话，而且他还约我明天下午到大中华旅馆去找他，因为他在那边开着长房间。他的意思，我到了大中华之后，他便和我商量进行结婚的手续，并且先送我一枚三克拉的钻戒，算为订婚的信物。”

“那么你答应了他没有呀？”

柳太太在旁边也听出了神，她情不自禁地向荷芬先急急地问。荷芬冷笑了一声，满面显出恼怒的样子说道：

“我可不是三岁的孩子，我怎么会中他的圈套？妈，一个青年，在外面旅馆内开了长房间，这可想而知是个社会上的醉生梦死寄生虫。他开长房间的目的，就是引诱我们女子去给他侮辱的地方。妹妹，你想，他见了我，就忘了你，第一，爱情先不专一。其实他们这班有钱的阔少爷，在对付我们做舞女的姑娘根本就谈不到‘爱情’这两个字。他们目的就是存心玩弄，发泄他们的淫欲，来造成我们苦命女子悲惨的命运。唉，所以你们不要以为做舞女是可以赚大钱的，要知道这是血泪混合所得到的代价啊！”

荷芬所感叹的话，在柳太太夫妇两个人面前说着，未免是显得太深一些，所以他们听在耳朵里，也绝不会知道这些话是那么沉痛可怜。因为他们并没有什么反应，好像牛吃薄荷，不知道这是什么滋味。荷茵听到这里，她的神情是木然了，好像如醉如痴的样子，呆呆地出神，心中暗想：姊姊这些话大概不会是假的吧。想不到吕先生的心思竟有这么险恶，可见我到底年轻无知，易于上人家的当，以后千万不能真心对待人家才好。一面想着，一面觉得伤心，这就忍不住倒在床上呜呜咽咽地哭了。荷芬见她妹妹哭了，遂走到床边，拍拍她肩胛，安慰她说道：

“妹妹，你不要伤心，你若伤心的话，那你又太想不明白了。我们做舞女的人，除了遇到真正是个好人之外，其余的舞客，你不能把他认为是自己的朋友，只能把他当作一个主顾一般。他拿了钞票来买我们的舞，我们除了给他们跳舞之外，最好什么都不谈。假使你要把他当作知心人看待，那你就未免太以自找痛苦和烦恼了。”

“荷芬，时候不早了，你也早些休息吧。让她去哭一会儿出出闷气也好，我会哄她不哭的。”

柳太太听时辰钟已敲了两下，于是忙向荷芬低低地说，她自己坐到下首床边去，在荷茵耳边唧唧喁喁地劝了一会儿。荷芬一面倒茶，一面又说道：

“我因为是你的姊姊，所以才这么老实地告诉了你，而且我对他还表示无限的痛恨和鄙视，假使我们是舞厅里的小姊妹淘，那就求之不得了。为了生活程度一天一天地高涨，舞厅里小姊妹表面上都很要好，但暗地谁不想把谁的舞客轧过来呢？所以妹妹应该明白我做姊姊的是好心，完全是爱护你的意思。”

“荷芬，我的意思，你明日下午不妨到大中华旅馆去一次。”

柳金虎这时已经是睡在床上了，他呆呆地沉吟着出神，忽然他想到了什么好主意般的，又对荷芬笑嘻嘻地说出来这两句话。荷芬倒不觉为之愕然，遂微蹙了眉头，秋波逗了他一瞥猜疑的目光，低低地问道：

“爸爸，你这是什么意思？”

“你可以问他要三克拉大的金刚钻戒去呀，看他是不是真的会送给你。假使他送给你了，那么他一定真心地爱你。因为钻戒现在太名贵了，尤其是三克拉大的钻戒，市面上恐怕要值到两三根金条哩。他若不给你，是骗骗你的意思，你就马上拔脚就走好了，我说倒不妨去试一试。”

“哼！爸爸，你的意思，难道为了一枚钻戒，就叫女儿清白的身子去牺牲吗？”

“这谈不到‘牺牲’这两个字呀！他肯给你挺名贵的钻戒，那么他当然会正式地娶你做妻子，你难道不愿意嫁一个有钱人家的少爷做丈夫吗？”

“这是因为爸爸是个穷苦人，所以在你眼睛里看起来，认为钻戒是挺名贵的。然而在有钱人的眼睛里看来，一枚钻戒能值多少呢？拿一枚钻戒去玩弄一个女人，也许他们认为代价是最便宜的了。所以我绝不肯为了钻戒，把我宝贵的身子给浪荡子去糟蹋。”

荷芬说到这里，表示万分的愤激。她一面爬到阁板上去，掀开被，也预备入睡了。但金虎还心不死地说道：

“难道你肯定人家没有真心爱的？也许他对你倒有一番真实的爱情呢。”

“就是他真心地爱我，我也绝不情愿嫁给他。我若嫁了他，我也对不起妹妹呀！再说我根本就看轻他，这种女性的公敌，我恨不得他早一些死！”

“你这老浮尸转出来的念头永远没有好的，只知道金刚钻，就不顾到女儿的终身幸福问题。阿芬这话说得不错，她若嫁给吕先生，她怎么对得起妹妹呢？你这老甲鱼一些情义都不晓得，我看你摆在旁边还是给我少开臭口吧！”

金虎在这个家庭里活像是个乌龟一般，他被柳太太这么恶狠狠地一骂，于是便像小贼一般地不敢再开口，伸手蒙了被管自地睡去了。这晚柳太太和荷茵睡在一张床上，轻轻地向她劝慰了多时，荷茵才倦极地睡熟了。

她们姊妹俩茶舞是不做的，次日，直睡到午后两点钟方才起身，洗脸漱口，用茶吃早点完毕，已经是三点光景了。柳太太见荷茵脸上还没有含笑的神情，为了逗她高兴起见，特地在客堂楼阿嫂那里拉了两个搭子，给荷茵玩着雀牌解闷。荷茵虽然还只有十六岁的姑娘，对于玩牌倒非常兴浓，而且斗牌法子也相当精。当时有了牌玩，也就把怨恨忘了大半。还有一个搭子本来是叫荷芬的，但她们姊妹的性情一些也不同，荷芬偏偏见到牌会头痛的，所以她歪躺在床上看着小说书，另一个搭子当然是柳太太了。至于金虎呢，他除了吃饭喝酒回家里外，此外时间，也在外面茶馆店里喝茶消磨时光。其实像这种人在社会上很多，他们好像是在等着死神降临一样。因为除了吃、困、拉之外，他们根本就不会做一些事情。

打完十二圈雀牌，已经七点十分了。偏偏是荷茵独输，所以她的意思，再要打四圈翻本。客堂楼阿嫂那两个搭子，她们玩三日三夜都不叫饶的，所以当然表示赞成。但荷芬放下小说书，坐起床来，望了妹妹一眼，问道：

“你夜场不预备去做了吗？”

“时候也不算迟，再打四圈牌还来得及。”

“四圈牌起码一个多钟点，还要吃夜饭、梳洗，只怕要十点钟上舞厅了。我说打牌总有输赢的，你要翻本，明天也可以再来的，何必要在此刻再打四圈呢？其实你少做一个舞客，比输了钱损失更大哩。”

“我倒不是为了一定要翻本，因为我有些气不过，再打四圈，看会不会还是这样地不开和。你等不及，你先去好了。”

荷茵对于姊姊的话并不肯服帖，所以很拗执地回答。柳太太是疼爱小女儿的，所以她不敢参加意见，虽然她心中认为大女儿的话是合理的，但她口里终于这么说道：

“阿芬，你先把开水泡了一些饭吃吧。你妹妹既然还要玩四圈，就让她迟一些到舞厅来吧。”

“好，那么我先走了。”

荷芬心里非常生气，遂恨恨地换了衣服、皮鞋，挟了皮包，向外就走。柳太太见她夜饭也不吃地走了，遂急急地说道：

“阿芬，你为什么不吃了夜饭走？难道饿了肚子到舞厅去吗？”

“你们把桌子占着玩牌，我蹲在地上吃饭吗？那我可不是这屋子里的小狗小猫。只要有钞票，会怕没处吃饭吗？老实说，妹妹输的钞票，我在外面可以吃精美的西菜去哩！”

荷芬说完了这些话，便匆匆地已向楼下走了。荷茵听了，气红了两颊，把手在台子上恨恨地一拍，怒气冲冲地说道：

“我输我的钱，要她心中难过吗？我偏偏多输一些，看她把我怎么样！”

“好了好了，阿芬已走了，你还跟谁吵闹呢？”

柳太太似乎有些瞧不入眼阿茵发那么大的脾气，于是微带了嗔意的口吻向她劝阻着说。客堂楼阿嫂连忙也说了几句笑话，荷茵才没有再使性子，大家继续静悄悄地打牌了。

再说荷芬怒冲冲地出了家门，坐了车子，来到南京路新世界门口停下，付了车费后，先走进金谷饭店，仆欧招待入座。荷芬因为心中很生气，她真的点了一客精美西菜，便独个儿地吃起来了。她一面吃，一面暗想：我辛辛苦苦像牛像马那么地去做来的钱，他们倒真舒服，一个吃酒吸烟，两个赌钱浪费，我苦苦地做人家也不节省着，那我不是太犯不着了吗？我现在想明白了，今天也享受享受，这也算不得是浪费吧。荷芬正在暗暗地思忖，忽然见前面走来一个西服男子，他笑嘻嘻地向自己招呼着道：

“柳大小姐，你一个人在这儿吃饭吗？真是太乐惠了。”

荷芬抬头望去，由不得芳心别别地乱跳。原来这个西服少年不是别人，竟然是个讨人厌的吕振华，一时只好镇静态度，也含笑叫道：

“吕先生，你也一个人来吃饭吗？真想不到有这么凑巧呢。”

“可不是，我们一个桌子上坐好吗？仆欧！”

吕振华口里虽然是在征求她的同意，但事实上并没有得到她的许可，就在桌子旁坐了下来，回头还向仆欧招了招手。仆欧连忙走过来，振华遂也吩咐他拿上一客精美西菜，并叫他拿上两瓶啤酒，一面又向荷芬笑问道：

“大小姐，你怎么不喝一些酒呢？”

“我这人很笨，酒是不会喝的。”

荷芬摇摇头，低低地回答。这时仆欧把花旗冷盘和啤酒拿上，给他倒了一满杯。振华又向荷芬说道：

“少喝一些好不好？”

“一点儿都喝不来，吕先生，别客气，你自己喝吧。”

“那么拿瓶可口可乐吧。光吃菜，似乎太单调一些。”

振华说着，又向仆欧吩咐，拿上一瓶可口可乐来。他很殷勤地亲自给荷芬倒在玻璃杯子内递了过去，笑嘻嘻地说道：

“这是喝不醉的，大小姐，你应该赏我一个脸才好。”

“吕先生，谢谢你，你真是为我太费心一些了。”

荷芬虽然是伸手接过了，但却用了俏皮的口吻向他笑嘻嘻地讽刺。但这些俏皮的话振华并不理会，他反而耸了耸肩膀，肉麻当有趣地说道：

“我为你这一些些费心，那真是算不了一回稀奇的事。老实说，我希望给你做一个忠实的仆役，终身关怀着你，那我也甘心情愿哩。”

“啊呀，你是一个大少爷，我是一个穷苦人家的姑娘，怎么有福气用你这样一个漂亮的仆役，这不是在梦想吗？”

“只要大小姐肯录用，我马上可以实行奴仆的工作。比方说，大小姐晚上睡觉，我给你铺被；大小姐晚上需要洗一个澡，我可以给你擦背；比方说，大小姐早晨起来，我可以给你穿高跟皮鞋；比方说，大小姐要……”

“够了够了，吕先生，你是一个堂堂七尺之躯，请你不要说这些下作话好吗？”

荷芬听他滔滔不绝地连这种无耻的话都说了出来，一时又羞又急，绯红了两颊，秋波恨恨逗给他一个白眼，颇有嗔意地回答。振华还是厚皮地说道：

“这也算不得下作呀。其实完全是因为我太崇拜你的缘故，即使大小姐说太阳是从西方升起的，那我也承认这话是对的了。”

“你这话不是崇拜我，简直是在侮辱我了！”

“啊呀，你这话是打哪儿说起的，我怎么有丝毫侮辱你的意思呢？大小姐，你不要冤枉我呀！”

“我又没有发神经病，我如何会说西方出太阳呢？那你不是把我当作疯子看待吗？这还不是侮辱我吗？”

“这……这……我无非是一个比方而已，表示你要怎么样我都可以依顺你的意思。假使我有侮辱你的意思，那我一定没有好死的。大小姐，我念了这么重誓，你难道还信不过我对你一番真情实爱的痴心吗？”

吕振华听荷芬这么说，心头表示焦急万分，满面显出十二分委屈的神情，向她急急地辩白。荷芬微微地一笑，却并没有回答他。

这时吕振华蹙了眉尖，叹了一口气，接着又低低地说道：

“大小姐，我知道你看不起我，所以你给我上了这么一个大当。”

“哦，吕先生，你是说今天下午大中华约会的事情吗?”

荷芬是个很聪明的姑娘，她当然已经知道他心中的用意了。这就并不假装含糊，先含笑问了上去说。振华苦笑着道：

“是啊，我足足等你四个钟头，心中的焦急真所谓是热锅上的蚂蚁一样。唉，大小姐，你既然答应了我，你为什么不到呢？你莫非存心跟我开玩笑吗？那你的手段也未免太刁恶了。”

“这件事情，我真对不起你，但……你哪儿知道我的心里实在也有说不出的苦衷呢?”

荷芬乌圆眸珠在长睫毛里滴溜地一转，心中便有了一个主意，遂表示为难的样子，低低地说。振华见她一本正经的表情，倒信以为真，遂急急问道：

“大小姐，你有什么苦衷呢？难道今天下午临时发生了什么事情吗?”

“你别急呀，我慢慢告诉你。下午吃过饭，我预备动身到你那儿来，不料妹妹就查问我到什么地方去，我只好圆了一个谎，说看电影去。谁知妹妹要跟我一同去看电影，你想，我有什么办法阻止她吗？因此弄假成真，只好和妹妹一同到大光明瞧了一场电影，从大光明出来，时已四点半了。”

“那么四点半你也可以到大中华来瞧望我呀，因为那时候我仍旧等着你哩。这是叫作痴汉等情婆，你想可怜不可怜呢?”

“嘿，你这人也自说自话的，妹妹又不是留在大光明吃晚饭了，那么我一个人可以到你那儿来，但妹妹仍旧跟在我的身旁，这叫我如何能来呢?”

“那么现在她到什么地方去了呢?”

“后来我们在马路上碰见一个妹妹的舞客，他就请我们到圣太乐去吃咖啡，吃毕咖啡，那舞客又请我们到荣华酒家吃晚饭。我见妹妹和那个舞客十分亲热，所以我不便在他们中间做电灯泡，就悄悄地一个人到这儿来吃夜饭了。”

荷芬为什么要这样地说谎呢？她的意思，要振华知道妹妹已经另外有了知心的舞客，是叫振华在妹妹身上可以死去了一条心，因为这样振华就不会再追求妹妹，而妹妹也不会有被振华侮辱的危险了。不料振华听了这些话，并没有什么刺激，反而笑嘻嘻地说道：

“大小姐，你倒很识趣的，喜欢成人之美，这在情海之中可谓是功德无量的。不过好心待人，自然会有好报的。你瞧我们在这儿不是无意中又相遇了吗？这是老天成全我们好事哩。嘻嘻，大小姐，你说是吗？”

“好事？你这话我可有些听不懂，我们之间有什么好事呢？”

吕振华见荷芬听了这话，不但并无一些喜悦的表情，反而显出嗔意的态度向自己严肃地问，这就怔怔地说道：

“大小姐，你忘了吗？我们不是又可以商量进行订婚的手续了吗？喏，你瞧，这一枚钻戒，三克拉虽不到，至少也有两克拉半哩！”

“但是，我还不能贸然地答应你，婚姻大事比不了儿戏，我非有个好好儿的考虑不可，反正往后的日子正长，我将来总会答复你的。”

荷芬对于这枚亮晶晶的钻戒却并不放在心上，连瞧也不瞧一瞧地回答。振华心头未免感到有些失望，遂呆了一呆，问道：

“你的意思是……此刻不能接受我这一枚钻戒吗？”

“我暂时不能答应嫁给你，那么我此刻也不能接受你的钻戒，吕先生，你还是给我保留着吧。”

荷芬这末了一句话完全是敷衍性质，振华听了，却信以为真，于是在十分失望之余，还存了三分希望。她说这枚钻戒叫我给她保留着，可见她还有要接受这枚钻戒的意思，无非你时间上迟早问题而已，那么我是不能过分性急的，俗谚所谓欲速则不达，那是一定的道理。又道是只要功夫深，铁条磨成针。那么我慢慢地追求她，使她感到满意，她这一块美肉早晚总是我口中之物，还怕什么呢？振华这样想，便含笑点点头，说道：

“好的，我一定给你保留着，明白地说一句，我今生除了你之外，我便再也不娶别的姑娘做妻子了。除非你先嫁了人，那我就没有办法的了。”

荷芬这会子并没有说什么，只微微地一笑，便低头管自地吃菜了。这一顿晚饭，荷芬的本意原想自己会钞的，但想不到会碰到了振华，那不用说，当然是瘟生付的账了。两人从金谷出来，米高美就在隔壁，所以根本用不到叫什么车子，振华这又动脑筋说道：

“柳大小姐，我的意思，你今天夜场不要到米高美去做，你陪我一同到仙乐斯去游玩好吗？我回头给你一千万元钱，你去米高美买舞票好了，不知道你肯答应吗？”

“我想你跟我到米高美去跳舞也很好，为什么一定要到仙乐斯去呢？那边地方小，人又多，跳起舞来怪不舒服的。”

“你不知道，我在米高美跟你跳舞，你妹妹见了，不是会吃醋吗？”

振华含了微笑低低地告诉，表示心中所顾虑到的当然也有一个原因的。荷芬却很坦白地说道：

“其实我们做舞女的人，当然是每一个客人都要应酬的。这也算不了什么稀奇，妹妹也许不会吃醋，你放心好了。今夜我的舞客也许很多，所以米高美是不能不去一次的。”

“你的意思，一千万还不够抵偿你的损失吗？那么我给你两千万现钞好了，我想你总可以跟我一同到仙乐斯去了。”

“你以为我是为了钞票吗？那你把钞票也看得太郑重了。因为昨夜有好几个舞客都约我今天夜里再来跳舞的，我若不到米高美去，岂不是叫那些舞客白跑了一趟吗？所以我给人家失约，那是很不好的。”

振华听荷芬这样说，心里未免酸溜溜地不受用，暗想：她不肯答应嫁给我，莫非她另外有了心爱的舞客了吗？我今夜倒要跟她到米高美去看个仔细呢。于是没有再劝她到仙乐斯去，遂默默地跟着她跨进米高美去了。

在米高美振华当然叫荷芬坐台子，他也不再跟荷芬说求爱的话，只管和她在舞池里一而再地跳着舞。这时已经九点半的光景了，荷茵也匆匆地到舞厅里来了，她瞥眼见到吕先生和姊姊在舞池里亲热地跳着舞，心里十分妒恨，不由暗暗地想道：姊姊这么要紧地到舞厅来，原来她和吕先生是约好的呢。因为她在家里打牌输了钱已经十分生气，此刻受到这样一重刺激，当然是气上加气；意欲上前跟他们去吵闹，但转念一想，我又不是吕先生的妻子，我如何能去干涉他们跳舞呢？一时坐在舞池旁的座位上忍不住流起泪来了。

振华和荷芬舞毕回座，只见舞女大班走了过来，含笑说有客人请柳荷芬转台子。荷芬听了，还以为是朱先生来了，她心里立刻欢喜起来，遂站起身子，向振华点点头，预备跟着舞女大班走过去了。振华见她这种毫不在意的态度对付自己，心中自然有些不快乐，遂伸手把她拉住了，说道：

“慢些过去，再跟我跳一次舞。”

“好。”

荷芬见他板住了面孔，很生气地说，而且他对待自己的举动也近乎有些粗暴，这就明白他对自己有不满的意思，虽然非常恼恨，但既然吃到了这一碗饭，又有什么办法呢？也只好忍气吞声地叫了一声好，便不情不愿的样子跟着他走到舞池里去了。

这次两人在舞池里跳舞，彼此脸色都很不好看。振华已经知道她确实另有心爱的舞客，所以会对待自己有这么冷淡的神情，他忍不住讽刺地说道：

“你真像是个大小姐的架子，照你的派头，实在不该到舞厅里做舞女，完全是一位住洋房坐汽车的千金小姐哩！”

“对不起，何必冷讥热嘲？我们做舞女的本来是给客人跳舞而已，绝不是给一班客人作为追求的目标。你喜欢我，就跳跳，不喜欢，我也没有请过你，你用不到在我面前摆大少爷架子的。”

荷芬倒也并不老实，她鼓作了勇气，存心预备跟他闹翻着回答。吕振华心中这一气愤，把脸色也铁青起来。他预备跳了半曲音乐，就丢她一个人在舞池里管自地走了，因为这在舞女算是最倒霉侮辱的事情，他想坍坍她的台。但仔细一想，我在舞厅里若是跑了，被人家说句欺侮舞女，那以后名誉不是很受影响吗？振华这么想着，把这一下子辣手到底没有用出来，只冷笑了一声，说道：

“你脾气不要太僵硬，难道你舞票不要了吗？”

“嘿！嘿！大少爷说这一种话也未免太坍台了。老实说，我虽然是个舞女，但派头倒比你大，舞票不给没关系，我就带了本钿来买舞票也可以。只不过以后请你少来麻烦，还是回家去孵孵豆芽吧！”

荷芬说完这两句话，音乐齐巧停止。她便急急地放手，头也不回地管自地走了。振华气得追上去预备打她，但到底又止住了步，暗暗骂声“贱货，你说得漂亮，我就白坐你一只台子出出怨气”。一面说，一面便回到座桌旁来。因为见荷茵也已坐在舞池旁了，于是吩咐侍者，叫柳荷茵来坐台子。侍者答应一声，便把荷茵叫了来。荷茵到了座桌旁，一见叫自己坐台的是吕振华，这就绷住了粉脸，虽在他身旁坐下了，却冷笑了一声，逗给他一个白眼，恨恨地说道：

“你还叫我坐什么断命台子？你这个没有情义的大少爷！”

“咦咦，荷茵小姐，你这什么意思？我难道有什么地方得罪了你吗？”

吕振华听她这样说，知道事情有了蹊跷，但他故作莫名其妙的样子，笑嘻嘻地拉了她的手，温情地问。荷茵噘了噘嘴，哼了一声，说道：

“你装什么死腔？你昨夜约姊姊今天下午到大中华去的一回事，你还赖到什么地方去呢？你还跟我姊姊说，你不爱我，你爱姊姊，你要娶姊姊，这些不是你说的吗？”

“这……这……真是天大的冤枉了。”

吕振华想不到荷芬会把这些事情告诉了妹妹，可见荷芬刚才告诉的失约原因完全是谎话，她是故意给自己上个当的。一时把荷芬恨到了极点，他转了转眸珠，却阴险地想出一个计谋来，故意微微地一笑，支支吾吾地说了这一句话。荷茵连忙又追问着说道：

“你见花爱花地没有真实之情，还说天大的冤枉呢！我倒要问你，你到底受了什么冤枉？你说出来给我听听。”

“荷茵小姐，我老实对你说，你是上了你姊姊的当了。”

吕振华竭力镇静了态度，淡淡地一笑，不慌不忙地说。荷茵是个涉世未深的小姑娘，她哪里知道世道崎岖、人心险恶，一时还信以为真，立刻急急地说道：

“我怎么上了姊姊的当？你快快说出一个理由来。”

“我根本并不爱你姊姊，原是你姊姊自己，她见我是个有钱的少爷，所以她便预备夺你妹妹的爱人了。她在背后还说了你许多坏话，她的意思，最好我不爱你，去爱上了她，所以她在你面前同时也离间我们的感情，最好我们之间闹决裂了，那么她的计划不是成功了吗？”

荷茵被他花言巧语地一说立刻相信起来，不由倒竖柳眉，气得涨红了两颊，怒冲冲地咬着牙嘴，骂道：

“这断命不要脸的贱东西，原来是她自己爱上了你哩！怪不得昨夜回家之后，她就说你是个坏蛋，叫我不要跟你太接近，否则会上你的当。原来她存心不良，要我跟你没有了好感，她便可以来勾引你了是不是？”

“嘿！对了，你这才聪明起来了。想不到她自己调戏了我，在背后还说我是个坏蛋，你这个姊姊真是太下作了。幸亏我们现在互相地说明白了，否则我们的感情不是完全要破裂了吗？”

吕振华听她年幼无知地把这些话也全告诉出来，方知荷芬是个老屁眼，不容易拿甜言蜜语去勾引她。原来她昨夜对我已有了恶感了，所以她会在背后说我的坏话，这姑娘真是太可恶了，我也非叫她们姊妹感情破裂不可。振华在这么思忖之后，于是又竭力地搬弄是非起来。荷茵听了，沉吟了一会儿，却又说道：

“不过，你的话也并不是十分靠得住的，因为你们男子总是喜新嫌旧的多，你见我姊姊生得漂亮，说不定你真的会看中了姊姊，那也未可知的。我刚才见你们在舞池里跳舞的情形，不是很亲热吗?”

“那你又误会我了，我所以要跟你姊姊去跳舞，是因为不见你的人，所以探问探问她的。不料她又向我搬弄是非地进谗了，她说你和一个知心的舞客一同吃夜饭去了的，还说也许不会上米高美。我听了这话，心里很是难过，因为照你姊姊所说的情形，你不是和这个舞客已经发生密切的关系了吗?”

荷茵听他这样说，一时又气又羞，绯红了脸，恨恨地啐了他一口，骂道：

“断命烂舌根的！这话可真的是姊姊跟你说的吗?”

“我怎么会说谎来欺骗你呢?”

荷茵似乎再也熬不住了，遂猛可站起身子来，好像要走到什么地方去的样子。吕振华见她铁青了粉颊，大有欲跟她姊姊拼命去的神气，这就连忙跟着站起，伸手把她紧紧地拉住了。

第四回

窥影自怜凄凉倩女心

“荷茵小姐，怎么？你预备到哪儿去？”

“我要把姊姊拉过来，问明了这句话，我先量她几个耳刮子，让我心里出出气。”

荷茵鼓着红红的粉腮子，怒气冲冲地回答。吕振华却拉了她的手，又在自己身旁坐了下来，用了温情的口吻安慰地说道：

“二小姐，我劝你且不要发这么大的脾气，姊妹淘里在舞厅里相打起来，这究竟不大好听，我劝你还是忍耐一些吧。等回到家里，你再和她吵好了。”

“她为什么要造谣言？她没有一些姊妹之情，竟存心破坏我的名誉，我还当她是姊姊看待吗？她简直是我的仇人一样呷！”

荷茵似乎受不住这过分的委屈，她一面说一面已忍不住泪眼盈盈的了。吕振华拍拍她的肩胛，笑嘻嘻地说道：

“你真像是个小孩子般的，这也值得伤心流泪吗？在当初我听了她的话，还以为你真的有了心爱的舞客了，所以我非常失望。现在我们既然说明白了，那么对于你姊姊所说的话，我自然只当她是放屁了。二小姐，别哭，别难过吧。”

“我真没有想到姊姊的良心竟黑到这般地步。昨夜回家，她先数派你的罪恶，当时我原有些不相信，后来爸妈也相信了，因此我也糊里糊涂地只当你是个玩弄女性的坏东西了。”

吕振华听她这样说，良心上不免有些局促不安，但表面上还竭力镇静着很大方的态度，笑了一笑，低低地问道：

“那么你现在相信我到底是好人还是坏人呢?”

“我当然相信你是好人，不过我希望你从今以后，做人更要好一些，那么才衬托姊姊所说的话完全是存心不良的谣言了。”

“你放心，我对待你的情义，总不会使你感到失望的。”

荷茵见他满面显出诚恳的神情，温和地安慰自己，芳心之中这就觉得有些甜蜜的滋味，娇躯情不自禁地偎到他怀内去妩媚地微笑。振华意欲与她接吻，但因为左右两旁座桌上都有人在，他又不好意思大胆地表演，忽然想到了什么似的，又低低地问道：

“茵二小姐，那么今天下午在什么地方玩呢?”

“我在家里玩雀战，直到九点多才由家里匆匆到舞厅来的。”

“嗯，这话就更不符合了。你姊姊说你们两人在大光明看电影，从戏院出来的时候在路上遇见你一个知心的舞客，你姊姊因为很识相，所以她不再跟着你们，便独自个儿走开了。”

“放屁，放屁，这真是大放其屁！我几时去跟她瞧过电影？我更没有碰到过什么舞客，因为我根本坐在家里玩一下午的雀牌，她竟无中生有地造出这些谣言来，这不是太可恶了吗？我此刻就去拉她过来对一个明白，否则叫我这一口气怎么能平得下去?”

荷茵越想越气，越气越恨。她一面说，一面身不由己地又要站起来了。吕振华这时心头已经是雪亮明白了，他知道荷芬这姑娘角色真厉害，因他很了解荷芬造谣的原因确实是为了爱护妹妹的意思，但可惜的是荷茵并不明白罢了。于是再度地拉她坐下了，劝慰地说道：

“假使我相信你姊姊的话，还疑惑你另有知心的舞客，那么你原该发急起来。现在我对你姊姊的话完全不相信，那你还跟她吵什么嘴呢？我说你不用发急，也不用气愤。她造了你的谣言，她也没有什么好处，因为这种阴险刁滑的姑娘，杀掉了我的头，我也不会去爱上她的。换句话说，对于你这么天真无邪的姑娘，我是永永远远都爱着你的。荷茵，你相信我这句话吗?”

荷茵满腔的愤怒都被他这几句话一说，一时早已由愤怒而变成羞人答答地喜悦起来。在她芳心之中，认为吕先生真是一个爱情专一的青年。她含了甜蜜的微笑，频频地点了一下头，表示相信的意思。这时振华伸过一条手臂去，搂住她的腰肢，笑嘻嘻问道：

“荷茵，你倒喜欢打牌玩吗?”

“嗯，我最喜欢打牌玩，可是我却常常输钱的。”

“那么你今天一定又是输的啰?”

“那还用说吗？当然是做了一个白面书生。”

荷茵秋波斜乜了他一眼，显出妩媚的神情，点点头回答。振华摸了她的手，因为在荷芬那儿受了很气恼的委屈，他觉得荷茵的温柔也会使自己感到了可爱，于是含笑又问她说道：

“你今天输多少钱呢?”

“我们玩的是小麻将，三赢独输，我也只有输两百万元不到哩。”

“这一点儿小数目那算得了什么？回头我偿还你五百万元好吗?”

“又不是你给我输掉的，我怎么好意思叫你来偿还呢?”

吕振华慷慨地说出了这两句话，荷茵听了，自然十二分地欣喜。因为姊姊昨夜有客人送给她现钞，自己现在也有人送现钞了，那么今夜回家，我在爸妈那儿也可以挣回一些面子过来了。不过她表面上还很客气地回答，表示没有这个道理的意思。振华为了表示自己说的并非是空头支票，于是他在袋内立刻取出五叠钞票交到她的手里去，笑道：

“五百万数目太小了，我们几个朋友玩罗宋牌九的时候，输一亿两亿，那是常有的事情。荷茵，你只管拿着吧。”

“喔哟，一亿两亿的输赢太大了，我们怎么赌得起呢？老实说，我们跳一个月舞的收入也没有一亿的数目哩。吕先生，你真的把这五百万元钱送给我吗?”

“哈哈，那还有假的吗？你真有些孩子气。”

吕振华捏她一把腰肢，笑了一阵回答。荷茵虽然觉得他这一下子举动近乎轻薄的意思，但为了看在这五百万元钱的面上，也就没有计较，只把秋波白了他一眼，但却又笑盈盈地说道：

“本来嘛，我还只有十六岁大的小女孩呢，你不能欺侮我的，否则我会哭起来。”

“十六岁不算小了，我妈是十六岁嫁给爸爸的，第一年就养了我哩。假使你现在嫁了人，保险你马上也会养儿子。”

“嗯！你……真不是个好人！啊！我想起来了，你把便宜送上门来，那我不是做了你的妈了吗？”

荷茵听他这么取笑自己，起初非常难为情，娇红了粉脸逗了他一个白眼，但忽然又想着占他便宜了，于是嘻嘻地笑出来这么地说。吕振华是个多么浮华的青年，他趁势用迅速的动作摸了她一下胸部，笑着叫道：

“妈，我的好妈妈，我要吃奶奶了。”

“啐！你这下作坯，我可不依了！”

荷茵被他这么一来，又羞又恨地真是无地自容，她这会子真有些恼恨的样子，一面嗔骂着说，一面别转脸去了。吕振华却仍旧贼秃嘻嘻地笑道：

“你自己要做我的妈呀，那么做儿子的当然要摸娘亲的奶奶。”

“也没有见过这么大的儿子还摸妈的奶奶，你真要犯天打的！”

荷茵到底板不下面孔，回头白了他一眼，又嗔又恨地却又笑了起来了。吕振华凑过去，附了她耳朵，低低地说道：

“那么你就做我的老婆娘吧，我想这一定是不会犯天打的。”

“狗嘴里长不出象牙来！我没有想到你会这样地不老实。”

“难道你不希望我们结成一对吗？”

吕振华见她若即若离的意态，一时倒也有些弄不明白起来，这就用了认真的口吻，向她低低地问。荷茵默然了一会儿，秋波斜瞟了他一眼，方才低声说道：

“找你怕我没有这么好福气吧。”

“那是什么话？只要我喜欢你，你就有福气做我的少奶奶，谁敢放一声屁呀？所以问题是在于你肯不肯答应嫁给我。”

“你喜欢有什么用？要如你爸妈不答应呢？不是也枉然吗？”

“你又要说孩子话了，我已经是个二十二岁的青年了，难道婚姻还不能自主吗？老实说，爸妈只有我一个独养儿子，我说的话，他们是不敢不听从的。”

荷茵听他这样说，芳心不免暗暗地欢喜，但忽然又想到了什么似的，俏眼斜乜了他一下，笑嘻嘻问道：

“我听姊姊说，你也向姊姊求过婚的，这可是真的吗？”

“我真不明白你问这句话的意思，难道你还相信你姊姊说的是实话吗？像这种可恶的女子，我宁可独身到老，也不情愿娶她做太太的。”

吕振华的心虽然是别别地乱跳着，但他还表示痛恨的样子生气地回答。荷茵连忙偎过身子去，大有赔错的样子，笑道：

“我是跟你说着玩的，你认什么真呢？”

“唉，我是一番痴心真爱地对待你，谁知道你还来试探我哩。”

“这是我不好，你就原谅我，不要生气吧。”

荷茵见振华叹了一口气，大有灰心十分的模样，一时便显出非常歉疚的表情，纤手伏着他的肩头，笑脸相向地说好话。振华见她年幼可欺，遂很快地凑过嘴去，在她粉颊上啧的一声偷吻了一个香去。荷茵“嗯”了一声，伸手向他一扬，做个要打的姿势。振华并不躲避，反而把脸凑了上去。但荷茵到底打不下手，反而把手缩了回去，笑道：

“你这人真是贱骨头，我要打你，你不躲开，怎么反而凑上来呢？”

“我知道你舍不得打我的，因为打在我的身，却是痛在你的心。”

“油腔滑调，我偏打你，怎么样?”

“哈哈，打是情来骂是爱，你打我就是爱我的意思。好妹妹，你再打我几下好吗？因为我的骨头很痒哩。”

“你这个厚皮！那真叫我没有办法了。”

吕振华涎皮嬉脸地回答，还哈哈地大笑起来。荷茵在打过了他一记之后，倒又打不下手了，白了他一眼，也忍不住抿嘴哧哧地笑了。接着两人携手便到舞池去了。他们跳舞的姿态，不但亲热，而且还带有些肉麻的成分。他们这样情形，被荷芬也发现了，心中十分忧愤。愤怒的是振华这小子太可恶，不知又用了什么花言巧语竟把妹妹哄骗得服服帖帖了；忧愁的是妹妹年轻无知，不肯听从我的金玉良言，照这样子下去，总难免要上他的当了。因为自己身旁的是个陌生舞客，为了要希望他下次再能和自己来跳舞，所以又不得不敷衍着他说话，对于妹妹的事情，也就无暇再顾及了。

振华在舞池里和荷茵肉麻地跳着舞，因此便引起了性的冲动，他暗暗地沉思了一会儿，回座之后，便对荷茵低低地说道：

“荷茵，今天晚上散场后，我请你吃咖啡好吗?”

“晚上不大方便，我爸妈要骂我的，我想明天下午奉陪你去吃咖啡好吗?”

“也好，明天下午三点钟，你到四姊妹来找我，我等着你。”

振华知道一时也不能勉强她，且到明天看机会行事也不迟，于是点头说好，一面又取了三百万元钞票，吩咐侍者买了舞票，并付了茶账，他便先回去了。荷茵方才拿了舞票，便回到舞池的座位上去。

舞厅散场之后，她们姊妹俩照例坐车回家。荷茵此刻心中恨不得把姊姊咬两口出出心中怨气，但是在路上觉得不便争吵，所以她竭力忍熬住气愤，默然无语呆呆地坐着。荷芬心里是并不知道妹妹会这样地怨恨自己，所以她还很热心地关怀着她，低低地问道：

“妹妹，这个吕先生跟你可曾说过什么话吗?”

“你问他做什么?”

荷茵恶狠狠地瞪了她一眼，语气是很不好听的。荷芬见妹妹这样态度对付自己，心里暗想：我何必多管闲事，她喜欢上当，也是她自己作孽，我何必代她可惜？于是微微地叹了一口气，也就不再井口说什么了。姊妹两人闷坐着回到家里，柳金虎和柳太太还没有睡，见她们回家，便买好了夜点心，给她们姊妹充饥，一面照例地问她们今夜做了多少舞票。荷茵在皮包内取出五百万现钞，交给柳太太，说道：

“妈，这现钞是吕先生送给我的。”

“哪一个吕先生呀?”

柳太太见了现钞，这是最欢迎的东西，当下眉开眼笑地向她低低地问。荷茵用了轻视的目光向姊姊斜视了一眼，俏皮地说道：

“喏，就是姊姊昨夜一定诬咬他是个坏东西的吕先生呀!”

“妹妹，你怎么能说我诬咬他？难道他给你五百万元钱，就算是个好人了吗?”

荷芬见她这表情和说话的语气显然包含了讽刺的成分，这就急急地向她分辩。不料荷茵猛可赶上去，撩手上来，就在荷芬颊上啪地打了一记耳光。因为这举动是冷不防的，所以荷芬被打的脸颊倒是怔怔地愕住了。金虎和柳太太认为荷茵太辣手一些，遂连忙喝阻道：

“荷茵，你疯了？怎么能动手打姊姊呢?”

“常言道，有理可打太公，何况她是我姊姊呢？我把她的阴谋告诉出来，就知道我打她这一记耳光是她该打之至了。”

荷茵并不示弱，还是凶狠狠地说着。荷芬气得全身发抖，两手冰冷，铁青了粉颊，双泪交流地说道：

“我有什么阴谋害过你？你说！你说！可怜我处处地方真心地关怀着你，不料你今天居然会动手打起我来了，我并不还手来打你，只要爸妈说一句话，我就是死了也甘心。”

“阿茵，你动手打姊姊，这总是你的错，想不到你人小胆子大，这还当了得？我非教训你不可！”

金虎见荷芬呜呜咽咽地哭泣起来，一时心里十分生气，遂把衣袖一撩，瞪着眼睛，表示要怒打小女儿的样子。柳太太连忙把阿茵拉了开去，向她问道：

“你说姊姊用阴谋来害你，你倒说出来给我听听，她到底怎么样害你呢？”

“吕先生是我的舞客，因为他很有钱，而且人又漂亮，所以姊姊很眼痒，便想把吕先生夺了过去。她在我面前说吕先生是个坏蛋，但在吕先生面前却又说我的坏话。幸亏我和吕先生今天对明白了，否则我就和吕先生感情破裂，那么她不是可以迷恋着吕先生了吗？爸、妈，你们想一想，姊姊这种无耻的行为，她还能算是我的姊姊吗？老实说，我打她两记耳光，还是一些小教训哩！换了别人的话，我非咬她几口肉才消我心头的气恨哩！”

荷茵一面告诉，一面也伤心地流着眼泪。柳太太和金虎听了这些话，把视线便望到荷芬身上去，用了严肃的态度问道：

“荷芬，你这个行为不对呀，怎么用这种不要脸的手段去和妹妹争夺舞客呢？那你的心肠也太硬一些了。”

“爸、妈，你们不要听了妹妹一面之词就来责问我。妹妹的意志太薄弱了，她听了吕先生的花言巧语，便误会我夺她的舞客了。其实这是冤枉的，我什么舞客都可以拉拢，我如何会去夺妹妹的舞客呢？”

可怜荷芬一番赤胆忠心地好意爱护着她妹妹，谁知事到现在，反而自己蒙受了莫白的冤枉，这在她如何不要痛到心头呢？因此急得血红着脸，又慌忙地解释。但荷茵却冷笑了一声，又虎视眈眈地望着她，凶恶地问道：

“你没有夺我的吕先生，你为什么要说谎？你刚才对吕先生怎么说，你说我们下午在大光明瞧电影，出来的时候，遇见我一个知心舞客，他便带我游玩吃夜饭去了，你因为很识相，所以没有跟了去。哼！这是不是你说的？你说这些谎话是什么作用？你这不要脸的烂腐货！随便什么人面前可以去烂，为什么要烂到我的舞客身上去呢？你不是存心和我作对吗？老实说，我若不是瞧在爸妈面上，我就是再打你几个耳光，你又有什么话可说呢？哼！哼！”

荷芬听她这样不堪入耳地骂着，一时只怪自己太热心、太爱管闲事，以致受了这么委屈和冤枉。因为照这情形，自己好比哑子吃黄连，心里的苦楚向什么人去诉说好呢？就是说出来，恐怕也没有人会相信谅解我的。荷芬想到这里，伤心已极，忍不住倒在床上抽抽噎噎地大哭起来。柳太太还以为荷芬害羞，所以只好哭泣来掩饰惶恐了，于是走上去，拍拍她肩胛，微笑着说道：

“西洋镜既然拆穿了，你也不用哭泣了。好在自己姊妹，那也没有什么关系呀。”

“妈，你这话错了，你以为我真的要把吕先生夺过来吗？不！不！老实说，这种不长进的浪荡子，就是送给我，我也不要哩！”

荷芬听母亲这样说，好像确定是自己用阴谋去夺妹妹的舞客了，一时怎么还能默认下去？她猛可跳起身子来，柳眉一竖，气呼呼地回答。荷茵听了，不等母亲开口，早又恶狠狠骂道：

“不要脸的贱东西！你还说什么风凉话？你既然没有夺他的意思，你为什么要说谎？你倒给我说出一个理由来。”

“因为我怕你上当，所以我故意说你有了知心的舞客了，使他可以冷了这条心，我完全是一番爱护你的好意。你将来上了他的当，你就明白我是好心了。”

“放你的狗臭屁！你明明是想夺我的舞客，还要一味地强辩，你真是个不知羞耻的东西，我看你根本没有资格做我的姊姊。”

“好！好！算我多管闲事，以后烂脱我嘴巴也不再多说一句话了。反正你的眼光很不错，只管把那个吕先生当作知心人去好了。”

荷芬觉得在这个情形之下，真所谓虽有百口，也难辩白自己的苦心，一时也只好自认晦气，挨了妹妹一记耳光。她便爬到阁板上去，管自地睡了。但荷茵在下面还是刻毒地骂着，说你没人要的贱货，才这样发骚地勾引吕先生，幸亏吕先生是个真君子，他一本正经地拒绝你，你才不好意思地退步了。荷芬听了，真是气得一个半死，她除了默默地流泪之外，几乎四肢都发抖发冷起来。倒是柳太太和金虎喝阻了荷茵之后，一场风波才算平静，大家沉沉地入梦乡去了。

第二天，姊妹两个照例要午后才起身，她们都不理睬，各自梳洗吃饭。荷茵三点钟原在四姊妹咖啡馆和吕振华约好的，所以饭毕便匆匆地出去了。荷芬一个人坐在房中，想想伤心，忖忖难过，因此扑簌簌地又只管落眼泪。金虎这时也到茶馆里聊天去了，所以只有柳太太坐在桌旁做活针。她抬头见荷芬兀是伤心流泪，遂低低地说道：

“阿芬，事情已经到了这么地步，你多哭也没有用。好在大家吵过闹过，一切也就完了，何必老是搁在心上呢?”

“妈，我受了这一份委屈，我到死都不甘心的。”

荷芬想起受妹妹一记耳光的侮辱，她大有愤不欲生的样子，掩着脸益发抽抽噎噎地哭个不停。柳太太心里有些猜疑起来，遂怔怔地望着她，问道：

“那么照你的意思说，你完全是一番好心吗？不过你是事实上明明在破坏他们的感情，据你妹妹听吕先生告诉她，说你曾经勾引吕先生，这到底是怎么一回事？我真有些弄不明白起来了。”

“妈，我可以从头至尾地告诉你，你就会明白了。这个姓吕的小子完全是个玩弄女性的魔鬼，他因为我冷淡了他，所以他记恨在心，在妹妹面前就瞎造谣言了。”

荷芬说到这里，便把自己昨夜的经过情形，向母亲细细地告诉了一遍，一面拭着眼泪，逗了她一瞥哀怨的目光，说道：

“妈，你想，我所以这么说谎，不是完全一番好心吗?”

“可是昨夜你为什么不把这些经过情形向你妹妹解释呢?”

“她一进门便这么恶狠狠地骂我打我，我气得只会伤心，我还会说什么话了吗?况且妹妹既然被姓吕的迷住了心，我纵然说了出来，她也不会相信我的呀。”

“你妹妹说下午有舞客请她吃咖啡，不知道是不是那个吕先生?照你说吕先生是个这样的坏东西，那叫我倒有些担忧了。”

柳太太听荷芬这样说，一时想到荷茵刚才出去赴约的一回事，她皱了眉尖，忍不住忧愁地叹了一口气。荷芬也不作答，默默地坐了一会儿，见时候还只有四点钟，觉得这样子闷在家里，是难免要闷出病来的，遂略为梳洗了一下，披上一件淡青的夹大衣。柳太太问道：

“你到哪儿去?”

“我心里闷得很，到外面去散散步。”

“别东走西走地乱闯，自己姊妹淘里吵几句嘴，也不要老是搁在心上。你妹妹脾气不好，我也知道。你受了她的委屈，你就瞧在我的面上，原谅了她吧。”

“哼!还不是为了瞧在爸妈的面上，才让她白白地打了我一记耳光，要不然我凭什么要挨她的打?我非跟她拼命不可。”

荷芬冷笑了一声，满面显出娇怒的神情，一面说，一面皮鞋在地板上咽咽有声地走到楼下去了。柳太太听了她重重的脚步声，也可想她心中愤恨到怎么一份样的程度，一时真觉左右为难，忍不住深深地叹了一口气。

荷芬匆匆地走出了家门，觉得看电影也太闷，有时候看到情节悲惨的剧情，往往更会增加许多的烦恼，所以她跳上人力车，叫他拉到中山公园去了。公园里的游人很多，因为时在春末夏初的季节，所以风景也很可爱。荷芬见了绿油油的树蓬、五颜六色的百花，以及青青的草、蓝蓝的天，还有那白白的浮云，而且迎着微暖的风，晒着温和的阳光，果然觉得胸襟舒畅，精神为之一振。

荷芬是个十九岁的姑娘，在这春天的环境里，她心中当然有些苦闷。这苦闷是一种自然而然的发生，尤其是妹妹对她这么仇视，因此她觉得她的身世实在太孤单一些了，好像她的做人就是为了吃饭睡觉而做的样子，所以她感觉到人生的乏味，似乎毫没有一些意义。她低了头，慢慢地在草地上走着，心里不知不觉会想到了这个朱先生。朱先生确实是个好青年，他到舞厅里来游玩，绝不是存了玩弄女性的目的，他无非是逢场作戏而已，否则，他昨夜为什么没有来呢？荷芬一时又觉得很奇怪，自己在做工的时候，朱先生莫名其妙地就赠送我一千万元钱。我以为他对我多少有一些感情作用，所以我想他以后说不定到厂门口会来找我。可是很不幸的，当夜就被厂方歇了生意，因此就闲在家里了。从此我就白白地接受了朱先生这么多的钱，连道一声谢都来不及，这当然使我感到有些遗憾。但出乎意料之外的，想不到我们在舞厅里又遇到了。当时我虽然对他表示亲热，可是他对我并没有吐露一些爱慕的意思，而结果临走的时候，又送我一千万现钞，还买了五百万的舞票。这样慷慨仗义的人真是难得，不过我想他多少总有些爱我的成分吧，否则他为什么要待我这样好呢？荷芬想到这里，两颊有些热辣辣地发烧，不知怎么连她自己都害起难为情来了。

前面是个圆圆的池塘，池水上漂了绿绿的浮萍，还有许多将要舒展的荷叶随风摇曳，大有不胜娇弱的样子。荷芬抬头见池塘边的柳树下有个西服青年，手里拿了照相机，正在拍照，仔细地望去，觉得好生面熟，凝神一瞧，原来不是别人，竟是自己所想念的朱先生。她心里立刻喜悦起来，虽然他是并没有发觉自己，但自己无论如何也得走上去招呼他不可。

荷芬正欲举步上前之时，忽然她的明眸又瞧到了一个人。这是一个年轻的女子，她随风玉立，嫣然浅笑，美目流盼，故意装出美的姿态。而朱先生拿了快镜，也正是在拍摄那一个女子。这给予荷芬的打击太重一些了，她立刻又缩住了步，背了身子，暗自想道：

原来朱先生是已经有着女朋友了，那么我是绝不能再冒昧地上去招呼他的。因为使他女朋友会引起误会，使他们感情有了裂痕，这不是我的罪恶吗？荷芬这样想着，不知怎么的，心头由喜悦而会变成了凄凉。她痴痴地望着他们，泪水也几乎盈盈而下了。朱先生拍好了照相，挽了这个少女便走到别的地方去了。荷芬看着，心好像掉落了一样地难过，她觉得自己的希望是没有了，她真的把眼泪会滚落了两颊。

荷芬万分悲哀之余，她不免又有些怨恨，觉得朱先生既然已经有了女朋友，就不该再待自己这么好。他为什么要显出多情的样子，一再地送钱给我呢？不是他反而害我受了一重刺激吗？想到这里，又觉得自己所想的未免太自私一些。朱先生是因为我家境贫穷，所以他把金钱接济我，在他完全是为了尽一些人类互助的义务而已。我看他与我两次碰面的时间内，并没有对我有一丝一毫轻浮的举动，可是他完全是个热心仗义真正有互助精神的人。想不到我一缕痴情，竟会对他动了儿女之私的意念，这我不是太以惶恐一些了吗？荷芬究竟是个明亮的姑娘，她在这么思忖之下，把怨恨朱先生的意思也就慢慢地消失了。

虽然她是并不再怨恨朱先生了，但她心中却怨恨起自己来。觉得自己的命太苦，固然很不幸地会生长在这一个家庭里，同时更不幸地竟没有受到相当的教育，因此除了做工之外，是只有做舞女这一条路了。你想，人家是个大学生，而且又是银行小开，他如何会要一个没有知识的女子做伴侣呢？那我在当初根本就是痴心妄想，真所谓做梦。梦境之事怎能当真？与其是多做了几天梦，倒还是早些醒了比较可以减少一些痛苦。否则，梦做得越长，那痛苦当然也越深了。荷芬胡乱地想着，也不知经过了多少时候，天色便慢慢地黑暗下来了，于是她有气没力地踱出了中山公园，乘上了一辆电车，来到南京路新新公司门口跳下。此刻两旁百货商店的霓虹灯已经开得仗亮，在玻璃大橱窗内以及马路当中还都做着很大的广告，不是电影新剧，也不是各厂出品的货物，却是这班国代候选人自我宣传地叫大家选举他做国大代表。荷芬心中暗想：即使把你们选举成功了，你们能替人民做出一些什么成绩来？我们社会上这些苦命的女子，是否能够得到一种真正有意义的工作呢？她有些茫然了，她觉得这些对她的现实问题可说是毫无关系。她只觉得这个月的生活比上个月高，这个月的负担比上个月重。荷芬这样想着，她忍不住深长地叹了一口气。

荷芬这晚在舞厅里伴舞，精神很不好，有些垂头丧气的样子。后来舞客慢慢地多了，一个一个地都来和她跳舞。荷芬为了吃饭问题，因此也不得不略微振作一些精神来应酬这一班舞客。

晚舞散场，荷芬并不见妹妹来找她，遂去问妹妹隔壁位置上的那个王丽妹，不料王丽妹告诉她，说荷茵今夜根本没有上舞厅来，一面反而问她们姊妹难道不是一同由家中到舞厅来的吗。荷芬听了这话，知道事情出了乱子，由不得芳心别别地一跳，她胡乱地回答了一句，便急急地坐车先回到家里来了。

柳太太和金虎见荷芬只有一个人回家，心里自然很惊讶，连忙问她荷茵怎么没有一同回来。荷芬说道：

“我到舞厅已经八点三刻，却没有见到妹妹的人。我以为她被舞客们叫去坐台子了，所以我并不去注意。谁知道直到舞厅散场的时候，还不见她来找我，我忙去问妹妹隔壁位置上的王丽妹，她说妹妹今夜没有到舞厅来过，我也不知道她到底上哪儿去了。”

“啊呀，这小姑娘太糊涂了，难道她真的被吕先生哄骗到旅馆去了吗?”

柳太太得知了这个消息，心里这一急非同小可，忍不住慌慌张张地惊叫起来说。金虎却笃定泰山地说道：

“没有关系，吕先生若真的把荷茵奸污了，他当然得正式地娶她不可。否则我们到法院里去告他，难道他不怕犯罪吗?”

“他是个有钱人家的少爷，见花折花，算得了什么稀奇？说不定他家里已经有妻子了呢，那叫我荷茵难道去做他的小老婆去吗？”

“你既然这样说，昨夜荷茵与荷芬吵嘴的时候，你为什么也不劝告荷茵呢？现在事情出了乱子，你急也没有用呀。”

“我以为荷茵总有一些主意的，谁知道她会跟了人家跑呢？这孩子到底年轻，太糊涂一些了。唉，这可怎么办才好呢？”

荷芬听爸妈你一句我一句地焦急地说着，她却绝对不参加一些意见，管自地爬上阁板去睡了。柳太太要想再问问荷芬关于荷茵不到舞厅的事情，但却又无从问起。因为荷芬昨夜一番好意，反被荷茵打了一记耳光，那还有什么话可以和她商量呢？因此也只好唉声叹气地干急了一会子。

这晚，柳太太直等荷茵到两点敲过，知道荷茵今夜是不会回家了，一时自己也精神倦极，合眼欲睡，方才闷闷地走到床边熄灯就寝了。有心事的人，哪里能睡得稳？所以东方还只有微微发白，柳太太就早已醒了过来。她回头见下首床上仍旧是空空的，心里就急得像吊水桶那么七上八落地跳个不停，暗想：这孩子太没主意了，居然一整夜地不回来，一个女孩儿家，在外面住夜，这还会有什么好事吗？唉，她的身子一定是被人破了。我悔不该不听荷芬的话，也好好儿警告她几句，现在放纵了她，岂不是反而害了她吗？柳太太想到这里，心里真有说不出的难过。耳听身旁金虎的鼻鼾之声却呼噜呼噜地狂响，于是恨恨地把他推醒，说道：

“你倒很心定，挺尸挺得那么舒服！瞧荷茵这孩子真的一夜没有回来，你心中到底急也不急呢？”

“急又有什么用？她自己身子生得贱，欢喜爱风流，甘心被人家玩弄，这叫我做爸爸的有什么办法？我想只要她有钞票拿回来，也就随她去吧。”

“放你臭屁！你这老乌龟，真是死要钱，女儿的终身完了，将来还嫁给谁去呢？”

柳太太听他毫不在意地回答，这就大骂起来。金虎揉揉眼皮，却不敢再说什么。荷芬被他们吵醒了，心里有些怨恨，忙问他们大清早在吵些什么，这话把柳太太问住了，一时也默然了。不料正在这时，忽听房外笃笃有人敲门，而且还叫了一声“妈妈开门呀”，柳太太听得出这个叫声，显然是荷茵回来了，于是连忙起身急急地跳下床来了。

第五回

香饵垂钓虚荣女失足

荷茵这晚到底在什么地方宿夜呢？原来那天下午，她匆匆到四姊妹咖啡馆来赴吕振华的约会，果然见振华已昂首等候了。两人见面，亲热地握了握手，振华给她脱了大衣，移开椅子，请她坐下。荷茵见桌子上已放着一壶咖啡，一盘西点。振华拿了杯子，亲自给她斟了一杯，笑嘻嘻地说道：

“荷茵，我等你已有了半个多钟点了，心里真是着急得很，我还以为你失约了呢。”

“昨夜你自己跟我约好三点钟碰头的，此刻也不过三点十分，难道过头了十分钟，就算失约了吗？你不知道从虹口出来的车子，一定要经过北京路或河南路，可是这两条马路上的车子实在太拥挤了，简直还是自己走比较快一点儿。我说上海的人口实在太多了。今年夏天最好来一个时疫病，上海不论富贵贫贱，大家多死掉一些，那么投机商和不法强徒之辈都可以减少很多，我想上海这个社会才会太平安乐一些了。”

振华听荷茵这样说，倒忍不住好笑起来，望着她粉脸问道：“你希望上海来风行一个时疫病，万一这病临到你自己头上，那可怎么办呢？”

“有什么办？只好死啊。我所以这么说倒并没有自私的意思，我是说人太多了，社会就会作祟，因为分子太复杂，自然造成不良的环境。所以我希望上海人多死掉一些，谁活着谁就有福气，谁死掉谁就倒霉，那是人力所不能挽回的事。比方说有些人自己愿意死，但偏偏地活着，有些人一心想活着，但偏偏地死，这是最公平的事。不论你有钱有势力，但时疫病要你死，你还有什么能力来抵抗呢?”

“你这些话是恨着有钱的人吗?”

荷茵见他沉着脸色，这样地问自己，遂把秋波斜乜了他一眼，抿嘴笑了一笑，说道：

“是不是你有钱人多心了吗?”

“不，我也算不得有钱，上海有钱的人太多了，像我只能算为贫苦群中比较不会饿死的一个，所以你只管骂有钱的人，我绝对不会多心。”

“但是我并没有骂有钱人，我说的是现实的话。索性穷人都死完了，那么社会也太平了。否则，富人多死掉一些，把富人遗下的财产让穷人来混和一些，那么大家也有饭吃，社会自然也安定了。”

“你说的都是不可能的事，我们在咖啡馆里别谈这些乏味的话。你听，这支音乐倒也奏得不错，我们还是跳舞去吧。”

振华当然不愿再谈这些没有趣味的话，所以站起身子，拉了荷茵的手，便到舞池里欢舞去了。荷茵的腰肢被他搂得紧紧的，而且感觉他的身子还故意在自己胸部不住地摩擦，因此荷茵觉得有些痒丝丝的，十分性感，她恨恨地白了他一眼，嗔道：

“你跳得文雅一些好吗？被人家见了，准会骂你色鬼的。”

“没有关系，在这儿跳舞的朋友谁不是色鬼呢?”

“你再这样下去，我不跟你跳了。”

“其实大家都感到舒服的事，我为什么这样假作正经呢？我不怕你吃醋，对于这一点，你姊姊漂亮得多了。”

振华转了转眼珠，他想着了一个计谋，便故意这么地去刺激她说。荷茵听了，果然表示有些奇怪，秋波脉脉地望着他，低低地问道：

"我姊姊怎么漂亮呢?"

"你姊姊和我跳舞的时候，她总自动地把面孔贴到我的颊上来，而且她把我的右手故意拿到她的胸部上去。有时候我被她挑逗得忍熬不住，遂把手指在她顶尖上捻了一下，她便益发把面孔贴紧我的脸颊了。"

荷茵听他这样说，两颊便热辣辣地绯红起来，啐了他一口，噘噘小嘴儿，似有不相信的意思，摇摇头说道：

"谁相信你这些鬼话?我姊姊不会这样下贱的。"

"喔哟，你倒相信你姊姊是个好人吗?老实跟你说，我假使不是为了真心爱上你，我早已被你姊姊勾引大家发生肉体关系了。"

"怎么啦?你这话是什么意思?请你说得明白一些。"

荷茵被他这么一说，她那颗脆弱的芳心顿时满腹狐疑起来。因为自己和姊姊有些不大和睦，所以有些相信姊姊是曾经勾引过吕先生的了。振华一本正经地说道：

"你姊姊知道我还是一个童男子，她便存心要嫁给我，因为她知道我是爱你的，所以她预备先落手为强，用了种种肉麻的举动来勾引我。我当初糊里糊涂地几乎被她搭上了手，幸亏我一想到你的可爱，我终于断绝她了。"

"你这些话完全是真的吗?"

"当然真的，我要说一句假话，我将来一定会做瘪三的。"

振华口中念着咒语，但心里却在暗想：像我这么有钱大少爷，当然是不会有做瘪三的日子，所以念这种誓那是毫没有关系的。当时荷茵听了，还有些将信将疑的意思，沉吟了一会儿，俏眼向他一瞟，低低地问道：

"我真不明白到底是姊姊勾引你，还是你勾引姊姊呢?照姊姊说，你是曾经向她追求过，你还预备送钻戒给她做订婚信物的。"

"哈哈，那真是笑话了，钻戒是多么名贵的东西，我岂肯把它随便送人呢?老实说，像你姊姊这种女子谁都不会爱上她的。她所以这样说，是因为得不到我的爱，因此在背后便说我的坏话了。”

荷茵听了，似乎有些相信起来，却默然了一会儿，并不说话。这时音乐停止，两人携手回座。振华取出烟卷来，荷茵很会奉承地给他划了火柴，并轻轻问道：

“你说像姊姊这种女子没有资格接受你的钻戒，但在你心目之中，像哪一种女子才有资格接受你的钻戒呢?”

“那还用说吗？当然是只有你一个人了。”

振华是个多么狡猾的人，他听荷茵这么问，心中已经明白她的意思了，于是笑了一笑，故意认真地回答。荷茵心中除了喜悦之外，自然还有些赧然的成分，遂把秋波逗了他一瞥媚眼，却低头不答。振华知道她是怕难为情所以不开口的，猜度她的心里一定是愿意的，一时也非常快乐，遂暗暗地盘算了一会儿，说道：

“荷茵，你为什么不回答我？莫非你心中不愿意嫁给我吗?”

“不，我并没有这个意思。”

“那你是什么意思?”

“觉得配不上做你的太太。”

荷茵说完了这一句话，她连耳朵都涨得血红起来了。振华笑了一笑，立刻把手指上那枚钻戒脱下来，一面拉了她的手，一面给她戴上了，说道：

“你太客气，我觉得你肯给我做太太，这是你看得起我，同时也可说是我的光荣。荷茵，你若不信，我马上把钻戒给你戴在手指上好吗?”

“吕先生，你太好了。”

荷茵从生以来，没有戴过钻戒，今天在达到了这个目的之后，她自然又惊又喜，这就倚在振华的怀里，逗了他一瞥感激的目光，喜欢得拉开了小嘴儿只是哧哧地笑。振华这时心中也有一个感想，她们姊妹俩的性情不同，思路各别，于此可见了。荷芬这姑娘确实是个厉害的角色，她见了金刚钻戒指，居然视若无睹，不能动摇她一丝一毫的意念，这在舞女群中是个多么不容易找到的人才呢！然而荷茵呢，她无非是个时下一般普通舞女而已，爱好虚荣，只知享乐，见了钻戒，便把一切利害关系全都忘了。不过转念一想，舞国中的姑娘，假使个个都像荷芬那么有思想有骨气，那我们这班有钱的大少爷岂不是太苦闷了吗？振华虽然这么地想着，但表面上是显出万分热情的样子，紧紧地握住了她的手，笑道：

“荷茵，我叫你一声妹妹，但是你也得叫我一声亲热些，再叫我吕先生，那可有些太生疏吧。”

“叫吕先生不是也很亲热吗?”

“‘先生’两字这是最普通了，阿狗阿猫都可以称呼一声先生，我们的关系，到底不能算为普通了吧。”

“那么要我叫你什么呢?”

“你自己叫好了，你认为叫什么最妥当，那你就叫什么，不过给我听了，要觉得满意才是。”

“你不是叫我妹妹吗？那我就叫你一声哥哥。”

荷茵被他逼得没有了办法，只好转了转乌圆眸珠，厚了面皮，说出了这两句话。振华听了，心里一阵荡漾，只觉其痒难熬，恨不得把她抱住了一口吞下去，遂笑嘻嘻地笑道：

“你叫得很有道理，妹妹，我真是太爱你了。”

“不要太得意吧，被人家瞧见了，怪不好意思的。”

振华得意忘形，举止未免有些轻浮。荷茵虽然并没有感到恼恨，但怕旁人笑话，所以向他娇嗔地劝阻。振华却拉了她手，又到舞池里欢舞去了。

从四姊妹咖啡室出来，时已五点钟了。振华因为另有打算，所以提议看电影去。荷茵摇头瞟了他一眼，笑道：

“看电影怎么来得及？况且这时票子也买不着了。”

“大华今天只演三场，五点一刻也有一场的，我们只管此刻去，保险来得及。买票子不必费心，可以买黑市票，几个黄牛党都认识我的。”

“怎么你和黄牛党是朋友吗?”

“哪里哪里?你不要开玩笑呀。”

“谁和你开玩笑?不是你自己说的吗?黄牛党都认识你的。”

“因为我是黑市票的老主顾，所以他们都认识我，怎么说是朋友关系呢?那真是有趣极了。”

荷茵听他这样说，方才明白过来，一时也忍不住扑哧地笑了。两人坐了自备汽车开到大华影戏院门口停下，遂匆匆跳下车来，还没有跨入戏院大门，果然见有一个身穿长衫的男子走上来，笑嘻嘻说道:

“刚巧还有两张，先生要吗?”

“是花楼票子吗?”

“不，是楼下的，我们不卖花楼票的，楼下当中第七排座位，这是顶好了。”

“恐怕太近了。”

“我倒喜欢近一些，因为我的眼睛有些近视。”

振华也知道黄牛党是不卖花楼票的，所以这么问他，无非在荷茵面前要表示阔绰的意思。今听荷茵喜欢看近一些，于是便也罢了。但这个黄牛党倒也是鉴貌辨色的人，他知道大少爷的脾气，在女人面前扎一些台型的，所以笑嘻嘻地说道:

“先生，今天票价要贵一倍，十二万一张，你们譬如买花楼票子。因为这位小姐喜欢看近一些，老实说那当中第七排座位真不容易买得到哩。”

“十二万就十二万好了，啰啰唆唆闲话何必这么多呢?”

跑跑舞厅朋友的大少爷，在舞女身上花三百万五百万的钞票，那是算不得一回稀奇的事情，所以认为看一场黑市票的电影只有十二万元钱，那实在是太便宜的事。所以点点头回答，一面取出三张五千元的红关金交给黄牛党，一面接了戏票，又挥手说道:

"不要找了，多下的赏了你吧。"

"哦，先生，谢谢谢谢！"

那个黄牛党见他不但没有还价，反而自动地加价，可见上海地方的人，阔绰朋友真是不少，他在惊喜交集之下，自然连连地道谢。但振华却挽了荷茵的手，理也不理他地管自走入了戏院里去了。

时间齐巧正好，两人在第七排位置上坐下后，电灯光便熄灭了，银幕上也就放映出荒岛春色的故事来。这是一张五彩的美国影片，里面镜头都很肉感动人，尤其是男女主角半裸了身子在游泳的时候，看得振华心头乱跳，他有些情不自禁地伸手过去，捏了荷茵一下大腿，低低地说道：

"妹妹，你也会游泳吗？"

"我少许会一些，但心里有些害怕，况且没有同伴一块儿去游泳，所以也想不到玩这个了。"

"今年夏天，我跟你一同去游泳，我差不多每年夏天都游泳的。"

振华一面说，一面把手慢慢地摸到荷茵胸部上去，借着把头靠近她的粉颊，又低低地笑道：

"你瞧，这个女明星的乳峰高吗？"

荷茵见他这么色胆包天的动作，生怕旁人看见，遂回眸白了他一眼，一面伸手在他手背上拧了一下，是叫他快放手的意思。但振华却反而在她胸部上顶尖捻了两下，低低地说道：

"这黑漆漆的地方，又没有人会瞧见的，就给我摸摸吧。"

"你这人真不是好东西！"

荷茵恨恨地说着，但却没有再拒绝他。她所以不拒绝的原因，说也可怜：第一，只怕声张起来，被人家发觉了，反而不美；第二，因为振华已把钻戒交给了自己，可见他已把我当作了自己未婚妻一样了，既然将来总是一对夫妻了，那么自己身子早晚总也归他所有了，就是给他摸一会儿，这也算不了什么。荷茵无非是因为一片痴心而已，但她哪知道振华这无赖在女人面前是得寸进尺的，他见荷茵可欺，便把手更加活动起来，甚至于由上而下，无所不为起来。荷茵这才急了，恨恨地打了他一下手，暗地里白了他一眼，“嗯”了一声。振华怕事情弄僵，方才把手缩了回去。

瞧毕电影，时已七点半了，荷茵在走出戏院大门的时候，便恨恨地又打了他一下肩胛，娇嗔地说道：

“你这人太色眯眯了，怎么有资格做我哥哥呢？早知道你这么顽皮，我悔不该跟你一同来瞧电影了。”

“其实我们是一对夫妻了，那也没有关系啊。妹妹，你难道生气了吗？”

“我希望你下次不要这个样子，因为被人家瞧见了，岂不是要被人看轻的吗？我们将来总有那么一天的，你为什么这样猴急呢？”

荷茵也怕他会不高兴，于是含了浅笑，用了温情的口吻很正经地劝告他。振华点了点头，表示接受她劝告的意思，一面说我们吃晚饭去吧，一面跳上汽车，吩咐车夫开到晋隆饭店去。汽车到了晋隆饭店门口停下，振华把一叠钞票塞给车夫，叫他自管去吃饭，并说不用再来相接，只管把空车开回家去就是了。车夫答应，遂把汽车开走了。

这儿振华挽了荷茵的手臂，走到楼上，侍者招待入座。振华点了两客最贵的西餐，并吩咐拿上两瓶啤酒。荷茵忙道：

“拿两瓶干吗？我是不大会喝酒的。”

“会喝多少就喝多少，剩下的我都喝下去好了。”

“可是我也不许你太多喝，因为酒会伤身子的。”

荷茵表示很多情的样子瞟了他一眼，如疼爱如嗔恨地说。振华把舌头一伸，笑道：

“还没有结婚呢，你就管得我这么紧吗？那可不得了，将来我一定会跪着向你叩头的。”

“你这人说话就不知道好歹，我是为了你好。”

“我又不是木头人，怎么会不知道呢？其实我倒希望有个厉害的太太来管束我，我心里才觉得高兴。”

振华望着她红晕的粉脸，贼秃嘻嘻地说，他在计划今夜需要怎么样才能使她入彀。荷茵听他这样说，一颗芳心自然颇为喜悦而且甜蜜，秋波在逗给他一个娇嗔之后，却也抿了抿小嘴赧赧然地笑了。

两人喝着啤酒，吃着精美西餐，谈谈笑笑，真是十二分情投意合。振华这时已有一个主意，便含笑说道：

“妹妹，你喜欢玩罗宋牌九吗？”

“我对于无论哪一种的赌全都感到有兴趣，不过罗宋牌九配牌我还并不精，所以那是很吃亏的。”

“只要你感到有兴趣，那你慢慢学习，保险你门槛会精起来的。”

“你叫我到哪儿去学习呀？”

“今夜几个朋友约我在大中华旅社三百十八号赌罗宋牌九，你跟我一同去玩好吗？我给你配牌学习，你喜欢去吗？”

荷茵听了赌钱，她的心怦怦地跳了起来，沉吟了一会儿，表示考虑的意思。振华微微地一笑，说道：

“你是为了不肯牺牲夜场的跳舞吗？那有什么关系？我回头给你一千万现钞，那你回家总可以交账了。再说我若赢了钱，分一半给你，我若输了钱，绝不叫你派一个钱出来。你想这种合伙买卖你不是稳赚钱的吗？”

“好，我就跟你去玩玩吧。不过，你的朋友当然都是男人家，只有我一个女孩儿在你们中间，这不是很难为情吗？”

“这也算不了什么，难道你还这样害羞吗？现在是什么时代，男女一律平等，还分什么花样呢？”

振华这么地怂恿她说，于是荷茵也不说什么了，这显然是答应他一同去了的意思。所以两人吃毕西餐，振华就雇了一辆三轮车，和荷茵坐到大中华旅社去了。

荷茵跟了振华走进三百十八号房间之后，回眸见房内并没有一个人，心头这就别别地乱跳，有些猜疑的神气，急急地问道：

“你的朋友，他们怎么一个也不见呀？”

“你急什么？时候还早哩，过一会儿他们都会来的。我们既约好了，他们听见赌钱是有十万八千里路可以跑来的，如何会失约呢？妹妹，我给你大衣脱了，你先休息一会儿吧。”

振华一面很认真地说，一面伸手把她大衣脱了，亲自给她挂在衣钩上。这时茶房推门入内，拿了铜勺子来冲茶，他向荷茵神秘地望了一眼，冲完了茶，便悄悄地退出房外去了。荷茵因为刚才喝一杯半的啤酒，此刻全身都觉得发烧，每个细胞好像十分紧张，显然这是因为血液流动得快速的缘故。她坐在沙发上，微闭了眼睛，似乎在静悄悄地养神。振华见了，暗暗欢喜，便悄悄地把房门关上，然后倒了一杯茶，亲自端给荷茵去喝，低低地说道：

“妹妹，怎么？你喝了一些酒就醉了吗？”

“嗯，刚才被风一吹，有些头痛脑涨起来了。”

“我给你喝一口热茶好吗？”

振华偎了她的身子，十分多情关切地问。荷茵睁开星眸，向他望了一眼，表示感谢的意思，就在振华手里拿着的杯子上喝了一口茶，并低声地说道：

“给我靠一会儿就好了，你的朋友怎么还不来呢？假使他们不来了，我要到舞厅里去了。”

“我不是已经答应给你一千万现钞吗？你还要到舞厅做什么去？妹妹，你有些头昏，是最好到床上去靠一会儿，这比靠在沙发上要舒服一些了。”

“不用，我靠在这儿也很舒服的。”

荷茵摇摇头，她把眼皮仍旧微微地闭上了。振华见酒后的荷茵，粉脸白里透红，十分鲜丽，一时欲念顿生，有些情不自禁地把茶杯放下，猛可抱住荷茵的娇躯，低头在她小嘴儿上便紧紧地吻住了。

荷茵突然被他这一吻，心头自然吃了一惊，意欲挣扎，但酒后却是四肢软绵无力，竟没法推拒。良久，才急急地说道：

“你……你……这是什么意思？回头你朋友瞧见了，不是要笑话的吗？”

“我朋友来了，他们当然会敲门的。我们听了敲门的声音，不是可以立刻停止接吻工作吗？好妹妹，你早晚总是我的妻子了，你就马马虎虎给我吻一个痛快吧！”

振华一面说，一面把身子压下去。荷茵受不住他的压力，身子就倾斜下去，躺倒在沙发上了。振华于是又再度地把她紧紧地吻住了，并且他的手在荷茵胸部上不停地活跃，他像一条疯狂的狗般的，几乎欲把荷茵吞下去的样子。

荷茵是个情窦初开的少女，她如何禁得住振华这样挑拨？况且又是喝过了一些酒，因此全身的血液几乎要膨胀得炸裂开来。她只觉一阵不可抑制的需要，好像对于振华的举动，只感到一阵神秘的愉快和兴奋。所以她口里虽然嗯嗯唔唔地表示推拒他，不过事实上她全身已经软化了。

振华在得寸进尺的存心之下，他见荷芬并没一些恼怒的意思，于是他更扩大了野心地发展。荷茵是个意志薄弱的女子，当然是让振华很顺利地达到了最后的目的。

不过在事情已经成为过去之后，荷茵想到母亲的叮嘱，以及姊姊警告的话，她觉得果然被姊姊猜着了，一时伤心得忍不住又呜呜咽咽地哭起来了。振华对于荷茵可说是得到了新的尝试，因为他平日所玩弄的女子都是花信年华，门户早已开放过了的。如今荷茵一个才十六岁的小姑娘，觉得这个中滋味真是别具情趣，令人说不出的可爱，大有使自己一尝再尝的胃口。所以见她哭泣，便搂了她身子，轻怜蜜爱，软语温存，表示非常恩爱的样子。但荷茵却泪眼盈盈地说道：

“你……你不该这么急急地欺侮我，假使给我妈妈知道了，我不是要挨骂了吗？”

“妹妹，你如何能说我欺侮你呢？我所以有这么举动，完全是为了爱你的缘故啊！我们无非暂时赶早一些享受夫妻权利罢了，譬如我们已经结了婚，那我们不是也要来这一套玩意儿吗?”

“结婚之后，这是正正当当的事情。现在我们这样行动，究竟是不合理的呀！况且你们男子都是得新忘旧的，明天有了新的女人，不是会把我抛弃吗？到那时候我的终身岂不是被你害了吗?”

“不会，不会，你放心，我一定会爱你到底。妹妹，你不要哭了，本来我给你一千万现钞，如今我给你两千万现钞，你明儿可以剪衣料去，你是我的最心爱的妻子，我怎么肯抛弃你呢?”

振华连忙急急地安慰她说，他一面给她拭泪，一面在皮匣子里取出一张银行里的本票，交给荷茵手里，并且向她微微地笑。荷茵也稍为认得一些字，见票面上写着“国币贰仟壹佰伍拾万元”的字样，一时芳心暗想：他给我戴了钻戒，又给我这么多的钞票，可见他完全是真心地爱我了。可怜荷茵真是个幼稚的女孩子，她既然这样想着，当然把伤心慢慢地消失了，秋波斜乜他一眼，却破涕而笑起来了。振华见她挂着泪水笑了，一时也感觉到金钱魔力的大，真可以左右一切，他非常得意，立刻又把她小嘴儿吻住了，嘻嘻地笑道：

“妹妹，我待你不是完全一片真心的爱吗?”

“眼前待我好并不能算好，我只希望你能够永远地待我好，那我就万分地感激了。”

“当然是永远待你好的，老实说，我若是没有了你，我情愿自杀而死的。”

荷茵听他这样说，一时便深深地相信了。她显出柔媚的表情，偎在振华怀里，表示无限亲热的样子。这时振华有了两个小时休息之后，他便对荷茵又不老实起来，荷茵见时候已经十二点一刻了，遂低低地说道：

“过几天我再给你欢喜好了，今夜时候不早，我此刻要回家去了。”

"妹妹，这么晚了，你不要回家了，回头在路上受了寒，那可不是玩的事。"

"我爸妈是不许我在外面宿夜的，明天回去，恐怕很不方便吧。"

"不要紧，你可以说在外面赌了一夜的钱，这两千一百五十万元钱就是你赢来的，那你爸妈一定不会骂你的了。"

振华猜到她的父母一定是见钱眼开的人，所以便给她想出这一个圆谎的好法子来。荷茵听了，觉得这个谎圆得很好，当下点头笑道：

"也好，不过，我明天一清早就要回去的，表示我确实是在赌钱，那么爸妈就不会疑心我了。好哥哥，我们安安静静地睡吧。"

"可是，我旁边有着这么一个美丽心爱的姑娘，叫我怎么能安静得了呢？好妹妹，你就可怜可怜我，给我再甜蜜甜蜜吧！"

振华一面说，一面已老实不客气地动手起来。荷茵到底因为也真心地爱上了他，而没有坚决地拒绝他，在半推半就的情形下，羞人答答地终于又给振华做了一次泄欲的器具。第二天一清早，荷茵心中有了心事，所以早已醒来，回眸见振华却睡得死沉沉一般地熟，于是偷偷地起身，也没有好好儿地梳洗，就穿上了旗袍。在临走之时，把振华低低地唤醒，说她要回家了。振华睡眼蒙眬的，糊糊涂涂地望了她一眼，没有作答，却把眼皮又合上了。荷茵见了，忍不住暗暗好笑，遂也不再跟他说话，披上大衣，挟了皮包，匆匆出了大中华旅社，讨了一辆三轮车，便回家去了。

荷茵回家见到了父母之后，心中虽然是担着虚心，不过她表面上是竭力镇静着态度，伸手按在小嘴儿上故意打了一个哈欠，连说好倦好倦。柳太太早已急得忍不住开口问道：

"阿茵，你在什么地方呀？怎么一整夜不回家呢？"

"我赌了一夜罗宋牌九，运气真不错，赢了两千二百万元钱，妈，你瞧，这不是银行里一张本票吗？"

荷茵却不慌不忙地回答，她一面脱了大衣，一面把皮包内一张本票交给了母亲。柳太太是个目不识丁的夫人，当下立刻交给金虎。金虎见果然是一张中宝银行的本票，本票比支票靠硬，完全是现钞一样，心中这一快乐，不由哈哈地大笑起来，但他还急急问道：

“你不是说两千二百万元吗？怎么这里只有两千一百五十万元呀？”

“还有五十万是现钞，爸爸问得真清楚，难道我还揩油了不成？”

“不是这意思，不是这意思，我怕你被人家弄错了，所以问一声的。这原来是赢来的钱，我怎么还说你揩油呢？”

柳金虎笑嘻嘻地连忙又向她说明了，是给她解释误会的意思。这时柳太太一面给她倒茶喝，一面打量她的面色，只见她蓬了头发，睡眼惺忪的，好像真的一夜没睡的样子，于是含笑问道：

“你在哪儿赌钱呀？怎么输赢有这样大呢？幸亏是赢的，假使输了两千二百万元，那可怎么办？你不是要好几天被人家白跳舞吗？所以我劝你以后不要赌得太大，小玩玩是不伤脾胃的，进出太大，到底很危险呢！”

“妈，你放心，我不会输，只会赢的。”

荷茵一面脱衣就寝，一面笑嘻嘻地说。柳太太和金虎听了，倒是弄得莫名其妙，急问这是什么缘故，难道你会偷牌吗？荷茵啐了他们一口，遂告诉他们说这是吕先生拿出的本钿，输了算他，赢了算我的，那不是我稳赢钞票的吗？柳太太和金虎这才明白了，原来是吕先生存心挑拨她的意思，于是竭口地称赞吕先生真是个好人。荷茵见爸妈被她花言巧语说得十分相信，自然非常欢喜，当下沉沉地入睡了。只有荷芬在阁板上听了妹妹这些话，她是并不相信，觉得昨天夜里，妹妹的处女一定被吕先生破坏了。但父母既然信任妹妹，我又何必多管闲事？妹妹不会见我的情，恐怕更要和我结怨哩。不过想着妹妹将来的结局，她又代为表示悲哀，忍不住深深地叹了一口气。从此以后，荷茵每星期至少有两三夜在外面宿过夜的，回家总是在第二天的清晨，不过她带回来不是本票就是现钞。柳太太和金虎明知女儿在外面不免有了花样精，但是瞧在本票和现钞的面上，所以也就假装含糊，并不追究。

光阴匆匆，不知不觉已到盛夏的季节，荷茵这几天肚子里竟有些作怪起来，时常闹着吞酸作恶，而且经期也停了三个月。柳太太见女儿精神不好，而且腹部有了怪异之象，心中大起疑窦，遂声色俱厉地诘问她。荷茵在逼不得已的情形之下，也只好含羞地从实告诉。为了恐怕父母责骂起见，她还呜呜咽咽地哭了起来。柳太太和金虎听了，又急又恨，遂连忙说道：

"事到如今，你哭也没有用呀！现在最要紧的问题，就是吕先生他既然跟你发生了关系，而且有了结晶，在他是不是负责任的呢？假使他肯娶你为妻，那倒也罢了。就怕他是存了玩弄的意思，那你将来养下孩子之后，算什么名目呢？"

"吕先生他……是真心爱我的，他的意思预备秋凉天气，跟我结婚。"

荷茵一味痴心地等待着，她红了脸，挂着眼泪，羞涩地告诉。柳太太急得"啊"了一声，说道：

"等到秋凉天气，你……你……难道预备大了肚子拜堂吗？我问你，吕先生是不是知道你有身孕了呢？"

"他……他……没有知道。"

"唉，那你为什么不告诉他呢？"

"我……我……哪里知道是有了身孕呢？"

荷茵低了头回答，她眼泪又扑簌簌地落下来了。柳太太叹了一口气，说声"你真是太糊涂了"，一面沉吟了一会儿，一面说道：

"那么你今天夜里如其碰见了吕先生，你应该告诉他，并且催促他快些提早结婚才是，否则，这事情岂不是糟了吗？"

荷茵点点头，却没有作答。柳太太是疼爱小女儿的，所以不但没有责骂她，而且还用了温和的口吻向她劝慰了一会儿。这时荷芬在旁边听得明明白白，心里真是非常地恼怒，觉得这姓吕的小子真是太可杀了，他玩弄女性在他当然是不算一回稀奇的事。他说等待秋凉天气跟妹妹结婚，这无非是延宕时间罢了。其实他是没有诚意的，假使他真心要娶妹妹的话，为什么要等秋凉天气呢？只可惜妹妹并不恨他，还痴心地等待着秋天的到临，这实在是太可怜一些了。荷芬心里闷闷地想，但口中却并不多嘴。谁知天气热，心里闷，在傍晚的时候，荷芬却头痛脑涨地发起痧来。虽然柳太太给她赶忙喝十滴水、提痧筋，吃八卦丹，忙碌地医治了一会儿，但今天她是没有气力再能上舞厅了，于是就躺在妹妹的床上休养着，因为夏天的后楼已经是热得要命，假使再爬上阁板去睡，这在一个已经有病的人当然是更受不住的。所以她暂时地睡在妹妹床上，预备妹妹从舞厅回家之后，自己再睡到阁板上去。

这晚荷芬夜饭也没有吃，静静地闭眼养神。金虎和柳太太坐在桌子旁，一个喝酒，一个吃饭，他们却在猜测荷茵今夜在舞厅里碰见吕先生之后，事情不知道怎么决定。荷芬听了，暗暗地冷笑了一声，心中想道：只怕姓吕的一听到妹妹有了身孕，他就会避而不见面了呢。正在这时，隔壁陈太太前来叫柳太太打牌去，柳太太一听打牌，自然连声说好。因为天气热，早睡睡不着，闲着又没有事做，所以玩牌是最好消遣的工作。

柳太太一走之后，房内只有金虎和荷芬父女两个人了。荷芬因为怕见电灯光，所以闭了眼睛，面朝着墙壁而睡。金虎却坐在桌边，还是独个儿地喝着酒，心中暗暗地想着：荷茵的身子已经被人家破了，现在只剩荷芬还算是个姑娘的身子。不过在舞厅里长此以往，将来这处女还是保不住被人家破坏的。想到这里，两眼便望到荷芬身上去，只见荷芬身穿鸡心领格子纺的小衫，下面是条格子纺的短裤，露着两条粉嫩的大腿，又白又胖，真可以榨得出水来一样。酒后的金虎也觉得荷芬这姑娘是太富有肉感的引诱了，一时更加觉得她将来也会被人诱奸失身的，假使如此，那不是太以可惜吗？金虎一面想，一面又连连地喝了两口酒，他的脸顿时升起了一阵焦躁的红色，呆呆地出了一会儿神之后，忽然糊糊涂涂地站起身子，走到床边去，伸手摸荷芬的大腿。荷芬惊觉，连忙回头过来，一见是爸爸，倒是唬了一跳，遂急急问道：

“爸爸，你做什么？”

“我摸摸你身上有没有热度，你这样子睡着会受凉吗？我给你盖一条线毯好吗？”

“这么热的天气，一些风也没有，如何还会受凉呢？爸爸，我瞧你喝完了酒，还是到弄堂里去纳一会儿凉吧，最好关了电灯，给我静静地睡一会子。”

“你怕见灯光吗？那我给你熄灯好了。反正我借了窗外月色，也会喝酒的。”

金虎听见女儿这么说，遂一面熄了电灯，一面又坐到桌子旁喝酒去了。在夏天的季节，灯光也会增强室内热度，此刻熄了电灯之后，在荷芬感觉上好像果然比较阴凉了一些。所以她合上眼皮，也就蒙眬地入睡了。也不知经过多少时候，忽然荷芬感觉有个人压到自己的身上来，而且胸部上有什么东西在活动。荷芬这一惊骇，由不得急出一身冷汗，忍不住“啊”了一声叫起来了。

第六回

离奇身世芬姑娘抛家

荷芬在睡眼蒙眬之中，突然发觉有人在自己身子上压了下来，这就惊骇得“啊呀”一声地叫了起来。但那个人还用手去扪住荷芬的嘴，是不许荷芬声张的意思。荷芬感觉到这个人还用另一只手在扯自己的短裤，那很显明的，竟然有人在强奸自己了。因为在黑夜之中，而且室内也没有亮着灯光，所以她一时之间也不晓得那个人究竟是谁。她要喊又喊不出声，她要挣扎却又没有力气，因此这一急真是非同小可。荷芬在这千钧一发之时，忽然楼下有人噔噔的一阵步履走上楼来。荷芬没命地“啊”了一声，那个人恐怕事情弄僵，被人觉察，他方才离开荷芬的身子，跳下床去了。荷芬这就急急坐起床来，只见一个黑影向房门外逃出去，于是大叫：“捉贼！捉贼!”不料喊声未完，只听房外前楼阿嫂的声音在说话道：

“柳家伯伯，你女儿在房中喊捉贼呢，你为什么还向房门外走呢?”

“我女儿有病在床，她热度很高，所以在说热话哩。我给她到药店里买神曲茶去，哪里真的有贼哩!”

荷芬听这是爸爸说话的声音，接着便匆匆地向楼下走了，同时又听前楼阿嫂走进前楼房中，开亮了电灯，这灯光由前楼透漏到后楼来。荷芬不禁呆呆地出了一会子神，她几乎有些不相信起来，暗想：奇怪了，难道爸爸会强奸自己的女儿吗？这岂不是禽兽行为吗？

但刚才这个人除了爸爸之外，还有谁呢？我真想不到爸爸竟会干出这下流的勾当来。那还成个什么家庭呢？荷芬这么想着，一阵子伤心，忍不住呜呜咽咽地哭起来了。前楼阿嫂听了荷芬的哭声，便悄悄地走进后楼，给她亮了电灯。只见荷芬坐在床上，血红了两颊，抽抽噎噎地哭泣，一时很奇怪地问道：

“大小姐你怎么了？身子热度觉得很高吗？你快躺下来休养休养吧，为什么坐着哭泣？那不是很累吗？”

前楼阿嫂一面说，一面扶她躺下来，荷芬回答什么好呢？她心中的苦楚怎么能说得出来？因此只管伤心地哭泣着。前楼阿嫂伸手按了她一下额角，觉得热度还不算十分高，遂笑了一笑，拍拍她的肩胛，低低地说道：

“你真像一个小孩子似的，有些不舒服，怎么老是哭呢？快不要伤心了，你要喝茶吗？我给你倒一杯。”

“谢谢你，我不要喝茶。”

荷芬这才从哽咽声中，低低地回答，虽然是不哭了，但她喉咙口还息息地响着，表示有余哀的意思。前楼阿嫂又低低地问道：

“你的妈呢？”

“到隔壁打牌去了。”

“你妈也真糊涂，女儿有病，她还打牌哩！”

“唉，前楼嫂嫂，谢谢你，你扶我上阁板去睡好吗？”

荷芬听了，由不得轻轻地叹了一口气，她一面坐起身子，又向她低低地央求。前楼阿嫂皱了皱眉尖，劝她说道：

“你是有病的人，就叫你妹妹睡到上面去也不要紧，难道她这一些也不肯体谅你吗？”

“妹妹这人很自私的，我们姊妹俩一些情感也没有，我不愿叫她冤冤枉枉地睡到上面去，免得她怨声载道。”

前楼阿嫂听她这样说，遂也不再劝告，就扶了她到阁板上去睡下了。这时前楼阿哥回家了，阿嫂方才回房中去。这里阿芬一个人哪里还能再睡得着？她心里是一阵一阵地狐疑着，觉得我们这个家庭多少有些蹊跷的，大概我不是他们的亲生女儿吧？否则，嫡亲的爸爸怎么会存心强奸自己女儿起来呢？这天下绝没有这种下作的爸爸。她觉得明天非偷偷地向母亲问一个仔细不可，假使他们果然不是我亲生的父母，那我这个姑娘的身世不但可怜，而且也太凄凉渺茫了。

荷芬胡思乱想地忖了一会儿，不知不觉钟鸣十二下了。柳太太已打完了牌回家，她见房中一个人也没有，抬头一望，见荷芬已睡到阁板上去了，遂连忙叫道：

“荷芬，你爸爸呢？他到什么地方去了？”

“不知道。”

荷芬恨恨地回答，她有些生气的口吻。正在这时，柳金虎从房外进来，笑嘻嘻地说道：

“我在弄堂口纳凉，太太，你胜败如何？”

“输一百六十万，真倒霉！十二圈牌，只和了三副牌，早知道牌风这么不好，我就懊悔去打牌的了。”

“打牌总有胜负的，今夜输了，明天翻本，这也没有什么关系呀。”

柳金虎恐怕荷芬已把这事告诉了太太，那么太太当然得追究了，为了有些虚心的缘故，所以他竭力地向太太拍马屁。柳太太没有回答，拧了冷水面巾，擦着额角上的汗，一面问荷芬说道：

“你身子好些没有？”

“我恨不得马上就死，还要它好起来干什么？”

“何苦来说这种气话？我输了钱，难道你生气了吗？”

“你把家里一切全都输光了，也不干我什么事，我生气做什么？”

“太太，有病的人肝火很旺，你和她多说什么呢？”

柳金虎似乎有些知道荷芬生气的原因，他非常担忧，于是向柳太太低低地劝阻，表示不必理她的意思。柳太太也只好自认晦气，嘟起了两片厚嘴唇，便闷闷地不说什么了。就在这时候，柳荷茵由舞厅里回家来了，她的神色很懊伤的，有些愁眉不展的成分，懒懒地把皮包在桌子上一放，却有些泪眼盈盈的样子。柳太太有些吃惊，遂急急地问道：

“阿茵，你……你……吕先生碰见了没有？

“他今夜没有上舞厅里来……”

荷茵凄惨地回答，眼泪滚滚地落下了两颊。柳太太和金虎都惊慌地“啊”了一声，急得汗如雨冒的表情，齐齐问道：

“他会不会从此不来了呢？”

“我怎么会知道？唉，我听王丽妹告诉我，她今天下午在大光明门口碰见吕先生挽了一个少女很亲热地走，恐怕他是另外爱上了人，我……我……上他的当了。”

荷茵伤心地告诉着说，她伏在桌子上忍不住呜呜咽咽地哭了。柳太太急得连连搓手，唉声叹气地说道：

“那么吕先生家住什么地方？你知道没有？”

“我……没有知道。”

“唉，你这孩子真也太糊涂了，那么他在什么地方办事情？电话你知道吗？”

“我……也没有知道。”

“啊呀！你这小姑娘真是要死快了！你什么都没有问清楚，你就把身子白白地让他糟蹋吗？你难道这样发贱吗？真是该死的东西！”

柳金虎听她什么全都不知道，那不是一些把柄也拿不到了吗？他心中又恨又气，忍不住暴跳起来地责骂。荷茵被爸爸这样一骂，她到底还只有一个才十六岁的小姑娘，因此益发伤心得抽抽噎噎地哭泣不停。倒是荷芬忍不住开口说道：

“明天他若再不到舞厅来，你可以报告警察局，一同到大中华旅社去捕捉他好了，我想他在大中华一定不会离开的。”

“对了对了，我问你，你被他困脱的地方是不是大中华呢？”

柳太太一听荷芬的话，不由拍拍额角，连声地说对，一面又向荷茵急急地问。荷茵这时候已没有像过去那么神气活现了，她好像是个偷了东西小贼一般地感到惶恐，因此点点头，却又扑簌簌地落眼泪。柳太太究竟还是肉疼着小女儿的，所以不再责骂她，反而向她温情地安慰了一番，大家才熄灯安睡了。

第二天早晨，荷芬热度退了，精神也就好了许多。柳太太叫她睡到下面来，因为睡在上面，要茶要水都很不方便，荷芬于是跳下阁板来，因为荷茵已经起身，她仍旧睡在妹妹的床上。金虎见了荷芬似乎有些害怕的样子，他便到茶馆里喝茶去了。柳太太烧了粥汤，买了一个咸鸭蛋，给荷芬充饥。荷芬吃稀粥的时候，见房内只有母亲一个人，遂向她招招手。柳太太见她好像要说什么秘密话的样子，遂走到床边坐下，悄悄地问她有什么事情。荷芬一本正经的态度，望了柳太太一眼，低低地问道：

“妈，你得说老实话，我莫非不是你们亲生的女儿吧？”

“什么？你……这话是打哪儿说起的呀？”

柳太太听荷芬问出这一句话来，心头这一吃惊，忍不住像小鹿般地乱撞起来，但她竭力掩饰慌张的成分，表示不胜奇怪的样子，急急地向她反问。荷芬冷笑着说道：

“就算你是我亲生的娘，但爸爸绝不是我亲生的父亲。妈，莫非你把我拖过来嫁给这个爸爸的吗？”

“你这个小姑娘说话太没有分寸，难道你倒喜欢做拖油瓶吗？”

“这倒并不是喜欢不喜欢的问题，我要研究的是个现实的问题。妈，你不用说谎来欺骗我，我已经完全明白，我并非是爸爸亲生的女儿。”

荷芬说得那么肯定的样子，听在柳太太的耳朵里，当然表示惊奇，遂微红了脸，怔怔地望着她出了一会子神，问道：

“这倒奇怪了，你从哪一点根据，才明白你不是我们亲生女儿呢？”

“若要人不知，除非己莫为。这句话是不错的。假使爸爸对我没有干出这下流的行为来，我又哪里会疑心到这一层上去呢？所以这完全是爸爸自己泄漏秘密的，他好像在告诉我，我并不是你们亲生的女儿。”

“啊呀！这断命老杀千刀！难道他……他……对你有无礼的举动吗?”

“哼！你猜得真不错，妈，我老实告诉你，昨夜你打牌去之后，爸爸居然趁我睡着的当儿，他跳到床上来强奸我!”

荷芬冷笑了一声，便老实不隐瞒地直告诉出来。柳太太心中这一愤怒，两颊顿时气得变成了铁青的颜色，猛可跳起身子，怒气冲冲地大骂道：

“什么？这老甲鱼莫非发花痴了吗？竟干出这么下流的行为来吗？那可把我肚子都气得胀破了。这烂浮尸真的要死了，回头我非跟他拼命不可!”

“妈，你且不要发脾气，这事情不能闹开来的。假使被外界知道，这不但要给人家当作新闻，而且女儿以后名誉损失，恐怕也难以在这社会上生存下去了。”

柳太太听荷芬又这么地劝阻自己，一时更加着慌，连忙又急促地问她，说你身子到底有没有被这老甲鱼糟蹋过呢？荷芬怨恨地白了她一眼，恼怒地说道：

“妈，你不要老背了，我怎么会如此糊涂轻贱吗?”

“这断命老浮尸如何有脸再能见你呢？当时你怎么拒绝他呢？他又如何的下场？我给他想想，也觉得这死坯真是太以无耻卑鄙了!”

柳太太被女儿一顿埋怨，于是她又恨恨地骂到金虎身上去了。荷芬遂把昨夜经过的情形，向她略为告诉了一遍，并且又认真地说道：

“假使他是我嫡亲的爸爸，我可以相信，他绝不会用这种卑劣的手段来侮辱我。妈，你爽爽快快告诉我，莫非我是你们的养女儿吗？”

“……”

“妈，你为什么不开口？你说呀！你若不明白地告诉我，那我情愿自杀，再不愿做什么人了。”

荷芬见母亲支支吾吾地并不作答，显然是有隐情的样子，这就摇撼着她的手臂，急得要哭出来的神气追问。柳太太被她逼问得没有办法，只好叹了一口气，说道：

“阿芬，你不要着急呀，我老实告诉你，你原来是我妹妹的女儿。”

“啊！那么你实在是我的姨妈呀！我……我自己的妈妈到哪里去了呢？还有我的爸爸，他……他又到什么地方去了？”

这消息是多么惊人，荷芬这才恍然大悟，暗想：怪不得母亲总是这样地庇护妹妹、疼爱妹妹，原来我不是她亲生女儿呀！但一想到自己亲生的父母，她忍不住又流着眼泪急急地问。柳太太显出难过的神情，接着又低低地说道：

“我妹妹名叫江月珍，她就是你的妈。在你妈十八岁的时候，被一个青年爱上了，这青年姓魏名叫如泉，他们因为过分热情地相爱，所以终于发生了肉体关系。不料魏如泉的父母已经给如泉盲目地订了婚，并逼着如泉回家去成亲。那时如泉还在上海学校里读书，经济当然不能独立，所以没有能力去反抗，终于忍心抛弃了你娘回到北方去了。可怜我妹妹这时已有身孕，虽然对于情郎的遗弃哭得死去活来，但事到如此又有什么办法呢？也只好静静地等待小生命落地了。这养下来的孩子，就是你呀！不料你娘产后未到半月，因为郁郁闷闷地悲伤流泪，竟是一病身亡了。她临终的时候，把你托付了我，所以我把你当作亲生女儿一般地抚养成人了。唉，我却想不到这个老甲鱼竟色眯眯地惹到你身上来，我非教训他不可。他有这种不要脸的存心，那以后的日子还当了得吗？”

荷芬听到这里，一阵子伤心，竟忍不住呜呜咽咽地哭泣起来了。

柳太太恐怕荷芬记恨在心，因为她是一个会赚钞票的女孩儿，所以不得不用了好话安慰她说道：

“阿芬，你虽然不是我亲生的女儿，但凭良心说，我确实也没有亏待你。至于你姨爹昨夜这一个举动，他实在是老变死老热昏了，我总有办法叫他向你赔不是说好话，所以我劝你千万不要难过。老实说，你是一个好姑娘，你有坚强的意志，你有优美的思想，比不得我的阿茵，她只知道爱好虚荣，到如今果然上了人家的当了。所以我以后的希望是只有在你的身上。你放心，我绝不会使你受到一丝一毫委屈的。”

柳太太虽然是这样温和地安慰着她，但是荷芬却没有作答，也只自管抽抽噎噎地哭泣不停。柳太太没有办法，只好把金虎唠唠叨叨地骂了一阵。荷芬方才停住了哭泣，反而向她低低地劝道：

“妈，回头爸爸回家，你且不要骂他，因为在我的面前骂起来，我实在很难为情，所以等我明天上舞厅去的时候，你再向他责骂好了。”

“好的，我一定听从你女儿的话，你还是静静地休养这身体要紧，我要到楼下烧午饭去了。”

柳太太点头答应，她匆匆地量了一淘箩的米，就拿到楼下自来水龙头旁去淘米了。在十一点半的时候，柳金虎从茶店里回来了，经过灶披间，他向里面张望了一眼，见只有柳太太一个人在烧菜煮饭，便含笑走进去，说：

“午饭做好了吗？”

不料他话声未完，柳太太见四下无人，就伸手在他颊上啪的一声量了一记耳光，瞪了那双三角眼，喝道：

“你这老变死的老甲鱼，你真是吃了豹子胆，你竟做出这种下流的事情来吗？你是不是在寻死呢？还是不想做人了呢？”

“太太，我……我……”

金虎冷不防挨了这一记打，真是急得面无人色，心头乱跳，明知昨夜这件尴尬的事情由荷芬告诉太太了，但他还想拿什么话来巧辩。可是柳太太不由他再开口说话，拿了锅铲，赶上来向他头顶做个猛击的姿势。金虎一见来势不对，便抱头鼠窜地逃到楼上去了。等柳太太端了饭菜上楼，只见金虎直挺挺地跪在荷芬面前，似乎在忏悔认错的样子。荷芬坐在桌旁，却在暗暗好笑。荷芬见了母亲上楼，便低低叫道：

“妈，你瞧爸爸这举动他不是要折死了我吗？”

“啊呀！你这死坯，你这算什么样儿呀？我恨不得咬你几口哩！”

金虎见了柳太太凶巴巴地骂着，这就唬得又站起身子来，躲在壁角里去，显出害怕的样子，愁眉苦脸地说道：

“这完全是因为我喝醉了酒的缘故，所以千万请你们原谅我吧！”

“妈，算了吧，别追究这件事情了，回头让人家知道了笑话。”

荷芬因为胸中已有成竹，所以乐得做一个好人的，反而向柳太太劝阻。柳太太原是为了讨荷芬的好，才这么恶狠狠责骂金虎的；此刻听荷芬既然这么说，遂也不再声张开来，只恨恨地白了金虎一眼，凶巴巴地说道：

“你下次再敢做如此下流的行为，我非赶你出去不可。瞧你活了这把年纪，闲在家内，不会赚钱，只会吃饭喝酒，你享受了这么舒服的断命福，你还敢这么痴心妄想，真是在寻死了。”

柳太太骂了一会儿，大家也就坐下吃饭了。金虎这餐午饭不敢多喝酒，就匆匆地吃饭了。饭后，荷茵要到大中华旅社找吕先生去，荷芬已经起床，也要到外面走走散散心。屋子里就只剩柳太太和金虎两个人，柳太太忙了一上午，预备睡中觉，金虎却拍马屁地坐在床边给她打扇，柳太太白了他一眼，问道：

“你怎么想出来竟要去强奸阿芬呢？现在她已知道她不是我们亲生女儿了，瞧阿茵已失了足，万一阿芬再变心跟人逃了，我瞧你这只老浮尸靠谁过活去！”

“唉，我也无非一时糊涂而已，因为阿茵已经被人玩弄，我想阿芬迟早也得被人玩弄的。一样要被人糟蹋，那还是给我先享受一番，以后她被人玩弄，也就不吃什么亏了。”

柳太太听到这里，不等他再说下去，就猛可跳起床来，一挥手，啪啪地就是打了他两记耳光，而且还一把拉住他衣襟，恶狠狠骂道：

“放你妈的狗屁！你这死坯真是在做大乱梦！你是什么东西？你配吃这块肉吗？就说阿茵失了身，但到底也有成千成万的钞票拿回来。你若把阿芬弄上了手，你有多少家当可以给她呀？啊呀！你这老甲鱼，我真是越想越气，你转的什么念头？简直是不想活命了！我就叫你早些死吧！”

“喔哟！喔哟！”

柳太太涨红了两颊，骂得唾沫横飞，眼睛里几乎冒出火星来，因为是气愤过了度，所以伸手竟向他胯下一把抓了去。这一下子举动，那可不是开玩笑的事，金虎连叫了两声“喔哟”，皱了双眉，似乎痛苦得忍熬不住的样子，要哭出声音来了。柳太太方才把他狠命地一推，金虎如何还坐得稳，只听砰的一声，他的身子早已由床上跌到地板上去了。柳太太见他倒在地板上，却爬不起来，遂又喝道：

“你这死坯！装什么死腔？还不快坐起身来吗？”

“太太，你也真辣手，我……实在痛得受不住，你……简直真要我性命了。”

“你这种废物留在世上也没有用，倒不如早死早干净。”

柳太太恨恨地说着，她也不高兴睡了，便跳下床来，穿了鞋子。就在这时，隔壁陈太太又在扶梯口高叫柳太太打牌去，柳太太答应一声“我马上就来”，一面向金虎说道：

“昨夜我输钱，都是你这死坯在家里要干下流的事，所以大触霉头的，今天赢回来才好。假使再输的话，你的性命就当心一些吧。”

柳太太一面说，一面取了赌本铟，便匆匆地向房外走出去了。金虎躺在地上，一个人想想，又恼恨又懊悔。恨的是太太对待自己太凶恶一些，悔的是自己不该做错了事。说来总是吃酒糊涂，否则又何至于动出这个脑筋来呢？金虎想了一会儿，才慢慢地站起身子，因为一个人闷在家里没事，遂关上房门的司必灵锁，他也到茶馆聊天去了。

金虎走后不到半个小时，荷芬匆匆地回家来了。她们身边原都带有司必灵钥匙的，所以便开门入内。一见房中没有一个人在，荷芬心里不由暗暗地欢喜，当下整理了一些随身穿的衣服，用了报纸包好，她便关上房门，又匆匆地走了。

这到底是怎么一回事呢？原来荷芬是个有心计的姑娘，自从昨夜金虎欲实行强奸她未遂之后，她心里立刻感到无限奇怪起来，所以早晨便追问柳太太，自己是否是他们亲生女儿，在她既然明白了自己不是他们亲生养的，她表面上并不露出一些痕迹，但心里却已有了一个打算。因为她觉得在这种黑暗家庭中住下去，自己将来难免还要遭他们的辣手，所以她午后假意说到外面去散心，实在是去找耿自珍的。她把自己的身世并不幸的遭遇向自珍老实地告诉，且又把自己欲脱离这黑暗家庭，希望自珍给予她援助的意思告诉了一遍。耿自珍仍旧在大中纱厂做女工，她素来和荷芬很要好，所以非常同情她，当下答应给她暂时住到自己家中来，至于职业问题，慢慢地再设法寻找。因为荷芬这时心中更有放弃伴舞的意思。在她以为，一个女子总不能一辈子牺牲色相，情愿生活清苦一些，至少是不会让人家当作玩物一般地看待，这当然也是荷芬思想超人之处。

柳荷芬匆匆地到了自珍的家里，自珍当然很殷勤地安顿她住下。好在自珍家里除了爸妈之外，只有她一个独养女儿。而且她们住的是一间统楼，装成两个房间，前楼是她爸妈房间，后楼是自珍的卧房，荷芬就跟自珍一同睡，所以倒也很为舒服。

这样匆匆地过了一星期，荷芬却还没有找到一个工作做，她心里当然很忧愁。因为既然出走之后，自然犯不着再回家去，不过在人家府上长住下去，这也不是一个道理。况且最近物价和寒暑表的热度同样地日日上涨，米要涨到一千五六百万一担，这和四个月之前，竟相差了五六倍。自珍虽然不会讨厌我，但自己心里总觉得很不好意思。荷芬在这情形之下，真可说进退维谷，左右为难。这天下午，自珍因为做夜班，所以住在家中，见荷芬闷闷不乐的样子，遂低低地安慰她说道：

“荷芬姊，你也太性急一些，一共也只住了七八天的日子，找职业哪有这么快呢？老实说，我也没有一个兄弟姊妹，我们像亲姊妹一样，你住在我家，妈告诉我，累你帮忙做事，我妈真是省却许多麻烦，所以我妈还说委屈了你，我们一些也没有讨厌你的意思，你何必要这样子不安呢？今天我空着，我陪伴你一同去瞧场电影好吗？散散心、解解闷，大热天气，老是闷着，要闷出病来的呢。”

“自珍妹，你待我这样好，我心里真是太感激你了，也不知叫我怎么地报答你才好。”

荷芬听了自珍这几句安慰的话，她心里感动得忍不住流下泪来了。自珍笑了一笑，拍拍她的肩胛，低低地说道：

“你不要发傻了，我们去吧。难得的，我们俩有机会能够一同看电影去。”

“不，谢谢你，我不去。”

“为什么呢？你这样拗执，不是太扫兴吗？”

“自珍妹，电影最近又涨价了，两个人出外看一场电影，加上来回车钿，至少得花一百万元钱，那又何苦这么浪费呢？我们还是坐在家里谈谈吧。电影看过就没有了，又不能带回来的，一百万元钱到底有些东西可以买哩。”

“哈哈，照你这么打算起来，电影院不都要关门了吗？而且电影明星生得无论怎么漂亮，再也红不起来了。因为大家不瞧电影，谁还有兴趣做明星呢？”

自珍听她这么说，一时也忍不住哈哈地笑起来回答。荷芬微红了脸，叹了一口气，低低地说道：

“我是说我们贫穷的人没有福气享受贵族化的娱乐，至于富家儿女，那当然不能与我们同日而语的。”

“我们穷虽穷，但看一场电影的资格总还不至于没有吧。荷芬姊，你为什么说得这样寒酸呢？叫我听了，可有些不服气。你放心，我请客，这个月我的工资不算少，大约有四五千万光景，就是花掉一百万，也算不了什么稀奇啊。”

“你的钱和我的钱是一样的，况且你起早落夜赚来的汗血钱，我以为更不应该浪费着瞎用。”

荷芬确实有些拗执，她还是摇摇头，不肯一同去瞧电影。自珍这就没有了办法，正欲再向她怂恿的时候，忽然一阵脚步声响上楼来。自珍抬头望去，原来就是自己的舅妈林氏，于是先含笑招呼道：

“舅妈，好久不见了，你今天怎么有工夫来我家玩呀？”

“你妈在家吗？我来望望她的，自珍，你长得更漂亮了。”

“舅妈又说笑话了，妈在前楼，你进里面坐吧。”

林氏点点头，遂含笑到前楼去了。荷芬望了自珍一眼，微笑着说道：

“瞧，幸亏我们还没有动步，要不然你舅妈来了，不是没有人招待她了吗？”

“我妈会招待她的，其实我们年轻人和她们也说不上什么话来。荷芬姊，你不要大脚装小脚似的，我们快些去好不好？”

“你舅妈既然难得来的，我们更不应该出去瞧电影了，反正瞧电影随便什么日子好去的，今天我们别去吧。”

荷芬这话也说得很有道理，因此自珍倒也不能一味地硬请她了。就在这时，自珍的母亲在前楼叫她了。自珍应了一声，便拉了荷芬的手，一同走到前楼来。她把荷芬先向林氏介绍了一回，荷芬表示客气一些，便叫她一声舅妈。林氏忙也站起身来，含笑还叫了一声柳小姐。这时耿太太向自珍说道：

“自珍，你舅妈偶然向我提起，要找一个帮手，助理厨房里的工作，不知道你喜欢给人家帮佣吗？”

耿太太这两句话还有些说得没头没脑的，因此荷芬和自珍都有些听不懂，所以怔怔地愕住了一会子。林氏知道她们是不明白的意思，遂补充着说道：

“我详细地告诉你们吧。最近一年来，我在一家公馆里做佣妇，主人派我在厨房里工作。我手下原有两个小大姐，因为一个生了病回去了，如今缺少了一个。太太的意思，叫我代她再找一个，助理一切。今天我来你家，一则望望你们，一则也就是找一个小大姐的。”

“什么？这是哪一家公馆？厨房里竟要用三个娘姨吗？那么其他房间还用多少仆人呀？”

自珍听了舅妈的话，由不得“呀”了一声，表示十分惊奇地问。林氏笑了一笑，但却又微微地叹了一口气，说道：

“有钱人家实在太有钱了，这个年头儿真是贫富太不平均了。单说我家主人吧，住的是高大花园洋房，进进出出有三辆汽车代步，卧房里有丫头使女，厨房里有我们三个女佣，洗衣服也另有用人专司其事，还有保镖、门役，里里外外，算起来一共有二十多个用人。所以用人多了，也忙不了什么，比方我们三餐烧好之后，便什么都不用管账了。”

“这家主人一定是政府里大人物吧？否则这么阔绰？”

自珍情不自禁地又猜测着说，她的心里多少有些感触。耿太太也表示羡慕的意思，说道：

“到这种富人家去帮佣，我说比做小人家的主子还舒服，但不知道工钿每月多少？”

“这也分等级的，比方拿我说吧，大概八百万左右，假使柳小姐愿意去工作的话，至少也有五百万一月，至于外快钱那是没有一定的。”

“五百万一月工钱那是做不好了，我说等将来有机会情愿做厂去，少说也有两三千万一月可以收入哩。”

自珍不等荷芬开口说话，她先代为拒绝着回答。但荷芬心中却另有思忖，因为她现在寄居在自珍家中，住人家、吃人家，那么没有月日地住下去，自己也有些说不过去。虽然帮佣去的工作比较更没有出路，但比做舞女总要清白得多，至少是不会给一班有钱的阔少爷当作玩物看待。那么这个机会，当然是不能轻易地错过的。荷芬在这样沉思之下，她便毅然地答应了，说情愿去帮佣的。自珍急道：

“你难道不怕吃苦吗？老实说，生活程度一天一天地高涨，五百万的工钱，连一件蓝布旗袍的料子都剪不着哩。”

“我想只要有口饭吃，也就去试试再作道理，反正有机会再可以另找出路的。舅妈，我决定跟你一同去了。”

荷芬却并不以为然地回答，她表示完全决定了的意思。林氏点点头说好，遂叫她把随身的衣服整理整理，说：

“此刻跟我去吧。”

荷芬听了，十分欢喜，遂高高兴兴地走到后楼去了。但自珍却有些依恋之情，还埋怨荷芬不该去帮佣，说：

“吃一口饭，难道我家会吃穷吗？”

荷芬把衣服整理好，回身握住了她的手，紧紧地摇撼了一阵，说道：

“你的情义太好了，我说不出该拿什么话来感谢你才是，我只有虔诚地祝祷你，希望你将来嫁一个如意的郎君。”

“荷芬姊，你说这些话，阿拉勿来，嗯！你真不是好人。”

自珍被她这么一取笑，忍不住绯红了两颊，撒娇地一面说，一面扬了手要打她，但却只装了一个姿势，没有打下去，已哧哧地笑了。荷芬抱着她的脖子，在她颊上吻了一个香，也忍不住笑起来了。

耿太太买了点心，请林氏和荷芬吃了之后，大家又闲谈了一会儿，林氏方才带领了荷芬，辞别了自珍母女俩，坐车到她的主人家里去了。林氏的主人公馆在亚尔培路三百四十七号的一座花园洋房里面，气象巍峨。荷芬跟了林氏一路由大门入内，只见地方宽畅，空气清新，若和后楼、亭子间、三层阁等相较，真所谓有天壤之别。

两人穿过客厅、书房等房间，里面陈设得古色古香，但这些房间平日之间是空着不实用的。荷芬想到贫民窟里一寸地一寸金，人差不多挤得水泄不通，但是这里高楼大厦，却没有人住，真觉不胜感慨。林氏带着荷芬来到楼上，在太太的房门口站住，回头叫荷芬等一会儿，她便轻轻地入内去通报了。不多一会儿，林氏在房门口向荷芬招手，荷芬于是悄悄地走进卧房，脚踏在地板上却是软绵绵没有声响的，荷芬低头一看，原来那地板上铺着厚厚的地毯，四周还织了挺大的牡丹花，再向房内一打量，全堂红木家具。是因为夏天的缘故，所以沙发上都是亮光光的皮垫子。这时林氏指着歪在床上的一位五十左右的妇人，向荷芬说道：

“这位就是太太。”

“哦，太太！”

荷芬觉得事到如此，也只好懂得规矩地向那妇人鞠了一躬，低低叫了一声。那位太太揉揉眼皮，似乎睡中觉刚醒的样子，她向荷芬细细地一打量，不由笑了起来，暗想：竟是个这么美的姑娘。于是忙问道：

“你叫什么名字？我看你不像是个帮佣的样子，家里有父母吗？”

“我姓柳，名叫荷芬，爸妈都死了，我原来跟姨妈过生活的。现在生活太高，我姨爹又失了业，所以没有法子，才出来帮佣的。”

荷芬听她这么问，似乎有些怀疑的样子，这就微红了娇靥，胡乱地回答了几句。那位太太点点头，表示很同情的神气，向林氏说道：

“荷芬生得讨人欢喜，就留在我房中服侍吧。你厨房里缺少帮手，另外再去找一个好了。”

“太太看中了你，这是你的造化，你快向太太谢恩吧！”

林氏笑嘻嘻地说，一面是代为荷芬高兴，一面也是拍主人马屁的意思。荷芬只好又向太太鞠躬，表示感激的意思。不料正在这时，忽听门外一阵皮鞋脚步声响进房来，荷芬抬头望去，正和进来的那个西服男子望了一个正着。荷芬见到了之后固然是芳心别别乱跳，那个青年也由不得“咦咦”地叫起来了。

第七回

患难之中方见知心人

这真所谓无巧不成书的一句话，原来林氏介绍荷芬去帮佣的那份东家，就是朱家璧的公馆。这个进来的西服青年，也就是朱家璧。当下两人四目相接之下，都觉有些面熟。家璧猛可想到这位姑娘就是由女工而做舞女的柳荷芬小姐时候，他就忍不住惊奇地“咦咦”叫起来了。朱太太见她儿子目不转睛地呆望着荷芬，而且口里还“咦咦”地叫着，一时也有些猜疑起来了，遂向家璧问道：

“你认识她吗?”

“不，我并不是认识她，因为她的脸像我一个女同学，我还以为那个女同学怎么竟陌陌生生地到我家来了？因为我和这个女同学是不大接近的。”

家璧被母亲这样一问，他心里有些着慌，但立刻镇静了态度，很快地圆了一个谎，低低地解释。朱太太信以为真，遂没有再说什么。林氏在旁边笑嘻嘻说道：

“大少爷，这是我新介绍进来的女佣。荷芬，你快拜见大少爷吧!”

“大少爷!”

荷芬见林氏说到后面，又对自己这样关照着说，于是只好向他弯弯腰，叫了一声。家璧听她名字果然叫作荷芬，可见确实就是那个柳荷芬姑娘无疑了，不过心里却感到万分奇怪，所以对于荷芬的叫自己，他也没有听见似的，管自地坐到沙发上去，望着她粉脸呆呆地出神。荷芬被他看得有些难为情，而且又怕朱太太起疑心，所以她避过家璧的视线别转身子去了。这时房外又走进一个豆蔻年华的少女来，她一跳一跳的举动，多少包含了一些天真的成分，当时向家璧笑盈盈说道：

"哥哥，刚才我从学校里回家，在路上见你和黄美云小姐并肩而行，我以为你们去什么地方游玩哩，所以我没有招呼你们，瞧我做妹妹的不是很识相吗？"

"我们也是从学校里出来的，大热的天气，有什么地方好玩呢？"

"黄小姐也好久不到我家来了，这次她父亲当选了国大代表之后，益发成个红客了。上次你爸爸请他吃饭，他却没有到来，所以你爸爸心里有些不大高兴。"

"也许人家有别的正经事情分不开身哩。"

家璧听母亲这样说，遂低低地回答，这句话当然有些庇护美云爸爸的意思。荷芬站在旁边，心中暗想：所谓黄美云者，一定就是那天在公园里我碰见他们在拍照相的那一个了。家璧的妹妹玉清，她此刻又发现了荷芬，遂瞟了她一眼，问林氏说道：

"林妈，这是谁呀？"

"哦，这是新来的用人，她叫柳荷芬。这是二小姐，荷芬你也快拜见了。"

"二小姐！"

"厨房里少了一个下手，所以林妈去找来的。我见她生得手脚干净，若用在厨房里未免有些太可惜，我就留她在这儿服侍了。"

朱太太见荷芬很有礼貌地向玉清招呼，遂向女儿告诉经过的情形。不料玉清听了，却转了转乌圆眸珠，"唔"了一声，笑道：

"妈，我房中的阿菊，这小丫头年纪太轻，十四岁的女孩子，一天到晚只知道顽皮，我要什么没有什么的，所以我要跟妈交换一个，这位荷芬给我房中去好吗？"

“荷芬，你真是交了红运，好像香人似的，瞧大家都抢你哩。”

林氏听二小姐也要荷芬服侍，这就代为欢喜地笑嘻嘻说。朱太太是疼爱女儿的，对于女儿这个要求，当然没有不答应的道理。这时玉清拉了荷芬，便到她自己的卧房去了。朱太太遂向林氏说道：

“林妈，这女孩子你寻得很好，从下月份起，我再加你两百万工钱。至于厨房里的下手，你只管再去添用一个好了。”

“谢谢太太！”

林妈听了，这时乐得眉飞色舞，于是连声道谢，欢天喜地回到厨房里去了。林妈走后，上房里只剩了朱太太母子两个人，她很感叹地说道：

“人家也是好出身哩，因为爸爸失了业，所以才不得已出来帮人家哩。”

家璧听母亲自言自语地说着，一时也不去回答她，站起身子，管自地回到自己卧房来。家璧的卧房和妹妹是贴隔壁的，他想走进妹妹房中去瞧瞧她们不知在干些什么，但总觉得很不方便，于是打消这个主意，回到自己卧房里，脱去了凡立丁西服上装，走到阳台上去纳凉，凉风拂拂，只觉遍体皆爽。家璧伏了栏杆，俯身下望花园中的树木，一片碧油油的颜色，在碧油油之中，还有一层嫩绿的成分，从上面鸟瞰下去，更觉得十分好看。他心里呆呆地又想起这位柳荷芬小姐来，觉得这位姑娘令人感到有些神秘，她由女工而变成舞女，这倒算不得什么稀奇，但由舞女再转变到给人家帮佣来，那就使人感到惊奇了。因为舞女的生活是多么舒服，做惯了舞女之后，差不多连家内都不要住了，因为灯红酒绿之中，到底是最诱人的地方。可是再也想不到她会来我家帮佣了，这事情固然奇怪，而且也觉得太以凑巧。莫非她有心地追求我，所以打听到我家的住址，前来投身为佣吗？想到这里，倒不免连自己也笑起来了，暗想：这也太过分了，她是一个女孩儿家，怎么会挖空心思用这种办法来追求男子呢？况且她的身世，和唐寅也大不相同呀。家璧这样思忖了一会儿，忍不住独个儿哈哈地笑起来了。

家璧这一笑不打紧，隔壁洋台上的玉清便也探身出来张望，见到哥哥一个人在哈哈大笑，便逗过来一个媚眼，含笑问道：

“哥哥，你见到什么好玩意儿？为什么笑得这样起劲呢？”

“我……我见到两只小乌龟打架哩！”

家璧被妹妹问住了，心中一急，倒是急中生智，遂笑嘻嘻说出了这两句话来。玉清忙问：

“在哪里？”

家璧故意伸手在万绿丛中一指，说：

“早已飞去了。”

他们兄妹俩又闲谈了几句，因为时候不早，大家各自到男女浴间洗浴去了。

这天晚上，家璧在下面花园内散了一会儿步，回到楼上房中，已经九点钟了。他想到一本杂志在妹妹的房中，于是匆匆地前去拿取。谁知走进妹妹卧房，却不见妹妹的人，只有荷芬一个人坐在凉台旁吹风，她见家璧进房，连忙站起身子，红了脸，似乎还有些羞涩的样子，低低地叫道：

“大少爷，有什么事情吗？”

“别开玩笑了，你……你不是柳小姐吗？”

“是的……彼一时此一时，请你还是叫我荷芬吧。”

荷芬听他仍旧叫自己小姐，两颊便益发娇红起来了，秋波脉脉地斜乜了他一眼，用了一本正经的语气轻声回答。家璧沉吟着说道：

“我叫你一声名字倒可以，但请你不要再称呼‘少爷’两字，在这个民主时代，我觉得应该废去‘少爷’‘老爷’的名词才好。”

“不过，一般人的思想没有像你那么新颖。我若不叫你少爷，只怕会被人家听了发生误会吧。”

家璧听她这样说，觉得这话倒也很有道理，可见这位姑娘心细如发，实在非常聪明。她此刻大概也已洗过了浴，穿了一件淡青麻纱的旗袍，露着两条粉嫩的玉臂，真仿佛可以榨得出水来。她没有穿袜子，赤了脚，只拖了一双半新旧的绣花拖鞋，脚样非常地俊俏。一时觉得这样美的人才，实在不配做用人。家璧不但认为可惜，而且还十分爱怜，遂望着她又问道：

“我妹妹到哪儿去了？”

“八点钟时候，有个女人打电话来，说是二小姐的同学，约她到大光明瞧电影，二小姐情意难却，便只得到大光明去了。”

家璧知道房内只有她一个人，胆子就大了不少，遂在沙发上坐下了，把手一摆望了她一眼，温和地说道：

“柳小姐，我们坐下来谈一会儿好吗？”

荷芬没有回答，不过她身子已在另一张沙发椅上坐下了，既坐下了之后，忽然又站起身子，在冷水壶里倒了一杯冷开水，放到家璧沙发旁的茶几上去，然后才坐到刚才那张沙发上去。家璧很感到她的温文可爱，遂握了杯子，喝了一口，接着开口搭讪着说道：

“我们好久不见了吧。”

“嗯，差不多有四个月了，你一定很忙吧？”

荷芬点点头，轻声回答，秋波凄凉地逗了他一瞥，至少是包含了一分哀怨的成分。家璧听她后面这句话，似乎也明白她有些怨恨自己。因为那夜舞厅里和她分手的时候，她曾经问过自己什么时候再去游玩，但自己这几个月从来没有去过一次，说起来确实有些对不起她。不过自己虽然很同情她，却没有爱上她的意思，为了避免以后的烦恼，所以才不再跟她碰面的。谁知道她竟到我家来做女佣了，这不是做梦也想不到的事情吗？于是很不好意思地说道：

“最近确实很忙，因为学校里开始大考了。平日不用功，如今只好开夜车读书了。”

“也不是单单为了学校里大考的缘故吧？”

家璧见她微微地一笑，怪俏皮地回答，一时觉得她话中有因，倒是愕住了一会子，皱了眉尖，低低问道：

“你的意思，我还有其他的事情在忙碌吗?”

“嗯……”

荷芬频频地点头，忍不住露齿嫣然地笑了。家璧见她这意态妩媚得可人，心里未免荡漾了一下，遂追问她说道：

“那么你说我还在忙碌些什么呢?”

“我说你在忙着跟黄小姐一块儿游玩哩。”

荷芬这句话虽然说了出来，但仔细一想，倒又难为情起来了，因为在他耳朵里听来，说不定会笑我有些醋意成分的。荷芬这么地一想，她的两颊立刻飞上了一朵娇红，秋波赧赧然地斜乜他一眼，接着又笑盈盈地说道：

“这还是三个月之前吧，我曾经见你跟一位小姐在公园里拍照游玩，当初我不知道这位小姐姓什么，刚才听了二小姐说的黄小姐，我想那天一定也是她了。”

“原来那天你也在公园里玩，那你为什么不招呼我们呢?”

家璧沉吟了一会儿，点点头，表示三个月之前确实有这一回事的，遂含笑向她低低地问。荷芬雪白的牙齿微咬着殷红的嘴唇皮子，神秘地一笑，低低地答道：

“你为什么要这样问我呢?”

“咦，奇怪，你这话是什么意思呀?”

“这又有什么不明白的? 我若招呼了你，岂非伤了你们的感情吗? 万一那位黄小姐发生了什么误会，那我的罪孽不太重吗?”

荷芬这两句话说得家璧倒是默然了，暗想：柳小姐真细心，也真多情，她并不自私自利地为她自己着想，显然她是为我的幸福做打算的，唉，这姑娘令人可爱而又令人可怜。但我怎么再可以有爱她的意思呢? 家璧这样想着，他心中有些难过。不过他表面还显出很大方的态度，微笑着说道：

“那也算不了什么，我女朋友何止黄小姐一个人呢? 她若这么爱吃醋，岂不是成个醋霸王了吗?”

家璧说的原属无心，但荷芬听了倒是有意，暗想：他不要在说我爱吃醋吗？其实刚才我这句话原不该说的，本来我和他的阶级相差太远，到现在更加相差十万八千里了。他是主子，我是奴仆，难道我们还有互相谈恋爱的资格吗？荷芬在这么思忖之下，她内心有些悲哀的意味，粉脸上由笑容而盖上了一层愁云，轻轻地叹了一口气，低了头，默不作声。家璧见她这样沉默的意态，一时也懊悔不该这么地说，呆呆地相对默然了一会儿，忽然他又想到了一个问题，便忙又说道：

“柳小姐，我真觉得很奇怪，你不是在做舞女吗？怎么又会跟人家来做女佣了呢？因为这女佣的工作，不但太清苦，而且收入也太微薄了，你这到底又是什么意思呢？”

“做舞女的收入的确很可观，而且生活也的确很舒服。不过，‘舞女’这两个字，在一般人的心目中，觉得总是人家大少爷的玩物。至于做女佣，工作虽苦，收入虽微，但身子清白，人格清高。常言道，劳工神圣，做女佣这‘神圣’两个字固然谈不到，至少是不会让一般人当作玩物看待吧。”

家璧对于她这番言论，倒是怔怔地愕住了，暗想：一个没有受过相当教育的姑娘，竟有这么超人的思想，那真是太难得了。一时肃然起敬，连连地点头，一本正经地说道：

“柳小姐，你真不愧是现代的新女性，我觉得你的人格太伟大了！”

“大少爷，你又跟我开玩笑了，我只不过是个无智无识的女佣而已。”

“不，大学里的女学生哪有像你这样优良的思想？环境使你没有受到高深的教育，我说这不但是老天太残忍，而且也是国家的损失。因为你假使有了大学程度的，老实说，什么女参议员、女参政员，还有这些戴上国大之花的女代表，哪一个及得上你呢？尤其是堂堂国大代表，放上了一个花字头衔，我以为这简直是对女性的侮辱。”

“大少爷，你越说越不对了，我有资格跟这些大人物相提并论吗?”

“唉，出风头的多，办切切实实工作的人能有几个哩!”

家璧深长地叹了一口气，他却又发起牢骚来了，接着表示有些激愤的样子，望了荷芬一眼，说道：

“我说的完全是事实，比方说，当南京开国民代表大会的时候，上海的物价确实曾经稳定了一个时期。那么国大闭幕之后，大总统选举了，照理上说来，物价一定是更平稳了。谁知这些国代由南京一会儿到上海之后，那物价竟然暴涨不已，真可说涨无止境。这究竟是什么缘故呢？一般人觉得这就值得加以研究的一个问题，于是有人猜想，那一班国代都是投机分子，在开会的时候，他们都是乘飞机到南京去了，对于投机买卖自然只好暂时放弃，因此上海的物价也就风平浪静了。那么反之说，他们回到上海之后，自然又得大大地活动起来。我认为这一种猜想，虽不能说是完全对，但为什么事实的展开和时间碰得那么巧呢？所以我觉得这些国代即使要叫冤枉的话，也只好是哑子吃黄连了。”

“这是因为人民缺乏国家观念的缘故，总而言之，自私心太重。”

“你这句话就一些不错，比方说，我这一个家，住得太舒服、吃得太考究、穿得也太好，在这年头，打开天窗说亮话，还不是爸爸囤积、操纵所得的享受吗？假使不囤积、不投机，我们怎么有汽车坐？怎么有洋房住？唉，我觉得这是我感到惭愧的事。”

荷芬想不到一个富家之子竟会说出这些坦白的话来，一时也非常地敬佩，觉得在这社会上，要再找一个像家璧那么有思想、有作为的青年，实在是很难很难的了，意欲代他辩说几句，但却觉得不知该说什么才好，明眸脉脉含情地凝望着他英俊的脸，却是愕住了一会子。家璧觉得和她谈的问题扯得太大一些，于是又缩小了，低低地问道：

“柳小姐，你来做女佣的一回事，你家里也表示同意吗?”

“同意的。”

荷芬不愿把自己家庭中这复杂的事情向他告诉，只点点头，回答了三个字。家璧听了，暗暗地沉吟了一会儿，又代为关怀地说道：

“现在这么高的生活程度，凭你做女佣的收入，也绝不能维持你这一家的生活呀。”

“好在我妹妹也已在做事情了，穷人只要有一口薄粥喝也就是了。”

荷芬很感激他的热心关切，不过自己已经脱离家庭了，哪里还管得了他们这许多呢？遂低声回答。家璧听了，似乎感到有些难过，轻轻叹了一口气，说道：

“这年头儿不要说喝粥汤，就是喝自来水过日子，水电费也涨得热昏哩。所以最苦最苦的一个家庭，也得三千万一月是不过门的。我所说的还是人口少的，假使一个月要吃一担米的话，那就花五六千万还不够开销哩。现在我预备私人给你三千万一月，贴补你的家用，你就比较轻松一些了。”

“那我怎么好意思呢？”

家璧这样多情地照顾她，在荷芬的心头真所谓感激涕零，虽然想告诉他自己已经脱离家庭了，但一时怕被他从此不相信自己的话，因此她颤抖了语气回答，大有泪眼盈盈的样子。家璧摇摇头，低声说道：

“我是同情你恶劣的环境，才尽一份互助的义务。你不要心里好像过不去似的，时候不早，你也可以休息休息了。”

荷芬见他说着话，已慢慢地站起身来，于是也跟着站起，默默地送他走出了房门，她心里也不知道是悲酸还是喜悦，只觉得眼泪在她眼里像泉水一般地涌上来了。这晚玉清从外面瞧毕电影回家，带来一盒子西点。荷芬靠在沙发上等着她，还没有睡去。玉清笑道：

“为什么你不先睡呀？时候不早了，我自己在瞧电影，不能累你也落夜呀。”

“夏天的季节，早睡也睡不着，我怕二小姐回来没有人服侍呢。”

荷芬听玉清这样说，觉得这位小姐很温和，她肯体谅下人们，这种贵族小姐也很不容易找到的，遂含笑低低回答，一面给玉清取拖鞋，一面给她倒了一杯冷开水。玉清脱了皮鞋，脱了丝袜，穿了拖鞋。荷芬已经拧上一把手巾来，给她擦面，并且把电风扇开了，微笑着道：

“二小姐，外面很热吧？”

“嗯，夏天里看电影最没有胃口，还是坐在家里凉爽得多。荷芬，你这人很好，我非常喜欢你。断命这阿菊小丫头，最讨人厌，又懒又顽皮，还要动手动脚地拿东西。我房中虽没有什么东西可偷，有时候少了学校里一本笔记，或是一支铅笔，要起来找不到，都是她拿去玩的，你想恨不恨？我今夜回家，才算是第一次舒服的了。”

玉清说着话，走到百灵桌旁坐下了。她把一盒子西点打开来，回头向荷芬招手，含笑说：

“你也一同坐下来吃吧。”

荷芬觉得一个小姐的身份，对待一个女佣未免客气得有些过分，可是她确实有民主国家人民的作风，但自己总觉有些不好意思，遂摇头笑道：

“二小姐，我没有饿，你自己吃吧。”

“不要客气，这么晚了，还说不饿吗？我想吃两块西点蛋糕总不会太饱吧。我一个人独吃没有味儿，你只管坐下来，我还要跟你谈谈哩。”

荷芬听她很真挚的情意说，一时便也不再客气，就在她对面椅子上坐了下来。玉清把两块奶油蛋糕送到她的面前，望着她白里透红的粉脸，说道：

“我想你从前一定不会给人家帮过佣的。”

“二小姐，你怎么知道呀？”

“我看了你人样儿，我心里就知道了。况且你那双手，白白胖胖，比我还嫩呢，低三下四的人哪里有这双好手哩？”

玉清笑了一笑，一面说，一面咬了一口蛋糕吃。荷芬轻轻地叹了一口气，有些凄凉的口吻，低低地说道：

“我从前确实没有做过女佣，但最近生活涨得太厉害，爸爸又失了业，为了生活，那又有什么办法呢？但幸亏太太抬举我，又蒙你二小姐看得起我，把我留在你房中服侍，这不是我的幸福吗？”

“因为你模样生得太好，我很同情你的身世。在我房中服侍，当然比任何房中要舒服一些。比方说，我到学校里读书去了，你简直就没有什么事情了。这样你自己可以做些活针，或编结绒线，不是很清闲吗？”

“是的，二小姐，我真感激你。”

“不要这样说，无论什么都有一个缘，我觉得你人很好，我所以要另眼相待你。我明天把我不要穿的衣服丝袜都拣出来，送给你穿吧。咦，你为什么不吃蛋糕呢？”

玉清性情很直爽，她絮絮地说着话，一面又指了指桌上的蛋糕，叫她快吃了。荷芬觉得自己在恶劣的命运之中还算是好的，因为她遇到家璧、玉清兄妹两人，都对她这样地好，一时非常地安慰，遂含笑点点头，拿着蛋糕吃了。玉清望着她问道：

“你从前读过几年书？”

“只读了两年书，现在隔别了十多年，恐怕是等丁不识字了。”

“我想放暑假期内，我反正没有事情，我可以教你读书，你心中愿意吗？”

“二小姐，你这么栽培我，那还有什么不愿意吗？我真是太愿意了。我现在觉得不识字的痛苦，所以我很希望读书。但在我这样恶劣的环境中如何能够呢？现在二小姐肯教我读书，这我实在是太高兴了。”

荷芬听了她这些话，比听了玉清送她衣服丝袜的话更要喜欢十倍，她扬了眉毛，忍不住拉开嘴咪咪地笑起来了。玉清见她是个上进的姑娘，一时对她也越加爱护了。这晚两人直谈到一点敲过，方才各道晚安，大家安息了。

光阴匆匆，荷芬在朱公馆里帮佣不知不觉已有半个月光景了。她名义上虽然是个女佣，但事实上她的生活比住在家中做大小姐更舒服得多。第一，不用愁柴米；第二，不用愁衣穿；第三，家里睡的是阁板，六月里臭虫多，又闷热，又被臭虫咬，晚上睡觉，真像活地狱一样。现在呢？她睡的一个人一个房间，里面也有一切的家具，睡的还是一张半铜床，虽然很旧了，但比睡阁板上总要舒服一些。而且玉清吃什么，总要分一些给她吃。所以荷芬是非常地知足，她希望在朱公馆里能够服侍玉清一辈子，也已经够满意了。

这天正是家璧学校里放暑假开始的第一天，他傍晚的时候从外面回家，忽然上吐下泻地得了时疫病症。朱太太当然十分地着急，遂连忙打电话请刘惠人西医到来医治。刘惠人是美国医学博士，和家璧父亲朱仁昭是要好朋友，所以接到电话，不到二十分钟，就坐汽车赶来了。当下把家璧诊视了一会儿，立刻给他注射了两枚针药，并开了一张药方，叫人快到药房去配药。朱太太在旁边先急急地问道：

“刘医生，这孩子的病有没有危险性呀？”

“幸亏医治得快，大概没有什么生命危险吧。不过，我的意思，最好还是送医院去医治，因为这时疫病怕容易会传染人。你们公馆里人多，恐怕有些不方便吧。”

朱太太和玉清听了这话，急得涨红了脸，半晌说不出话来。良久之后，朱太太才愁眉不展地说道：

“可是把他送医院，我也很不放心，还是让他睡在家里吧。最好请刘医生天天来诊治一次，若把家璧身子能医治复原，我一定重重地谢你。”

“这是我们医生的责任，‘重谢’两字倒不要客气的。但令郎的病症生得很恶性，我以为你不能因疼爱他而忽略了传染的危险，所以我想住医院比较妥当。”

刘惠人很静穆的态度，用了严重的口吻，再三地劝告着说。朱太太是旧脑筋，她不相信生病会传染人的，因此还有些委决不下把家璧送医院的意思。倒是家璧自己很决心地说道：

“妈，刘医生的话我们是应该要听从的，我也愿意住到医院里去医治，因为医院里医生就在旁边，这对于医治当然便利得多。也许我不上三天就可以出院哩。”

“朱少爷这话很有道理，我给你们打电话到广福医院去，叫他们把救护车开来接他好了。”

“不用，我自己坐汽车去好了。”

家璧平日身体很康强，所以他虽然上吐下泻地病倒了，但他勉强地还能支撑着坐起床来，很性急地回答。朱太太连忙去扶住他，一面劝他别这么性急，一面急急吩咐阿三把汽车备好。这里由阿三上楼，来负着家璧下楼去，扶进车厢。朱太太和玉清也跳上汽车，送家璧到广福医院去。刘惠人为郑重起见，他也坐了自己的汽车，一同陪送到医院，亲自和医务主任张医生商谈了一会儿，这里家璧已由看护把他送到头等病房去了。

朱太太站在病床旁边，很难过的样子，皱了眉头，轻轻叹了一口气，说道：

“你一个人住在医院里，叫我怎么放心得下呢？”

“妈，有看护小姐会照顾我的，你不用担忧的。妹妹，你给我代打两个电话好吗？一个打给爸爸，告诉他我在这儿养病。一个打给黄美云小姐，因为我们几个同学明天约好了还有一个聚餐会，你告诉她，我病了，我明天不能参加到会了。”

玉清听哥哥这样说，遂点头答应，一面问明了黄小姐家中的电话号码，一面匆匆到电话间去了。不多一会儿，玉清回到病房来。家璧问她电话打去了没有，玉清说道：

“全都打去了，爸爸听了很着急，他说马上就来望你。黄小姐也很忧愁，她说此刻分不开身，明天来望你。”

“你和她怎么说？是不是说我生了时疫病吗？”

“是的，我还老实告诉她，因为医生说要传染人的，所以你才住到医院里来。我的意思，看看她对你有没有真爱情，假使有真爱情的话，害怕什么传染不传染呢？”

玉清说话总是那么心直口快的，在她意思，似乎有些生气黄小姐没有马上到医院来望哥哥的样子。家璧听了，倒是默然了一会儿，遂说道：

“我自己患了恶性的病症，我原也不希望人家来探望我，探望探望在我也不会病症马上地减轻。万一真的传染了人，倒叫我心中担着抱歉和不安了。所以妈和妹妹也不要久留于此，还是早些回家去吧。”

“我不相信你这病就会传染人，假使会传染给我倒也好了，至少你这病是可以好得快一些。”

“妈，我若传染给了你，我的病也不是真会减轻的，所以你不要这样说，你们还是回去吧。”

家璧觉得世界上的爱，只有母亲的爱是至高无上的，是真挚伟大的，他心头一阵子感动，眼泪忍不住便滚滚地落下来了。这时张医生带了看护小姐又来给他诊视一次，喝了一些药水，便匆匆走了。过了一会儿，朱仁昭也来了，他见儿子患了这恶性病症，心中又急又怕。急的是怕独养儿子发生了死亡的不幸，怕的是这病容易传染人，所以唉声叹气地连连搓手，表示他没有法子可想的意思。朱太太的意思，预备在医院里用一个特别看护，情愿多花一些钱，使他夜里有了照顾，但看护小姐都不肯答应，她们进进出出还用了嘴套。家璧知道自己这病确实有传染的危险，遂也不愿连累旁人，急急地催促父母和妹妹快些回家去。朱太太在万分依恋不舍之下，也只有含了眼泪跟着仁昭回家去了。

这晚家璧一个人睡在病房里，他心头是感到很痛苦，因为看护小姐也都很怕死，勉强地进来一次之后，从此连个人影子也不瞧见。所以家璧要茶要水，却没有一个人来理会他。他在这个时候，才想到社会上的一切都是虚伪。什么是爱情？什么是义气？什么是慈善？什么是人道？一切都是假的。家璧这样想着，他心头是空洞洞的，说不出悲哀和心酸，忍不住暗暗地流了一夜眼泪。

好容易地挨到了第二天早晨，家璧只觉得神疲力倦，方才合上眼皮，沉沉地入睡了。等他一觉醒来，睁开眼睛，忽然见到床边坐着一个姑娘。她颦锁翠眉，望着自己呆呆地出神，好像有些忧心煎煎的样子。这在家璧心中真是出乎意料之外的事情，他这就惊奇地“啊呀”一声地叫起来了。

第八回

心如止水从此冷爱河

家璧再也想不到坐在床边的那个姑娘原来是柳荷芬，心中这一惊奇，自然忍不住“呀”的一声叫起来了。荷芬向他微微地一笑，温和地问道：

“大少爷，你好些了吗?”

“谢谢你，我好些了，你怎么会到医院来的呀? 你一个人来的吗?”

家璧很感激地点点头，一面又向她低声问。荷芬一撩眼皮，秋波脉脉含情地瞟了他一眼，摇摇头说道：

“不，是二小姐陪我一同来的，因为你正睡得浓，我们不敢惊醒你。二小姐还有别的事情，所以等不及你醒来，她就走了。”

“真难为了你，你会来望我。我嘴里渴得要命，你弄些开水给我喝吧。”

“我们来的时候，在水果店里买了一篰花旗蜜橘，你就吃橘子好吗? 二小姐说，花旗蜜橘内有维他命，吃了对你身体是有益处的。”

荷芬一面说，一面在床底下篰里取出花旗蜜橘，她向桌子上望了望，便起身出外问看护小姐借了一柄小刀，然后把橘子切开来，分成四块，亲手递到家璧口边。家璧这时有开水喝，也好像得到甘露一般地欢喜了，何况是挺名贵的花旗蜜橘呢。所以他吃得津津有味，一连地吃了两只橘子，还想再要吃一只。荷芬当然是依顺了他，遂又切开一只。但家璧这回只吃了半个，便不要吃了，向荷芬低低地说道：

“剩下的半只，你吃了吧。”

“我不要吃，留着你回头嘴渴的时候再吃吧。”

“不，我偏要你吃了，你若不吃，我心里会不高兴。”

家璧故作孩子那么的表情，似乎有些撒娇的样子，不依地说。荷芬的芳心里未免荡漾了一下，一时不忍拗执，遂嫣然地一笑，说道：

“我吃一块，你再吃一块好吗？”

家璧见她神情是妩媚到了极点，遂也不忍拂她意思，点头说好，于是两人各食一块，互相地望了一眼，却忍不住微微地笑了。可怜家璧昨夜这一夜的痛苦，真是难以形容，但今天有了荷芬这么温情蜜意地服侍他，他心中立刻会感激到一种温暖的安慰。他觉得一个病人，最需要就是有这一种安慰，否则他的病体也就永远不会好起来。不过转念一想，自己这个病是会传染人的呀，我难道为了自私，而累害一个聪明美丽的姑娘吗？这我不是太以残忍了吗？家璧这么一想之后，他马上向荷芬挥挥手，说了一声：“你站起来，不要坐在床边。”荷芬见他很严肃的态度，命令她说，一时还以为自己有了什么失体的地方，只好站起身子，但她的神情有些木然，望着他脸不禁怔怔地愕住了一会儿。家璧知道她是不明白的意思，遂微微地叹了一口气，凄凉地说道：

“你难道没有晓得吗？我这病是十分容易传染人的，你怎么能坐在我的床边呢？所以我叫你站起来。”

“我想不会的吧。你又不是生了肺病，夏天中了暑，那也是寻常的事，这也许是医生故意说得严重一些的缘故。”

荷芬听他这样说，心中这才有了一个恍然大悟，但是她摇摇头，却表示并不以为然的样子回答。家璧望着她粉脸，心坎上只觉有阵子热爱滋长起来，遂说道：

“医生的话，我们不可不听，必须遵守，因为我这病是恶性时疫症，所以我身上就有一种时疫菌，接近我的人当然很容易传染。我希望你不要过甚感情作用，你此刻应该可以回去了。”

“不，我不回去了……”

“什么？你这话是什么意思呢？”

家璧睁大了眼睛，显出十分惊慌的样子，向她急急地追问。荷芬微微地一笑，用了轻柔口吻低低地说道：

“我预备在医院里伴着你，晚上你要茶要水，我就可以服侍你了。”

“这是谁的意思？我想一定是我妈给你的差事吧？”

“不，这是我自己的意思，我向太太要求了这个差事，太太才答应我来的。”

荷芬听他话中大有怨恨他母亲的意思，于是显出一本正经的态度，很快地辩白。家璧心里感动过了分，眼泪忍不住从眼角旁涌上来，向她怔怔地问道：

“你难道不怕危险吗？”

“不，那又有什么危险呢？我觉得一个有病的人他是多么可怜，假使再没有人好好儿地服侍在旁边，这不是更加地痛苦吗？我在家里原也没有什么事，二小姐虽然也要我服侍她，但她为了手足的感情关系，她当然也愿意我来服侍你的。”

“但是……我……我……却不需要你来服侍我……”

家璧低沉地回答，他的眼泪仍旧扑簌簌地流下来。荷芬知道他这眼泪一定是感激自己的意思，一颗芳心真有说不出的安慰，于是含了娇媚的微笑，取出了一方小手帕给他颊上拭泪，还轻声笑道：

“大少爷，你怎么还像小孩子似的？老大个子，难道不害羞吗？”

“你这条手帕索性交给我吧，你身子给我站得开一些吧！”

家璧把她那方小手帕猛可夺了过来，又向她连连地挥手。荷芬不解其意，微笑着说道：

“你爱这条手帕，你就只管拿去好了。”

“我并不是爱这条手帕，因为我拭过眼泪了，你若再拿去使用，只怕病菌会传染给你的。”

“那是不会的，大少爷，你也太小心一些了。”

“无论什么事情宁可小心，不可大意，往往在大意之下，事情就弄糟了。荷芬，你这一份有情义地对待我，我非常地感谢，但是我不愿意你来服侍我，你还是快些回家去吧。”

“我已经答应太太来服侍你了，我怎么还能再回去呢？大少爷，你就答应我在这儿服侍你吧！”

“我真有些不明白，你难道不怕死吗？”

家璧见荷芬含了笑容，还向自己低低地央求，一时心中急了起来，情不自禁地向她问出了这一句话。荷芬点点头，很可人地答道：

“嗯，我不怕死。”

“唉！你……这人真是说不通的，我有些恨你！”

家璧听她连死都不怕，一时感无可感，忍不住深深地叹了一口气。虽然他口里是说有些恨，但他心头确实爱上她了，觉得除了母亲有这样伟大的爱，想不到荷芬也有这么痴心地对待自己，这不是太以难得了吗？荷芬是个聪明人，她当然知道家璧的恨并不是真正的恨，无非是口里说说而已，不过为了暂时安慰他起见，遂故意笑盈盈说道：

“你既然恨我，那么我就回去吧。”

荷芬说着，转身向病房外走。家璧有些感情地意欲叫住她，向她解释并不是真的恨她，但转念一想，我何必多此一举，假使她知道我不是真的恨她，她不是要强留在医院里了吗？家璧这么一想，遂不再叫她，眼看她走出病房去了。其实荷芬也并没有真的回去，她无非走到医院外花园内来散一会儿步，芳心暗暗想道：朱先生在第一次遇到我的时候，他就热心仗义地帮助我一千万元钱，起初我以为他是有什么作用，但到后来，我才知道他是出于人类真正的一些互助之心，他并没有为了见色才慷慨解囊作为勾引我的香饵。那么在朱先生确实可说是一个好人，我觉得他也可算是我的恩人。现在他患了病，他在困难之中，别人都还远离他，不肯服侍他，我难道没有一些人类互助的同情心吗？那我还能算是一个有情感的人吗？荷芬在这么思忖之下，她益发坚强留在医院里服侍他的心了，自然把什么危险都不放在心上了。正在这时，荷芬见玉清手里拿了一卷报纸，还有面包、梅酱等食物，又匆匆地走来了。她见荷芬在花园里散步，便忙问道：

“哥哥还没有醒吗？”

“醒来了，他闹着口渴，我给他一口气就吃了三只橘子。”

“他此刻又睡着了吗？”

“没有。”

“那你为什么在这儿散步呢？”

“他不肯让我来陪伴服侍他，说怕我会病菌传染的。我见他肝火很旺，所以只好走出病房来在这儿散一会儿步。”

“嗯，这是哥哥疼爱你的意思，他这人向来就很多情的。”

“二小姐，你算和我开玩笑吗？”

荷芬被玉清这么一说，两颊自然一圆圈一圆圈地红晕起来，秋波斜乜了她一眼，有些娇嗔地问她。玉清嫣然一笑，她拉了荷芬的手，却又正经地说道：

“我们此刻一同进去瞧他吧。”

荷芬于是没有再说什么，两人匆匆又回到病房里来了。家璧两眼望着天花板正在呆呆地出神，听见脚步声，便回头去望，一见妹妹同荷芬又来了，遂急急问道：

“你们又来干什么呀？”

“哧！哥哥，瞧你这神气，我们不怕你，倒像是你怕着我们了。”

玉清这两句话说得俏皮幽默，家璧一时倒也笑了起来，但接着却又微微地叹了一口气，愁眉不展的样子说道：

“确实我见了你们有些害怕，万一我这病菌传染到你们的身上，叫我怎么地对得起你们呢？所以我真有些怕见你们。”

“凡事都有一个数的，要死的总要死，不会死总不会死的。”

“妹妹，你是一个高中生，你不该说这些没有科学思想的话。病菌是没有什么交情的，它非要到你们的身上，你命运再好一些，也逃不了啊!”

“好吧好吧，我们就离开你远一些站住了。哥哥，妈心中真焦急，你今天觉得怎么了呢?”

“好一些了，你们只管放心回去吧。”

家璧点点头，安慰她说。玉清把面包、梅酱、报纸都又拿到床边桌子上去，伸手还去摸摸他额角，却被家璧恨恨地打去了她的手，吓得玉清倒退了两步，笑道：

“干吗?”

“这不是闹着玩的事，你摸我额角做什么?”

“我摸你是不是还有热度，我就不相信摸了你一下子额角，那病菌就会传染给我了。”

“我以为这可能性很大，妹妹，我谢谢你，请站得开一些好吗?”

“哥哥，你别急呀，我就站开了吧。这是今天的报纸，你精神好一些，假使一个人寂寞，你就瞧瞧报纸解闷吧。”

“谢谢你，你们都可以回去了。”

家璧没有别的话可说，他一味地催促她们回家去。就在这时候，有一个看护小姐戴了嘴套，站在房门口，说道：

“你们有电话来了。”

玉清听了，“哦”了一声，便匆匆地到电话间去。那个看护小姐根本没有进病房，反身也走开去了。家璧瞧了这情形，很感叹地说道：

“你瞧人家多么地注意卫生，你们竟一些也不自防的，还留恋着不肯快些回去，这是什么道理呢?”

“他们怕死，我们不怕死，这就是道理。大少爷，你肚子饿了没有？我把面包切两片你吃好吗?”

荷芬微微地笑着，又低低地问他。家璧被她这么一问，真也奇怪，腹中顿时咕噜咕噜地叫起来了，一时皱了眉头，沉吟着说道：

“最好把面包拿到外面去切，然后拿进来，站在房门口，把切好的面包丢到床上来给我吃好了。”

“我以为用不到这么麻烦，我就在这儿把面包切了给你吃好了。”

“不，你要不听我的话，我便不要吃了。”

家璧有些生气的意思，怨恨地回答。荷芬没有办法，只好把面包拿到病房外去切开了一片一片，然后依顺他的话，丢到他的床上去。家璧才很满意地拿着面包吃了。荷芬道：

“要不要涂些梅酱上去呢?”

“不要，这样吃也很好。”

家璧是恐怕她再走近到床边来，所以连忙摇摇头回答。不多一会儿，玉清匆匆地回到病房来，见荷芬站在房门口，抿了嘴儿微微地笑，一时倒也愕住了。荷芬笑道：

“大少爷不让我走近床边去，连面包都是到房外切成了片，丢给他的呢。”

“我不相信，这样子难道就不会传染了吗?”

“当然比较安全一些，妹妹，是谁来的电话?”

家璧却认真地回答，一面又低低地问。玉清淡淡地一笑，她有些怨恨的表情，告诉他说道：

“是黄美云小姐的电话，倒也难为了她，总算她来个电话问问你好了没有。”

“你怎么回答她呢?”

“我说好一些了，但医生说，还有传染人的危险性。”

“你这样关照她很好，免得她来望我。”

“你放心吧，叫她来望你，她也不肯来的。她说她本来今天到医院来望望你，因为她也病了，所以只好打个电话来向你问候了。我说事情真巧，哥哥病了，你也病了，你们两人倒真是恩爱的。其实我是讽刺她的意思，谁知她还肉麻当有趣地说我取笑她，真正是想她不穿哩!”

玉清就是那么爽直的个性，她要说的话便忍不住地说了出来。家璧把吃剩了的半片面包却咽不下去了，把脸别转了去，却默不作声。玉清知道哥哥心中有些难过的意思，遂也不去伤他的心，低低地说道：

“哥哥，我说话很冒昧，你听了倒不要生气才是。”

“我生什么气？因为我患的病太恶性了，其实我原不希望谁来看望我。所以我觉得妹妹的责怪黄小姐，原也太自私一些。”

家璧这才又回过头来，表示毫不介意地回答。玉清听他这样说，倒又表示不服气了，遂冷笑道：

“两性的爱，无非是痛痒相关，我以为别的人不来看望你，这是不算什么稀奇，唯有黄小姐，她平日和你情切切、意绵绵，真所谓恩深如海、义薄如云，谁知一到了患难之时，她却这样怕死起来。这是什么爱？这是什么情？照此一看，找个真正知心的朋友可太不容易了。”

家璧心中未始不是没有这个意思，但他无非不愿意说出来而已。如今听妹妹代为不平地说着，遂反而微微地一笑，说道：

“妹妹，你不听得古人有句话吗？夫妻本是同林鸟，大难到来各自飞。已经做到了夫妻，尚且有如此的话，更何况我和黄小姐仅仅不过是个同学而已，所以我倒并不恨她。”

“哥哥，你倒想得明白，我觉得你真够资格谈爱情。要如换作了我，非和她一刀两断绝交不可。”

玉清鼓着小腮子，她不管一切愤愤地说出了这两句话。家璧叹了一口气，却仍然默不作声，良久之后，才又催促她们回去。玉清道：

“荷芬她愿意在医院里服侍你，你就容她留着吧。”

“不要不要，你们都回去。真奇怪，人家这么怕死，你们为什么一些也不怕死呢？”

家璧涨红了脸，凶巴巴地说，他似乎有些冒火的样子。玉清连说了两声我们走，她拉了荷芬手，逗了她一个眼风，两人便退到房外来了。荷芬在病房外面，向玉清低低地说道：

“二小姐，你只管回去吧，我就在房门外侍候他好了。等他需要人服侍的时候，我再走进去服侍他，那么他就不会再赶我走了。”

“荷芬，你真好，我们不知该怎么样来谢谢你才是。”

“二小姐，你们不是也待我很好吗？所以我觉得这是我应该效劳的事，你千万不用说谢的。”

荷芬见她紧紧地握着自己的手回答，遂也非常真挚热诚地说。玉清再也说不出什么话，呆呆地望了她一会儿，方才管自地回家去了。这里荷芬一个人又到花园里去闲散了一会儿，遂悄悄地走到病房来，探首向床上一望，见他已经睡着了，两张报纸却散在地上。大概他曾经看一会儿报，被风吹落的，于是把报纸悄悄地拾起，轻轻走到沙发旁坐下。她慢慢地翻阅着报纸，见本埠新闻版内有几则新闻，不是盗劫就是破获私营金钞案等事情，觉得这都是社会的不良，因此产生了这样的现象。荷芬正在暗暗感叹，忽然又见到一则舞女打胎身亡的新闻，一时未免有些惊心，遂细细地瞧其内容，念道：

【本报讯】昨日午后五时，广济产科医院内忽来有一少女打胎身亡，经医院当局报告警局，其详情如下：

缘有地产商吕天明之子吕振华者，游手好闲，浪荡成性。且尤好渔色，平日涉足于歌台舞榭，专以玩弄女性为能事。米高美舞女柳荷茵，小家碧玉，年方二八，颇有姿色。当下被振华发现之后，百般引诱，热烈追求。盖柳荷茵乃情窦初开之少女，且心爱虚荣，不知人心险恶，世道崎岖，故在振华甜言蜜语哄骗之下遂即堕其彀中。讵料春风数度，珠胎暗结，荷茵家有父母，事后秘密泄露，彼父母之意，欲叫振华收纳其女为妾。谁知狠心浪子，竟怂恿荷茵打胎，然后正式结婚。荷茵年幼无知，果从其言。不料服药过多，血流不止，当即不省人事。彼之父母大惊失色，详问之下，方知始末，遂即车送广济产科医院急救。但终因流血过多，不治身亡。警局闻报，由老闸分局长赵肇升督饬刑事股长蒋上佩率警员根据线索侦查，当在大中华旅社将吕振华拘获。闻死者家属，以强奸未成年少女及谋害罪起诉，今晨当将吕振华解送地检处惩办云。

荷芬瞧完了这则新闻，她的脸色顿时变成了灰白，不由“啊呀”了一声，眼泪便夺眶流了下来，但恐怕惊醒了家璧，她又放下报纸，悄悄地又走到园子里来，一面伤心地流泪，一面暗暗地想：可想妹妹不听我的忠言，她终于被人家害了一条性命，虽然这是自作其孽，但我思想起来，如何不要伤心落泪呢？唉，这个社会真是太黑暗、太可怕了。本来我是怨恨着姨爹太没有人性，他不该有强奸我的意思，现在妹妹一死，他们生活怎么办呢？想着自己从小全靠姨妈抚养成人，养育之恩，岂能忘却？我过几天自当回家去探望他们才是。荷芬良善之心，她还这样地打算着。因为这时已经近午，又恐家璧醒来要肚子饿，遂收束了眼泪，匆匆又到病房里来。刚到病房门口的时候，忽听家璧在房内大声叫道：

“看护小姐，看护小姐！你们做做好事，发发慈悲心，我叫你们这么多的时候，你们多少也应我一声呀！难道我生了这个病，我应该和人世隔绝了吗？那么还是给我早些死了好吗？”

“大少爷，你要什么？你要什么？我来了，我来了。”

荷芬听了这些话，芳心中由不得肉疼了一阵，遂三脚两步奔入病房，急急地问他。家璧一见荷芬没有回去，一时倒怔怔地愕住了，遂也问道：

“你还在这儿吗？”

“我本来就没有回去过，大少爷，你饿了吗？”

“不，我泻了，我……下面泻了一裤子，我真是太不舒服了。”

“你不要急，我来给你收拾清洁好了。”

荷芬见他愁眉苦脸好像要哭出来的样子，这就轻柔地安慰他说，一面很快地取过了干净衣裤，一面给他收拾着满裤子的脏物。家璧在急糊涂的时候，他是想不到这许多的，但等荷芬给他收拾清洁了之后，他才想到人家还是一个年轻的姑娘，她这样不避嫌疑地服侍我，不是完全尽了做妻子的责任了吗？心里这一感动，他忍不住把眼泪又滚落下来了。不过他还很注意到这一些，遂急急地说道：

“荷芬，你快去洗手，问看护小姐要一些火酒擦一擦吧。”

“哦，我知道。”

荷芬秋波斜乜了他一眼，粉脸上盖了一层娇艳的桃红，似乎有些羞人答答的意态，便转身到病房外去了。等荷芬洗清了手进房，却见医生又在给家璧打针喝药水。荷芬因问：

“病情怎么样了？”

医生说：“比昨天进院的时候好得多了，大概没有什么关系了。”

说着，便走到另一间病房去。荷芬听了，自然很为欢喜，当下望了家璧一眼，笑盈盈地说道：

“真是谢天谢地，医生的话，你一定也听见了呢，是多么令人高兴的事呢！”

“这次我的病若好起来，我一定不忘你的大恩。”

家璧脉脉含情地望着她粉脸，认乎其真地回答。荷芬摇摇头，嫣然一笑，低声说道：

“你别说这话了，我又有什么恩惠给你呢？”

“我觉得你给予我的安慰太深了，我现在说不出什么感谢的话，我只有一个主意，就是我病好之后，我将来一定跟你结婚!”

“什么？你……你别开什么玩笑吧!”

这话是太使荷芬感到惊喜了，她那颗芳心仿佛小鹿般地乱撞，由于跳跃得快速的缘故，说话都有些颤抖的成分。但家璧却一本正经地说道：

“谁和你开玩笑？我说的都是真心话，我觉得人生在世，最难得的就是知己，像你这么痴心地服侍对待我，你不是我的知己吗？常言道，士为知己者死，这话信然矣！你为了我，不怕传染，不怕死，这不是实在的情形吗？所以我非娶你做妻子不可。”

“难道你不要黄小姐了吗?”

荷芬心跳的速度比较缓和了一些，但粉脸已然是娇红得可爱，秋波瞟了他一眼，低低地问。家璧的脸色立刻沉寂下来，大有愤然的样子，说道：

“请你不要再提这一个无情无义的人，常言道，日久见人心，这句话是太不错了。假使我病得快要死了，她也不过在电话里问一声而已，这还有什么情义可说呢？算了吧，我和她的情分从今天起是完了。”

“也许黄小姐真的不舒服吧。”

“你为什么要庇护她呢？我以为一个人还能起来打电话给别人，她不舒服的程度也就可想而知了。荷芬，我第一次见到你，我心里就觉得你这人很可爱，不过这无非是偶然觉得一些可爱而已，其间却并没有一些感情作用。后来在舞厅内第二次见面的时候，我心里更觉得你可爱而又可怜，但我为了已经有了黄小姐，我不能爱不专一地再来爱你。所以我从此不上你那儿来，因为我怕自己会感情作用，将来反而害你受到痛苦的。但万万也料不到你又会到我家来帮佣了，使我们今天有这样接近的机会，那不是老天在撮合我们一对吗？不过，这在我似乎有些自说自话，当然，我是还需要征求你的同意。荷芬，你愿意有我这么一个男子做丈夫吗?”

荷芬听他絮絮地说出来这么一篇话，一时心头喜欢过了度，因此反而答不出什么话来了，眼泪滚滚地掉下了两颊。家璧惊讶地问道：

“你为什么流泪？你伤心吗？”

“不，我是感动得太过分了，但是我只怕没有这么好福气配得上你。第一，我是奴才，你属主子；第二，你是大学生，我是连小学生还没有资格做；第三，你纵然不嫌憎我的低贱，不过你爸妈是绝对不会赞成这头婚事的。”

“你所考虑的这三点，我以为都不成问题。第一、第二那是无所谓，只要我喜欢你，谁敢说一句话？至于第三点，老实说，爸妈答应便罢，他们若不答应，我便马上脱离这个豪富之家，与你到外面组织小家庭。我也不读书了，找个职业，让我们来过过人生有意义的生活，我以为比在这富豪家庭中过着奢华生活强得多了。荷芬，你说好不好呢？”

家璧说出了这几句话，荷芬是喜悦到了极点，她情不自禁地坐到床边去，竟偎到他的怀内去了。家璧也笑嘻嘻地抱住了她，两人脸也紧紧地贴住了。但家璧忽然想到了什么似的，立刻又把荷芬推开了，急急说道：

“你快走开，你快走开，我们感情太浓厚了，你不能忘记我是个有病的人呀！”

“刚才医生不是说已经好得多了吗？我想这是绝对不会传染的了。”

荷芬起初倒是一惊，但听了家璧的话方才明白了，于是扬眉得意地瞟了他一眼，笑盈盈地说。家璧也含笑说道：

“照我此刻的心中意思，你最好给我吻一个嘴，让我心头甜蜜甜蜜。但为了你的健康问题，我希望你还是走开一些好。”

“嗯！”

荷芬听他也会说出这样顽皮的话，一时只觉心眼儿满是甜蜜，但表面上却逗了他一个娇嗔，“嗯”了一声，忍不住赧赧然地笑起来了。

光阴匆匆，荷芬在医院里服侍家璧，不知不觉，已有一星期日子了。医生说家璧已经过了危险时期，以后只要好好儿调养，病体自然慢慢地会复原的。这消息听到朱仁昭夫妇及玉清的耳朵里，当然是万分欢喜。这时家璧也已向母亲吐露要娶荷芬为妻的意思，并说这次病中，要没有荷芬衣不解带日夜地服侍，恐怕自己的性命早已没有了。朱太太虽然也很感激荷芬的服侍之情，不过对于要娶她做媳妇的意思，她却不敢贸然答应，只回答将来再说吧。家璧因为胸有成竹，所以也不多强求。黄美云小姐也得知了家璧已经痊愈了的消息，她拿了一束鲜花，前来探望家璧。家璧这会子见了美云，对她非常地冷淡，并且对她说，他病好之后，将和姓柳的小姐结婚，届时请美云做女傧相。黄美云听了这话，气得粉脸失色，从此便和家璧一刀两断，绝交而去。家璧心中毫不介意，他是一心地欲娶荷芬为妻。谁知天心何其残酷，荷芬这两天竟也得了泻症病倒了。家璧起初还不知道，因为三天没有见到荷芬到病房来，他自然非常疑心，遂急问妹妹，玉清知道瞒他不住，只得从实告诉。家璧得此消息，心为之粉碎，猛可从床上跃身而起，灰白了脸色，急急问道：

“妹妹，荷芬此刻人在哪里呢？”

“就在隔壁十八号病房里休养着。”

“她病了几天了？你们为什么要瞒着我？”

“已经三天了，这是妈的意思，恐怕哥哥心中悲伤，所以瞒着你的。”

“我真不明白你们什么存心，难道能瞒我一辈子不成？我马上去瞧她。”

“哥哥，你是才好的人，你不要去，她生的也是时疫病，恐怕会传染给你的，你若再病倒了，这回可危险了。”

家璧听了这话，心中恍然大悟了，暗想：可怜荷芬今日的病倒在床，还不是我传染给她吗？她为了服侍我的病，累她也病了，我难道连望她一次的情义都没有，那我还能算是一个人了吗？所以他也不再回答什么话，就赤了脚，跌跌冲冲地奔到十八号病房，直扑到荷芬的床边，忍不住呜呜咽咽地哭起来了。玉清没有办法，也只好跟着到十八号病房，把哥哥扶起，连连劝他不要这个样子，叫荷芬心中反而难过。家璧见荷芬两颊惨白，人消瘦了不少，一时更加痛到心头，遂拉了荷芬手，流泪说道：

“荷芬，荷芬，这不是我害了你吗？”

“大少爷，你……不要这么说，我……这病不要紧，你……才好一些，你……快些回房去休养吧。”

荷芬虽然也十分地悲痛，不过她还竭力忍熬住悲哀的发展，含了眼泪，把手缩了回来，拒绝他来拉自己，还低低地安慰他说。但家璧怎么肯回房去，一定赖倒在床边，伸手去抚摸她额角。可是荷芬立刻把脸别转去，急急说道：

“二小姐，你快些拉大少爷回房去呀！”

“哥哥，荷芬这么地关心你，你不要辜负她一番情义吧。”

“她关心我，我就不关心她吗？我是人还是畜生呢？”

家璧见妹妹拉自己回房去，这就恨恨地挣脱了她的手，痛心疾首地说。荷芬心中很是感动，遂望着家璧说道：

“大少爷，那么你也站得开一些吧。”

“你为什么还要喊我大少爷呢？我已承认你是我的未婚妻了，你就也叫我一声名字好了。荷芬，你这病完全是我身上传染过去的，叫我心中怎么对得住你？”

荷芬听他这么说，惨白的粉脸上也浮现了一丝欣慰的媚笑，秋波脉脉含情地凝望着他，点头说道：

“承蒙你这样地看得起我，我就是不幸死了，我总算也瞑目了。”

“不，你不能死！你若死了，这是我害你的，我岂能一个人活在这世界上呢？倒不如一块儿死了干净。”

家璧说着话，哭泣不止。荷芬、玉清也被他引逗得泪如雨下，尤其荷芬心中痛若刀割，不过她还含了浅笑，低低地说道：

“我不会死，你放心，切不要说这些颓伤的话吧。二小姐……”

“不，哥哥既然这么说，请你也叫我一声妹妹吧。”

玉清哽咽着语气阻止她说，她的眼泪也滚滚地落下来了。荷芬非常感动，点点头，流泪说道：

“你们真的太好了，我说什么来感谢你们才好呢？唉，假使我有这个福气的话，我的病总会好起来，否则，那也不必说了。反正我遇到了你们两位知心人，我也安慰九泉了。玉清妹妹，你……快扶你哥哥回房去吧！”

“哥哥，你就听从嫂子的话吧，明天你再可以来望她的。”

家璧也觉得两脚软绵无力，再也支撑不住，只得再三叮嘱荷芬静静休养，他便悲悲切切地回病房去了。从此以后，家璧每天到荷芬病房里来探望一次，但是荷芬的体格不及家璧强健，所以抵抗力很薄弱，经过一星期的病泻，她如花如玉的容貌却变成骨瘦如柴，好像一朵凋零之花一样地憔悴了。

这天家璧到荷芬病房去探望的时候，荷芬已经奄奄一息了。她自己也知道返魂乏术，不久将脱离人世了，于是含泪低声说道：

“我是一个苦命的人，我当然知道是绝不会有这样好的福气，所以我终于不治而死了。不过，我死了之后，你千万不要悲痛，你要好好儿做人。要知道你是一个青年人，你将来是国家的主人翁，你应该忘掉我这个苦命女子，你好好儿地保重身子，珍惜你的前途吧！”

“荷芬，我害了你，我把一个聪明美丽的姑娘害死了，我好像是刽子手一样地凶恶！荷芬，你若死了，我还做什么人呢！我一定和你一块儿死！”

“不！不！我不希望听你说这些没有志气的话，其实呢，生死大数，岂是人力所能挽回的？就是我这次不服侍，说不定我也会生别的病而死的，所以这和你可说是根本毫无关系，你千万不要耿耿于怀，表示对我有一种歉疚。假使你有真心爱我的意思，那么你就听从我的话吧！”

荷芬有气无力地说到这里，喉间连连地又打噎起来。这时玉清在旁见了这个情形，连忙把医生请来，央求他快些把荷芬急救，但医生用听筒在她胸部等处听过之后，便摇摇头，说很危险了，他在聊以尽责之下，便给荷芬又打了两枚针。荷芬在打过了针药之后，精神又好了一些，其实这也无非是吊命而已。家璧泣道：

“荷芬，你永远是我的爱妻，我这一生是独身到老的了。”

“别这样子，我希望你忘了我，你积极一些做人吧。”

“我忘不了你，我永远忘不了你。这是我生命中一个致命伤，我什么都完了。荷芬，你的家怎么办？我以为应该去通知他们吧？”

“不必通知他们，我不是他们亲生的女儿，这次我出走，他们原不知道。”

“哦，这样说来，你的身世益发可怜了。我恨天怨地，为什么要对待你这么残忍呢？荷芬，我需要你活，我需要你活下去！”

“我在这社会上本来是个渺小的生物，我不知道我的父母是谁，我更不知道他们生得怎一个模样，我觉得我像一片落叶，在树枝上脱落后，飘飘荡荡地随风飞舞，当然，在风停止的时候，那落叶也就掉到污泥中幻灭了。我的一生，就是这么的一回事……家璧，这是我第一次喊你名字，但也是我最后一次地叫你，我希望你不要为我太消极，我希望你好好儿地做人，否则，我在九泉之下，是再也不会瞑目的……”

家璧在这个时候，他还说些什么好呢？忍不住捶胸大哭，伏在她床边，呜咽不止。玉清见荷芬神色不对，遂悄悄出了病房，打电话给爸妈，叫他们快些料理她的后事。等玉清回到荷芬的病房，只见荷芬已经气绝身亡，哥哥却是晕倒在地上了，一时又急又怕，忍不住也大声哭起来。

荷芬死后，家璧要求父母以未婚妻名义给她安葬，朱仁昭夫妇因为爱子心切，不敢违拗，遂将荷芬好好儿地运送殡仪馆入殓，择日葬在万国公墓。下葬之日，家璧兄妹和仁昭夫妇亲自送她进穴，这时家璧痴立墓前，垂泪而泣，只见三尺新碑，一堆黄土，长眠着一个聪明活泼美丽可爱的姑娘。家璧暗暗念道：“茜纱窗下，我本无缘，黄土垄中，卿何薄命？唉！悠悠岁月，叫我终身遗恨何时了?”家璧说罢，放声大哭。玉清听了心酸，因此也不禁泪如雨下。仁昭夫妇因儿子病才初愈，不愿他过甚悲痛，遂做好做歹地劝扶他跳上汽车，大家坐回家去了。这里是日已将暮，凄凉寂寂，只剩了夜半悲风，吹着树叶发出呜咽之声，似乎也在凭吊着这可怜姑娘的幻灭呢！

情 海 恩 仇

第一回

仆仆风尘　姊弟长途闲磕牙

“呜呜……”一阵火车汽笛的长鸣声音冲破了半天静寂的空气，使正在天空飞掠的小鸟儿都惊醒了，它们胆小得似乎恐怕遭到了意外危险的样子，都“啪啪”地刮着翅膀向树蓬内躲避进去了。在很广阔的宇宙之间，这就见青青的草原里面，有一条长蛇般的火车很快速地驶行。

这是一个仲夏的季节，天气正是十二分炎热，太阳猛烈地照射着大地，使大地上的万物都垂了头，感到了一种淫威的压力，使那些树木更显出疲倦的样子。在头等车厢里，旅客并不十分多，所以大家都坐得很舒服，不过人是一种不知足的动物，像三等车厢里几乎轧得没有立足之地，大家也只好挥着臭汗，振作了精神，在难闻的气息中站立着。不过头等车厢中旅客坐得太舒服了，倒反而觉得懒洋洋的，连端端整整坐着的精神都没有了，有的把脚也搁到双人的座位来，甚至于鼻鼾声地打起瞌睡来。从这一点看，可见世界上无论什么事情总是难以平等的了。

在第三排的座位上，面对面地坐着一男一女。男的年纪在十七八岁之间，穿了一套白哔叽的西装，一副白净的脸蛋上戴了一副金丝边的眼镜，头发梳得光滑滑的，显出一表人才的样子。他手里拿了一本杂志，静静地翻阅着，似乎正在消磨这寂寞的长途。那个女的年纪却在二十以上，大概二十二三岁左右，和那个男子生得很像，仿佛是他姊姊的模样。弟弟既然是个俊美的少年，那做姊姊的更加不必说了，当然是个绝色的姑娘。她穿了一件妃色派力司的旗袍，两袖齐肩，露着两条嫩藕般的玉臂，几乎可以榨得出水来。头发烫成嘉宝式的，鹅蛋般的脸，不大不小的嘴，但却有两片薄薄的唇，涂上了满口的唇膏，露出一排雪白而整齐牙齿。脸上擦抹了淡黄色的香粉，微红的胭脂从两颊淡到眉心，眉毛画成一条横线，从鼻梁的上端画到眼角两旁，这是一九三一年最摩登的化妆。一双秀媚的眼，黑白分明，眼珠很大，常常在左右流动，显出聪敏机警的样子。她的睫毛梢长得很，这在中国少女中是很少有怎样的长度，兼之涂上了一层靛青的缘故，这就更显得葱翠欲滴，完全是包含了一种中西合璧的美丽。她此刻手托了香腮，凝眸含颦地望着车窗外田野间很快向后退去的树木和茅屋，呆呆地似乎正在想什么心事般的样子。忽然听那男子扑的一声笑起来，这就把她从沉思中恢复过原有的知觉来，遂盈盈地斜瞟了他一眼，低声地问道：

“宇华，你在看哪一篇有趣的好文章，竟然独个儿地笑起来了？”

“说不上是一篇文章，却是一则有趣而且神怪的新闻，里面记载着真叫人有些将信将疑，但据说还是四川某县的一件事实，我想也许是《聊斋》里抄袭下来的一则故事。”

那少年抬起头来，微笑着回答。原来这两个人真的是姊弟关系，姊姊叫作郑宇瑞，弟弟名叫宇华，他们是北平人，特地在上海学校里求学的。宇瑞在春江大学三年级读书，还有一年可以毕业；宇华这学期在华华高中部毕业，下学期预备考入沪光大学。现在学校里都放暑假，他们姊弟两人便回故乡去避暑了。他们在没有动身之前，是预先拍电报给家里的，算定日子，可以回到故乡。当时宇瑞听弟弟这样回答，遂很感到兴趣的样子，微笑道：

“在这长长的旅途上，我也真觉得有些寂寞，弟弟既然有新鲜的新闻看到了，那么你就不妨把它当作一个故事讲，能不能说给我听听吗？”

“也好，可是我嘴里干得很，你把竹篓里的蜜橘拿一只我吃吃。”

宇华倒也有趣，他趁此机会，便向宇瑞讨橘子吃。宇瑞把座位下的那篓橘子拿出来，张望了一下，便都递了过去，忍不住笑道：

“都是我这几个同学不好，买了蜜橘来送我行，害得你一路上那颗心全记挂在橘子上。好了吧，一共也只有两只，你都拿去吃了吧。”

“姊姊，你自己不再吃一只吗?”

“我不吃，你爱吃，我都省给你吃，可是你别只想吃橘子，就把这件有趣而神怪的新闻忘记讲了，这我可不依你。”

宇瑞摇了摇头，在她开头这两句话中至少还包含了一点儿做姊姊爱护弟弟的口吻，但说到后面，把嘴一嘟，却又有点儿撒娇的样子。宇华一面连连点头，一面剥着蜜橘，分过了一半，交给宇瑞的手里，笑道：

“这一只各吃一半，还有一只我全吃。”

“我不吃倒不要紧，可是你要先讲了这件新闻，再吃第二只。”

“吃半只不过瘾，那么你半只留在第二只里分给你吧。”

“我本来说不要吃嘛，看你这贪吃的样子，真叫人感到好笑。”

宇华听她说第二只要留在讲完故事后才能吃，一时便想出这一个好主意来回答，但姊姊既然这样地客气，他却很老实地把那半只橘子又拿了回去，放在嘴里吃了，吃毕，拿帕儿抹了一下嘴唇。宇瑞见他两眼还注视着留在篓里那只蜜橘，心里这就猜测着弟弟的脾气，橘子不吃完，心有些不死的，于是伸手很快把篓里那只橘子取过来。宇华见了，不由心中一急，遂忙说道：

“姊姊，你不是说全都给我吃吗？怎么你又抢了呢?”

“你不用着急的，我并不是抢你，我是给你暂时作为保管的，等你讲完了后，我不骗你，我半只都不吃，你难道还信不过我姊姊吗?”

照宇华的脾气，确实要全都吃完了才死了心，可是现在被姊姊摸着了心，抓去了橘子，那就没有了办法，只好微微地一笑，还咳嗽了一声，方才笑道：

“说起那件新闻，真有点儿汗毛凛凛，胆子小的朋友一定不爱听的。姊姊，你胆子到底大不大？假使害怕的话，还是等我们回家之后人多了再讲给你听，现在你不妨先给我吃完了这只橘子吧，免得我好像有件什么大事没有干的样子。”

“嘻嘻，弟弟，你倒真聪明，想拿这种话来吓倒我，为来为去，原来还是为了那只橘子。我看你不像十八岁，倒像还只有八岁的样子。”

“喏，这真是天晓得的事情，我是一番好意，谁知反而被你恶意猜了。”

“谢谢你的好意，不过我的胆子素来不算小，在上海有个同学，他善于讲鬼故事，别的同学都害怕，独有我一点儿也不怕，那时候还在黑夜里呢。现在青天白日，那我是更不会害怕的。弟弟，你别卖什么关子，还是快点儿给我讲出来吧。”

宇华觉得姊姊的门槛很精，自己有点儿弄不过她，望着她一本正经的态度，倒忍不住又感到好笑起来，于是只好拿起放在桌子上的茶杯，呷了两口，又咳了一声，很认真地说道：

“话说四川某县有一个乡村，里面造着一个张飞的庙宇，这和江南人敬崇关羽一样，所以到处也都有关帝庙。据说四川人很崇拜张飞，这是因为张飞领兵入川的时候，颇有小诸葛之称，对于四川百姓，倍加爱护，军纪严重，所到之处，不动民间丝毫什物，故而四川百姓感他仁德，所以给他立庙，以表示纪念的意思，这且表过不提……”

“嗯，弟弟，你倒完全有说书先生的作风。”

“别人家说到要紧头上，你偏又来打岔了。”

“哦，我不插嘴了，弟弟，请你原谅我第一次。”

宇瑞见他大有不肯再讲的样子，一时只好赔了笑脸，向他低低地央求。宇华见姊姊讨了饶，方才又笑起来，接下去说道：

“一年一度要给张飞行一个会，届时非常地热闹，庙内搭了戏台，还有做戏文，这是用不到买门票的，随便什么人都可以去看。这年又是到了行会的日子，在庙内照例又是做戏文，十分地热闹。看戏的人有驻扎在该处的军人，也不在少数，戏文都是一出一出的，做到一出包公审无头案的《双钉记》的时候，不料包公一脚跨到台上，便怔怔地愣住了。台下的观众还以为这是包公走出来的一种很有威赫的台步，所以大家还高声地喝了一声彩，可是想不到那个包公却把两手掩了脸，竭声地喊了一声‘吓死我了’，他便急急地逃进后台去了……”

“咦！奇怪了，这是为什么缘故?”

宇瑞听到这里，她觉得神怪的事情就在这里发生了，不过她情不自禁地会迫不及待地从口里问出来。宇华咽了一口唾沫，觉得这是一个要挟的机会，遂伸了两个指，笑嘻嘻地说道：

“姊姊，这可是第二次了吧。我这人的脾气就是这个样子，我在讲的时候谁也不能打断我的话，否则我就不高兴讲下去了。”

“其实，这也不能算是打断你的话柄，因为你说得有声有色，叫我听了十分动情，所以迫不及待地问了一句。这完全是表现你口才的灵巧，换句话说，我是十足道地地在捧你场，谁知你还生气，那不是有点蜡烛吗?”

宇瑞听他又卖关子了，这就笑了一笑，她那张嘴也相当地灵活，遂用了半捧半讥的口吻向他低低地说。但宇华的生气，他是有目的的，所以摇摇头，表示不中用的意思。宇瑞眸珠转了转，她似乎理会过来的样子，却故意问道：

“那么难道就没有挽救的余地了吗?”

“这倒也不然，只要依我一个条件就行了。”

“你不说，我心中早也知道了，是不是把那只橘子先给你吃了?”

“姊姊，我真想不到你竟有这样地聪明，那就叫我佩服极了。”

宇华听姊姊一句话就说到自己的心眼儿里去，这就感到意外惊喜地忍不住笑起来回答。宇瑞也故意刁难着他，噘了噘小嘴儿，说道：

“我情愿不要听，可是你也没有吃。”

“人家嘴里实在太干了，况且又说了这么许多的话，好姊姊，你就马马虎虎先给我吃了吧！”

“这会子你倒向我来央求了，我问你，你下次还要来要挟我吗？”

“不，不，我下次不敢，你就饶我这一遭，你给我先吃了，我马上就讲下去。”

“这才给我翻了本，好吧，见你可怜，就让你先吃了吧。”

宇瑞因为刚才也向他求过饶，此刻弟弟也向自己求饶了，她觉得扯平了，遂得意地笑了一笑，把那只橘子递了过去。宇华很急促地接在手里，便连忙剥开来，一面吃，一面又望了宇瑞一眼，问道：

“姊姊，你要不吃一点儿？”

“省省了，我瞧这一只橘子还不够你一个人吃的，何必还对我闹假客气呢？”

宇华觉得姊姊真像鬼灵精似的处处揭穿自己的秘密，这就笑了一笑，也就无话可答，但宇瑞却逗给他一个白眼，这白眼至少是包含了一点儿妩媚可爱的成分。宇华吃完了橘子，抿了抿嘴唇。宇瑞笑道：

“橘子吃完了，这会子你要如再卖起关子来，我可没有办法的了。”

“因为橘子吃完了，所以以后我的关子也不用再卖的了。”

宇瑞觉得弟弟这话真有些淘气，因此也不禁为之嫣然起来。宇华连自己也笑了，把手拉了拉喉咙，说道：

“开始紧接下文，姊姊，你且听着吧。当时戏台下的观众都莫名其妙，大家这就喧哗起来，尤其是这一班丘八老爷，心里很觉生气，口中骂着：‘他奶奶的唱不来戏唱什么戏？逃进逃出，这算是怎么的一回事?’有两个火气比较大一点儿的，还拥到后台来责问戏子。但这个唱戏的却有点儿发冷热病似的抖得厉害，他向丘八老爷们说道：‘老乡，你们不要生气，因为俺跑到台上，只见前面有个血淋淋的人，头顶上插了两根铁钉，跪在俺的面前，叩头不已。俺心中暗想：咱们唱戏的不过是唱唱而已，《双钉记》是包公在日审的七十二桩无头案之一罢了，怎么把俺当作了真的包公看待？他妈的，不是唬掉了他奶奶的小性命了吗?’”

“啊呀！难道真有这样稀奇古怪的事情吗？大概那冤魂真的包青天无处可寻，所以只好寻到唱戏的身上来了。弟弟，那么后来怎样呢?”

宇瑞听到了这里，虽然在太阳光猛烈照映之下，但倒真的也有些寒丝丝，一面插嘴问，一面大有听得津津有味的样子。宇华却并不理她，自管说下去道：

“当时几位丘八老爷都有点儿将信将疑，大家都跑到戏台上来看仔细，可是却一点儿也没有发现什么鬼影子，于是又跑到后台来大发脾气，说：‘他奶奶的，不会唱戏就不会唱戏，还要拿这些鬼话来骗老子，真是浑蛋之至!’那唱戏的这就急起来，连忙发咒念誓，说：‘孙子王八蛋说一句谎话。’后来那个管班子的老戏师傅走过来，说：‘无论什么事情，不可不信，不可全信，事情也许不会有假，哪个老乡胆子大的不妨也扮上了包公的模样，然后跑到台上去看，那时候也许就看得清楚了。’当下就有一位做班长的军官，他说让他来扮一下子，要研究研究这件事情的真假，于是戏班子里的人就七手八脚地替他化妆起来，然后穿上了戏袍、帽子和靴子，他便大摇大摆地跑上台去。说起来真有些奇怪，当他一脚跨上了戏台，果然眼前显现了一个血淋淋的冤魂，头顶上有两枚铁钉，和那唱戏的所说丝毫无异。那班长虽然久战沙场，在枪林弹雨中杀进杀出，倒也不算一回稀奇的事，可是此刻一瞧见了这样一个血淋淋可怕的冤魂，他不免有点儿口硬骨头酥地害怕起来，然而转念一想，自己是万万也不能翻身逃跑，不要说被他们讥笑，而且这件案子也没有人去审清了。在这样一想之下，他的胆子便大了起来，镇静了态度，在椅子上坐下，一面孔摆出包青天的样子，喝道：‘你这个冤鬼，可是被什么人害死的吗？’只见那冤魂点点头，班长又喝道：‘你能说出仇人是谁吗？’只见冤魂却摇摇头，以手指指口，表示不能说话的意思。那班长明白他的意思，于是大喝了一声‘来人’，这就见台后走出一个跑龙套来，打扮差役的样子，问：‘大人有何吩咐？’那班长说：‘快拿上一张白纸来。’差役答应一声，把白纸拿上，那班长亲自放纸在地，说道：‘你若有灵，把纸即刻飘起，飘到你被害的地方，我可以一路地跟着去，这样我就可以给你申冤了。’说起来叫人不相信，那张纸果然慢慢地飞起来了……”

“那么后来难道真的破了案吗？你说呀，说完了不好再喝茶吗？”

宇华说到这里，停了一停，他伸手去拿茶杯，凑在嘴边喝了两口。宇瑞正在听到要紧关头，突然地不说了，自然有点儿难过，这就忍不住急急地催他说下去。宇华笑了一笑，遂又说道：

“说起来真可笑、真有趣，包龙图是宋朝的大臣，可是在民国时代，他居然大摇大摆地也在大街上走了，而且后面还跟了许多看戏的村民，大家都在啧啧地称奇。那扮着包青天的班长，这时别的都不注意，只管盯住着那前面飘飞的白纸。走了许多路，方才来到一个小客栈，那小客栈大门里面有个小院子，院子里除了一座小巧玲珑的假山之外，还有两株高大的银杏树。那班长一见白纸飘进客栈大门后，就在那株银杏树脚边落下了，那班长到了这里，心中就有了把握，便把戏装卸脱，问店主人是哪一个。店主人赵老虎不知何事，便走上来问仔细，那班长很客气地叫他把树边的泥土掘起来，那赵老虎听了，大吃一惊，脸色顿时灰白，不肯答应，说：‘无缘无故，不能动土，否则我们店里要破坏风水的。’那班长见他狡猾可恶，遂拔出手枪，逼着他快快掘土，否则将把他结果性命。赵老虎在无可奈何之下，只好把土掘起。掘起三尺的时候，先有一股子臭气触鼻，令人作呕，再掘下去，赫然一裸体男尸，头顶上果然有铁钉两枚，满身浮肿，显然已经腐烂，到此案情大白。原来赵老虎见财起歹心，谋害过路客商，现在既然破案，赵老虎送局究办，从此轰动了各乡各村，叫作假戏真做，包青天复活，再审双钉惨杀案。于是有些人把这件案子调查详细之后，改编剧本，命名为《现代双钉记》，据说因此倒赚了很多的钱。”

宇华一口气说完了后，他似乎有点儿疲倦的样子，伸手按在嘴上打了一个呵欠，笑道：

“话说了这许多，连橘子也没有吃上一只。”

“谁叫你来不及地全都吃了下去？蛮好此刻讲完了吃多么舒服。”

“早吃迟吃总是一样的，我说是吃得不够瘾。”

“火车到了站，马上就好买了吃，你急什么呢？但我知道你这人的脾气，越是没有了，你就越爱吃，回头买一担给你，看你又会吃得厌了。”

“这就叫作物以稀为贵，在火车上此刻想吃一只橘子，那是多么难呀！”

“哎，弟弟，废话少说，这件事情到底真的还是假的？”

“这叫我哪儿知道？不过杂志上写是这么地写着，我想不管它是真是假，总而言之，这也是劝人为善。世界上的事情，若要人不知，除非已莫为，要么不做，做了总要破，所以丧良心的事情到底是做不得的。”

“弟弟，你这两句话我才有些要听，因为这件事情的表皮，至少是包含了一点儿迷信的成分，我们是个学校里的人，当然用不到认为这是一件切实的事情。”

宇华点点头，表示不错的意思。姊弟两人于是又沉默下来，宇瑞望着窗外还是在想着心事的样子，但宇华低了头，依旧看阅他手里的杂志，来消磨这寂寞的长途。火车的汽笛又在呜呜地长鸣了，这是报告着离开车站已经不很远了。车厢里的旅客在安静之中有一阵骚动，不是整理着行李，就是穿舒齐了衣服，各人心眼上都有一种热，这一种热度在心里融化了会变成了脸上的笑容，因为大家都在可爱着又可以投入了故乡的怀抱，投入了父母的怀抱。

辽阔的旷野，青青的草原，已经在眼帘下慢慢地消逝了，从车窗内远远地望去，可以看见北平市整洁的街道了。火车终于完成了它长途赛跑的终点，慢慢地进了车站，但是它好像感到无限乏力，呜呜地又在叫着好热呀好热呀，而且它还不住地在喘气。

有整整五六个月不见可爱的故乡了，在宇华和宇瑞的心中好像感到无限欣喜，姊弟两人提了皮箱，和旅客们鱼贯地步出了车站。就在这时，忽见一个小丫头匆匆地奔上来，叫道：

“小姐、少爷，你们怎么直到今天这一班火车才到呀？我在昨天也在这儿整整地等候一整日哩！”

“阿贞，其实你们原可以不用等，那你们本来就算不定准确的日子呀。”

“可是到底被我等着了。”

宇瑞一面说，一面把手中的挈匣交到她的手里，阿贞笑嘻嘻地回答了这一句话，似乎感到特别兴奋的样子。宇瑞又低低地问道：

“老爷和太太都好？”

“嗯，老爷、太太身体很健康，我们接到了小姐、少爷的电报之后，大家都很欢喜，太太是拉开了嘴老是笑，说少爷不知长大了吗，说小姐不知道胖了吗，怎么今天还没回来？唉，这几天害得她老人家晚上也没有好好儿地睡，说不要在晚上到来，我们睡得太熟了，连敲门的声音都听不见了。你们想，太太心中热不热？”

阿贞笑嘻嘻地说到这里，已领头挤出了人缝，她向前面招了招手，叫了一声“阿三”，只见那边停着一辆簇新的自备汽车，便嘟嘟两声，开了过来，阿三跳下车子，向两人鞠躬，叫声：“少爷、小姐回来了。”宇华、宇瑞点点头，便跳上车厢，这里阿三关上车门，拨动机件，汽车便向前直开了。

宇瑞父亲郑世万是财政局局长，家里着实多了几个钱，公馆却在警察局的对面那座三楼三底的小洋房里，所以他家里一年到头太太平平，强盗和小偷在他们家门口连张都不敢张望一下的。汽车到了郑公馆门口，阿三揿了两声喇叭，门房间立刻有门役李四在小门洞里望了一眼，一见是公馆里的汽车，遂即开了大铁门，让汽车由甬道直达大厅石阶级旁停下来。阿贞拉开车厢，就有侍从阿德在厅里迎出来，恭恭敬敬地站住了，口呼："少爷、小姐回来了。"他接过从上海带来的皮箱，先匆匆地拿进上房去了。宇瑞和宇华步入上房，只见郑太太早已等在房门口了，她满显皱纹的脸上含了一丝欣慰的微笑，叫了一声："孩子，你们都回来啦!"宇瑞早已奔向妈的怀里，含笑叫道：

"妈妈，你老人家身体好吗？我们都回来了，爸爸呢？还在局里没有回来吗?"

"你爸爸刚才在局里打过电话来，说你们回来了马上给他一个电话。阿贞，阿贞，你快去打电话给老爷吧!"

阿贞在倒上了三杯汽水之后，答应一声，便匆匆地去了。宇华一面脱了西服上装，一面向郑太太望了一眼，说道：

"妈，你近来好像瘦一点儿了，怎么啦？没有什么不舒服吧?"

"这几天胃口不大好，也许是因为夏季的缘故。阿华，你的人倒高得多了，我就老担心你在外面不知会不会闯祸，今天见你们姊弟两人欢欢喜喜地回来，我心里真是太快乐了。"

郑太太眯着眼睛，望着自己心爱的儿子，心中真有无限喜悦的样子，她脸颊上的笑痕这就没有平复过。这时，另有仆妇们拧上手巾，给两人擦过了脸。郑太太又问长问短地向两人问了一会儿上海学校里的情形，姊弟两人都一一地告诉了。不多一会儿，阿贞进来报告，说："老爷回来了。"随了这句话，只见郑世万笑呵呵地进房来，他一面脱了长衫，一面连说："孩子，你们都回家了。"宇瑞、宇华也早已奔了上去，一面口叫"爸爸你好"，一面给他把长衫早已接了过来。阿贞一见又从小姐手中接来，挂到衣橱里去。世万坐在太师椅上，擦了脸，漱了口，宇华见父亲衔在嘴里的雪茄已熄了，遂给他划了火柴，世万忍不住笑哈哈地说道：

“你这孩子半年不见，规矩倒懂得多了，可见得学校里去读书，到底有点儿进步。哎，这学期谁毕业了？是宇华还是宇瑞呀？”

“瞧爸爸这人还是那么地糊涂，是弟弟在高中毕业了，我明年才可以毕业呢。”

“哦哦，是的，爸爸年纪老了，而且……而且……公事又忙，这些事情哪里记得这许多？唉，唉，我倒奇怪了，怎么还是宇华先毕业呀？宇瑞……你……”

“啊！爸爸，你益发糊涂了，我在大学里，弟弟是中学里，下学期弟弟才能进大学呢。”

宇瑞听父亲像不了解的样子奇怪地问，这就扑哧一声，忍不住抿着嘴笑起来了回答。世万打了一个哈哈，也忍不住笑起来道：

“对了对了，我只管先毕业后毕业地缠不清楚，把大学中学都忘记了。宇瑞，你看你爸爸蠢得多了吗？”

“不，这倒不能说蠢，因为正经事情太多了，这些无关紧要的小事情似乎不大放在心上，所以那就容易弄不清楚。爸爸，你为了我们回家，特地从局里赶着回来，那叫我们心中真过意不起。哦，我想起了，这次回家，别的没有带什么，只带了两样爸妈欢喜吃的东西，回头我叫阿贞整理出来送给爸妈吃。”

“是什么好东西？我猜猜，嗯，是不是龙眼松子软糖？记得你上次回来也带来过，你说这是苏州采芝斋的名产，在北方是很不容易吃到的。”

“爸爸，你真聪明，一猜便猜到了。我想爸爸躺在炕床上吸大烟的时候，稍许嘴巴里吃上了一块甜甜嘴，那多么舒服。”

宇瑞虽然是二十二岁的年纪了，可是还显得十分孩子气，她说了一声“爸爸真聪明”，把舌头忍不住一伸，又缩了进去，表示不好意思的样子。众人听了，又见小姐这一副可爱的神态，连老妈子也笑起来了。世万感到了十二分得意，喷了一口雪茄烟，笑哈哈地说道：

“宇瑞，真难为你给你爸爸想得到，总算爸爸也没有白白地疼了你一场。真的，抽大烟的时候，吃了这一块软糖，真够舒服的，我说你才是真真的好孩子。”

“爸爸，你这话不对，你也不是三岁两岁的小孩子，带糖给你吃，你就说姊姊好，那么我难道就不好了？”

宇华站在旁边把嘴一嘟，大有吃醋气不过的样子，众人听了，倒又笑了一阵。世万也忍不住哈哈地笑起来，望了他一眼，问道：

“你姊姊知道爸爸心爱吃的东西，她还不是一个孝顺的好孩子吗？那么你给爸爸带些什么东西来吃呢？”

“我吗？哦，有，有，我马上去拿来。”

宇华被他一问，倒是问住了。忽然眼珠一转，便想到了似的，说了两声“有，有”，他便急急地奔出房外去了。郑太太笑道：

“宇瑞，你给我带些什么好东西来吃呢？你刚才不是说，我也有一份儿吗？”

“妈，你空下来的时候，没有什么事情，只有抹骨牌打子关消遣，所以我买了两罐玫瑰水炒瓜子给你解个闷儿，这可又是你欢喜的东西吧？”

“瓜子本来是我心爱之物，不过近年来牙齿都坏了，所以心里爱吃，而事实上恐怕已经吃不动了。”

“我想这两年假使不吃，再过两年，也许牙齿真的会什么东西都咬不动，所以我劝妈还是想明白一点儿，爱吃什么就什么，乐得享享福。”

宇瑞见母亲大有感到老之将至的悲哀，遂在旁边向她低低地劝慰。正在这时，宇华拿了一卷纸，走进房来，把这卷纸交到世万手里，笑嘻嘻地说道：

“爸爸，这是我特地从上海带来给你的好东西。”

“不是吃的，大概是用的，但也不像是用的，准是可以挂的了。”

世万一面接过，一面自言自语地猜着说。他把纸卷透开来一看，原来是一张华华中学毕业的文凭，考试优等，名次第二，一时乐得眉飞色舞，把他手拉来，亲热地笑道：

“好孩子，好孩子，你带了这张荣誉的文凭来给爸爸，真的比买任何食物来孝敬我还要高兴得万倍。你平常好像也不大读书，想不到考试成绩有这样好，那我确实高兴极了，回头爸爸要重重地赏你。”

“这是因为我不是死读书的缘故，学问不是专在课本上找得到的，死读书就等于寺院里和尚念经，教堂里牧师读《圣经》，那是一点儿也没有用的。”

“弟弟，瞧你这人，一说你好，你就骄傲起来，可是骄者必败，真正有学问的人，他一定十分自谦的。”

宇瑞见弟弟得意忘形的样子，遂在旁边向他批评着说。宇华微微地一笑，也就不再说什么了，大家又闲谈了一会儿，时已上灯，阿贞进来报告，说饭厅里已摆好了鱼翅席，是老爷、太太特地给少爷、小姐接风的，于是世万等大家到饭厅里去。刚刚坐定，忽然见外面走进一男一女，他们“咦咦”地叫道：

“表妹和表弟从上海回来了吗?”

第二回

斑斑泪血　鸳鸯棒打痛满怀

这走进来的两个男女原来也是兄妹关系，哥哥名叫曹伟荣，妹妹名叫曹月珍。曹伟荣的父亲和世万是表兄弟，不过他们感情很好，时相过从，就像亲兄弟一样，照派起来，伟荣和宇华表兄弟是远得很，这是所谓一表三千里的一句话。不过，世万为了瞧在他父亲的情面上，所以待他们像自己子侄辈一样，彼此走动得十分莫逆。说起伟荣这个人，他今年也有二十五岁了，在北平中学里毕业后就没有再求深造，这当然是为了经济关系，因为他家里还有一个年老的母亲要他养活的。再说还有一个妹妹，虽然也有十九岁了，可是只会花费，不会生产，所以伟荣毕业之后，是极其需要找一个职业来维持一家生活。他认为唯一的出路还是来请求世万的表伯，世万是个堂堂的财政局长，给他找个差使那是再便当也没有的事情。不多几天，他在宴会上遇见警察局长，和他偶然谈及此事，一说就成，在司法科里给他插上了一个位置，这位置因为太好了，每件案子，或是告状，或是传审，都要先经过了他，然后再递到司法科长的案桌前。为了这样，伟荣不免利用职权上的势力，便无恶不作地受贿敲诈起来，不过这些事情，是瞒上不瞒下的，所以他的作恶，上司是一点儿也不知道，那么世万当然是更加不晓得了。

在半个月之前，他又曾经做过一件很丧良心的事情，事情是这样的：北京城外西山附近有个小小的村庄，村中居民有的打樵为生，有的打猎度日。其中有一户人家父母子女四个人，父亲名叫黄大为，儿子不在家中，因为性好武艺，所以跟了一个拳师在学艺。女儿名黄燕飞，在家里帮着母亲料理家务，年纪还只有十七岁，长得聪明美丽，十分可爱，虽然家中清寒，倒也其乐融融。黄大为是打猎为生的，所以天天到荒僻的山林之中去行猎。同村有个陈小彪者，也是打猎度日，他的为人颇为无赖，原是一个地痞子，更因为并无家室之累，时常作恶，村中人因为他有点儿蛮力，所以都惧他三分。大为虽然年近五十，然而两臂尚有举鼎之力，平日颇恶小彪之行为，但彼此并无交涉之事，遂也各不相犯。这天大为打猎回来，在小河旁边，只见小彪在调戏一个村姑，那小姑娘心中恼怒，打了他一记耳光，不料小彪便恼羞成怒，拔出腰间所备利刃，欲有伤害之意，大为这就再也忍耐不住，奔了上去，喝道：

“陈小彪，你在青天白日之下，胆敢无礼，调戏良家妇女，难道不怕犯法吗?”

“黄大为，你是什么东西，胆敢来管大爷的事情？识相点儿快给我滚开，要不然，莫怪大爷动怒，这就拳头无情了。”

陈小彪一见半路上蹿出程咬金来，因为和黄大为素来面和心不和的，所以此刻就扯下面皮，向他瞪了一眼回答。大为忍不住哈哈地大笑起来，把手中的野兔、野猪等物在地上一放，说道：

“陈小彪，你平日作恶多端，我都没有亲眼目睹，今天是我亲眼看见的。我好意劝你，你还是自知错处，向那姑娘赔礼，从此改过自新，将来有机会还可以给社会上做点儿事业；现在你执迷不悟，还要口出大言，真是不知廉耻。我黄大为今年活了四十八岁，对于你这位大爷的拳头实在还没有仔细地认识过，所以今天非领教领教不可，假使我黄大为被你这种小子的拳头里送命，这也是命该如此的了。来来来，我就尝尝你拳头的好滋味，究竟有多少分量呢?”

“好，你这老狗敢来看轻我大爷吗？我就给你颜色看看。”

小彪听大为这几句话至少带有些讽刺的成分，一时气得两颊发青，眼睛里好像要冒出火星来，他恨从心头起，恶向胆边生，竟不管三七二十一地举起手中的利刃向大为猛可刺了过来。大为眼快手快，把身子一低，一骨碌让过一刺刀，回身飞起一腿，小彪“喔哟”一声，早已扑地跌倒。大为赶步一脚踏住他的身子，伸手在他颊上干脆的两记耳光，问道：

“陈小彪，你给我看的颜色糊糊涂涂，我一点儿也看不出来，可是老子今天给你看的颜色，你可曾看出来了没有？”

“黄老伯，我看出来了，真是有眼不识泰山，对不起，对不起。”

小彪是个赖小人，跌得倒，爬得起，在他好像是无所谓的，只要自己不吃亏，就是讨讨饶也没有什么关系。大为听了，又好气又好笑，遂问道：

“我和你无冤无仇，就是劝你不该戏弄人家小姑娘，这也是我一番好意，你也不该拿刀来杀我，可见你这个人实在是惨无人道的。”

“那是我一时糊涂，请老伯千万原谅。”

“我问你，以后你还要调戏女人吗？”

“不敢了，不敢了。”

“那么你以后改过做好人吗？”

“当然改过，再不改过，也不是人养出来的。”

“那么你心中恨不恨我？”

“不恨，不恨，一点儿也不恨，你实在是我的大恩人，我怎么还会来恨你？”

“啊！陈小彪，你真的明白了？那么我们是好朋友。”

黄大为听他这样说，因为他是一个直爽的人，所以心中倒又欢喜起来，连忙把他扶起了身子，和他又紧紧地握了一阵子手，表示和解的意思。小彪也连连道谢，回身要向那小姑娘赔罪，谁知已没有了她的人影子。原来，那小姑娘在他们拳来脚去打架的时候，早已逃得无影无踪了。小彪于是向他作别，匆匆地自管回去了。

这里黄大为很欢喜地把地上野兔子等东西拿起，匆匆地回到了家里。他的女儿燕飞和夫人见他脸含笑容，好像十分得意的样子，遂都问他说道：

“爸爸，你今天打来多少野兽？为什么这样地高兴？”

“莫非在地上拾到了海宝贝吗？”

“不是，不是，全都不是，我救了一个人。”

黄大为一面把东西在院子里放下，一面走进草堂来在椅子上坐下，笑嘻嘻地回答。黄太太拧上手巾给他揩脸，燕飞倒了一杯茶，一面又低低地问道：

“爸爸，你救了人家性命吗？那真是功德无量。”

“不是，我救了一个人的灵魂。”

“爸爸，你这是什么话？我可不明白了。”

“对呀，你不明白，我也不懂呀。大为，你别说这些叫人难懂的俏皮话，还是仔细地告诉我们吧，这到底是怎么的一回事情呢？”

黄太太也有点儿莫名其妙的样子，向他急急地追问。大为于是把路见不平克服了陈小彪的事情向她们母女两人诉说了一遍，一面又笑嘻嘻很得意地说道：

“你们想，我能够把一个作恶的人，他自己知道错了，深深地懊悔他的行为不正当，将永远改过自新地重做好人，那不是我救了一个人的灵魂了吗？”

“爸爸，我和你的感觉却完全相反，我觉得你是因此惹下祸根了。”

燕飞听父亲这样说，她两条细长的眉毛便微微地蹙了起来，两颊上浮现了一层愁容，却摇摇头回答。大为有点儿愕然的神气，定住了眼睛，怔怔地问道：

“孩子，你这是什么话？我可不懂你的意思。”

“爸爸，你是个豪爽的人，当然不会想到这许多。并不是我女儿心思太疑，因为现在人心都是险恶的多，所以我们就不得不防到这一点。陈小彪这家伙在我们村子里是数一数二的坏蛋，谁知道他是只占便宜，不拿吃亏的。至于今天他在爸爸面前屈服了，我以为他绝不是真心屈服，因为他不是爸爸的对手，所以他完全是一种暂时的屈服，至于他说改过做好人，也完全是口是心非，绝不会真心地改过做好人的，所以我猜他和爸爸是结下了仇恨，说不定他会用暗计来陷害你。爸爸，这种小人还是和他少接触为妙，因为我们是安分守己的良民，也就犯不着和他去争斗。”

黄太太听女儿这样说，觉得女儿的话是句句说到自己的心眼儿里，一时便连声地说：“对呀，对呀！这种小人，当面认了错，背后一定会恨你入骨的，所以管闲账讨闲气，多一事不如少一事，做人在世界上何必要争什么英雄好汉呢？”大为听女人这样说，便很生气地沉着脸，说道：

“你们女人家的胆子也小得太可怜了，假使一个人在世界上要怕被人暗算，那就根本不用在世界上做人了。老实地说，我黄大为活了这四十八年，无论什么英雄好汉我也见识得多了，难道倒怕一个血毛未干的陈小彪吗？那岂不是笑话吗？”

“并不是说怕他，因为小人之心是最难弄的，明枪倒不怕，就是暗箭难防。爸爸，你不要生气，我们下次小心些对付他也就是了。”

燕飞见父亲生了气，遂只好用了婉转的口吻，含笑低低地解释。但黄大为却并不以为然，对于这件事情就根本一点儿也不放在心上。

在这里倒不能不说女孩儿家心细如发，原来陈小彪的为人已被燕飞看得非常清楚。他这次被大为打倒在地，又屈服了讨饶，这都是他在无可奈何的情形之下才对人有这样贼一般的态度。其实，他心中是恨毒得了不得，他没有一刻不在想报仇的办法，只是在静静地等待机会。

陈小彪既然是一个无赖之徒，所以他一有了钱，不是嫖就是赌。这天，他匆匆地进城，在一家赌窟里赌钱，也许他的赌运很不错，所以这一天给他竟赢了不少的钱，可是在他身旁有一个青年却输得满头大汗，额角上暴露了青筋，这一种神态，好像是犯人判决了死罪一样地焦急和可怕。他见小彪拿了筹码的子儿押到哪里，赔到哪里，后面好像跟了财神爷爷一样，一时便很眼痒地向他望了一下，插嘴搭讪着道：

“先生，你的赌运可真不错，打到哪儿有到哪儿，今天可发了财。”

“嗯，你为什么不跟我押呢？今天我有赌运，你跟我押准可以赢钱。”

陈小彪也望了他一眼，点点头，十二分得意的样子，笑嘻嘻回答。那青年把手拍拍袋，叹了一口气，忽然他计上心来，在袋内摸出一张名片，交到小彪的手里，低声儿说道：

“先生，你不知道，我今天运道太不好了，身边带来三百元钱，统统都输光了。敝人姓曹名伟荣，原在警察局里做事情，你能不能借给我五十元钱？我押还了本钿，一定可以加倍地还你，不知你先生相信我吗？”

陈小彪听他陌陌生生地开口问自己借钱，起初倒是一怔，意欲瞪着眼睛回绝了他，但忽然听到他在警察局里做事情，这就在他脑海里浮上了另一个感觉，他便立刻接过他的名片，仔细瞧了瞧，见写的是“北平市警察总局司法科科学员曹伟荣”几个字样，一时不由大喜，遂向他打量了一下，笑问道：

“曹先生真的在警察总局里办事吗？”

“不错，我怎么会骗你？你不相信，我身边还有派司带着，派司上好在有我的小照，你看了一定知道不是假的了。”

曹伟荣这时唯一的希望是问人家借钱可以翻本，对于自己是个公务员的身份，却早已忘记在脑后了，他一面说，一面在袋内取出派司来给他看阅。陈小彪在看到他派司上的照相之后，方才知道他是没有骗人，遂拉了他的手，离开了赌台，走到咖啡室来坐下，先取了一根烟卷给他，还给他划了火柴，然后低低地说道：

“曹先生，小弟陈小彪有眼不识泰山，真是万分抱歉，还请特别原谅。”

“陈先生，你何必这么客气？承蒙你允许借我五十元钱，我若翻了本，真是恩同再造，感激不尽。”

曹伟荣的脑海里还是在转钱的念头，向他感激涕零地期望着。陈小彪笑了一笑，一面叫侍者拿上两客咖啡，一面说道：

“曹先生，你不要着急呀，你输掉这三百元钱，根本是区区之数，你不用放在什么心上，我全数可以奉还你，而且，而且……我还可以再给你赢两百元钱，凑成五百元，你瞧怎么样？”

“这……这……是什么话？那我可太不好意思了。陈先生，你莫非有什么事情要托付我去办理吗？假使真有事情的话，小弟一定竭力。”

陈小彪的话听到伟荣的耳朵里，真有点儿做梦也想不到的收获，这就意外惊喜地笑了起来。不过他的转机也很灵敏，忽然又想到了这一个权利与义务相等的话，这就向他又低低地问。陈小彪点了点头，沉吟了一会儿，方才低低地笑道：

“也不能说是什么大事情，我想以曹先生的大才，办起这一件小事情来，真可以说是不费吹灰之力的。”

“陈先生，请你不要过于奉承我，到底要我帮助些什么事情？你还是明明白白地说了出来，只要我能力及得到，当然是可以帮你的忙。只怕事情太大了，我没有这个资格，那就变成力不从心了。”

曹伟荣有些迫不及待的样子，向他又一再地追问，同时他表示很有诚意帮忙的样子，说得非常坦白。陈小彪于是俯过身子去，附了他的耳朵，低低地说了一阵，又微笑道：

“曹先生，在你们手里办起这一种事情来，那不是很容易吗？只要你给我出了胸中一口怨气，我将来一定好好儿报答你。”

“哦，陈先生，你叫我委屈好人？这个……你似乎也说得太容易了，我恐怕不能帮助你。”

曹伟荣听了他一阵低语之后，便微微地蹙起眉尖，表示很有点儿为难的神气，摇摇头，显然是拒绝的意思。陈小彪却点了点头，阴险地笑道：

“我很明白曹先生的意思，大概以为我们是初交，所以在友谊上说似乎彼此还有点儿不够交情，你说我猜得对不对?”

“不，完全不是。常言道，一遭生，二遭熟，我们两人也可以说一见如故，所以你猜的都误会了。因为这件事情太重大了，我怕我还不够这个资格，况且……况且……为了五百元钱，而冒了这么大的危险，去干这一种伤天害理的事，嗯，嗯，那似乎太不值得。唉，太不值得了。”

陈小彪听了他后面这两句话，心中这才恍然大悟了。原来他是为了嫌憎酬劳太少一点儿的缘故，可是五百元的数目也不算小了，于是伸手把袋内的钞票都取出来，一叠一叠地数起来，共计六百七十四元，除去赢六百二十四元，遂暗暗地盘算了一会儿，把七十四元依旧藏入袋内，六百元送到他的面前，说道：

“曹先生，我们算交一个朋友，这根本不能算为酬劳。假使你看得起我，那么就请你收下，要不然，我也没法再使你满足了。”

“陈先生，你说话很漂亮，本来我是不打算接受，但做人最要紧的是朋友，当然，朋友是多一个好一个的。那么我倒并不是为了酬劳的多少问题，我完全是要和你交一个朋友，所以才接受你这一件事情的。”

“曹先生，你真够朋友，我很感激你。”

陈小彪听他答应了，便猛可地站起身子，把他手紧紧地握了一阵，笑嘻嘻地回答。在他们这一阵子握手狼狈为奸之间，就造成了黄大为那悲惨的命运。

第二天，陈小彪也上山去打猎，和黄大为等一伙人在山上相遇，他装作很和气的样子，等大为打中了一只野兔子，陈小彪故意去抢了过来。黄大为怎么肯吃亏，遂和他争论起来，但争论的结果，到底免不了是一场相打。幸亏山上还有别的猎户，把他们两人劝开了，这只野兔子也依然归大为所有。当晚，黄大为回到家里，心中闷闷不乐，觉得不要小觑了女儿的话，想不到这小子果然和我结了冤仇。照今天的事情，还是他明明来跟我寻是非吗？那么以后，我也还得好好儿地提防他一下不可哩。心中虽然是这么地想，但他表面上是绝对不露什么痕迹，就是今天和小彪发生冲突的话，也并不和妻女告诉。一宿无话，到了次日早晨，飞来的横祸就降临在黄大为的头上了。原来警察局里来了两名警察、一名警长，到了黄家，一问黄大为是哪个，他们便不再说句什么，就取出手铐脚镣，把黄大为捉到局子里去了。这是莫名其妙的一回事情，黄大为当然不能束手待缚，遂正色问道：

"你们局子里派人来捉我，有什么理由吗？我一不犯法，二不贪污，三不做贼做强盗，你们把安分良心可以凭空地欺侮吗？这还成什么世界？简直是暗无天日的了。"

"哼哼！你这黄老头子，自己做的事情难道不知道吗？现在有人在局子里告你，说你行凶谋害，谋害虽然未成，但原告已被你殴打成伤，不要多说废话，快到局子里去再说吧！"

大为听他们这样说，心中倒吃了一惊，就是燕飞母女两人也都急得"呀"了一声叫起来，拉住了大为的身子，急急地问道：

"爸爸，你……在害人家？你……"

"大为，你怎么去打伤了人家？你……"

"哎！你们母女两人怎么连我的行为都不知道了？听他们这些混账话，那简直是放屁之至，我害了谁？你们说，你们说！"

大为被她们母女两人一逼问，这就大怒起来，圆睁了虎目，向警察急急地喝问。那个警长见他这么倔强，便伸手量了他一记耳光，骂了一声："他妈的，你这老东西，你认为受委屈，你到局子里去说吧！走走走！"

大为挨了他一记耳光，觉得没有抵抗的勇气，因为自己是个安分的良民，假使稍有理论的举动，在他们一定也认为有侮辱公务员的罪名，因为这是古有前例，所谓只许州官放火，不许百姓点灯的两句话。但燕飞在旁边却忍耐不下了，她睁着圆圆的眼睛，显出正义的态度，说道：

“什么？你敢行凶打人吗？你是公务员，你知法犯法，你难道不怕犯罪？”

“哈哈，哈哈！小姑娘，你少说几句混账话，我们怎么好说是行凶？他是罪犯，一个罪犯，就这么量一下子耳光算得了什么稀奇？”

警长在大笑一阵之后，撩上手去，第二次又要打上去的时候，却被燕飞狠命地一把拉住了手臂，冷笑道：

“放你的臭屁，你现在怎么可以当他是罪犯？他在没有经过法官审判之前，他根本是个国家的公民，你能冤枉他是凶犯吗？”

“好，好，算你小姑娘这张嘴会说话，那么不要多啰唆，快上局子里去是正经。”

警长被她说得哑口无言，因此对她白了白眼睛，真有点儿奈何她不得的神气。可是燕飞却拦阻了他们，说道：

“慢着，你把我爸爸好好儿带着走，不能上手铐，因为他现在根本还没有罪，他根本不是强盗，他根本不是卖国贼。”

“你这小姑娘简直吃了豹子胆，什么喉咙比我们还响？你预备怎么样？违抗警察局的命令吗？他妈的，你到底走开不走开？我老实不和你客气了！”

警长说完了这两句话，他便伸手去拉开燕飞，因为燕飞用力拉住了大为，使他不能不用抱的方式去拖燕飞。燕飞在一急之下，她便乱撞乱颠地跳起来，大声叫道：

“你们来看呀！你们来说句公平话呀！公务人员青天白日强奸我们小姑娘哪！啊！强奸我，强奸我！”

燕飞这一喊不打紧，把那个警长急得脸涨得像血喷猪头一般地通红，连忙把她推开，可是这会子却不由他做主，燕飞兀是勾住他的脖子，口里只叫着：“强奸小姑娘哪！”急得那个警长啼笑皆非，在地上跪了下来，说道：

“我的小姑奶奶，哎！哎！你别高声叫了，你别高声叫了，我知道你的厉害了。我准定把你爸爸放下了手铐好好儿地带着走吧！”

“好，好，你快放下来。”

燕飞见他向自己讨了饶，遂连连地点头回答。警长没有办法，只好把他放下手铐，正欲押着大为跳上汽车的时候，黄太太又来拉了她丈夫的手，失声大哭起来。大为到此，也不免老泪纵横，凄凉地说道：

“燕飞的妈，你不要伤心，你也不要害怕。我是一个安分守己的良民，我没有做过作恶的事，局里绝不会无缘无故给我治罪的，所以你只管放心，我马上就可以回来的。”

“不错，到了局里，是非曲直都可以明白，说不定没有罪，那就立刻可以回来的。”

那个警长此刻说的话是很缓和而低沉，他不敢再用一种鸡毛当令箭的态度来对付人家，而且他至少还包含了一点儿劝慰的成分。燕飞这时也说道：

“妈，你不要难过，好好儿地等在家里，我跟了爸爸一块儿去，看这个原告到底是什么人。我爸爸从来不得罪人家，为什么他们要苦苦来害我们？真真岂有此理，该死之至！”

“喂喂喂，我的小姑奶奶，你怎么能一块儿去呀？”

燕飞一面说，一面已跟了大为一同跳上汽车里坐下。那个警长觉得她有点儿自说自话，遂走过来拉她身子，是叫她跳下去的意思。燕飞竖了两条细长的柳眉，逗给他一个娇嗔，喝道：

“你再敢拉拉扯扯地调戏我，我可又要喊起来了。”

“啊呀！我的老天爷，我怎么会调戏你？我叫你下去呀！”

“为什么我要下去？我是爸爸的女儿，我难道不能去旁听吗？”

“旁听原可以，但是你不能坐了我们公事车一同去呀！”

“没有关系，最多到了警察局，给你车钱，你还啰唆点儿什么？

喂，喂，开车的没有死，不开干吗？”

“好，好，小姑奶奶，你的命令比我大，算我倒霉，碰着你这个宝货，开车，开车。”

随了警长这两句话，那辆汽车便向城里开去了。燕飞在车内望去，见到母亲那灰白的脸上沾了悲痛的眼泪，可怜她老人家似乎失声地在哭泣了。燕飞的眼帘下在消失了母亲苍老的影子，回眸又望了一眼身旁木然呆坐的爸爸，她心中感到痛苦，眼角旁忍不住也会涌上了晶莹莹的一颗。

汽车到了警察局，警长把他们带到刑事第二预审庭，只见陈小彪头上包扎着纱布，脚上也裹扎纱布，还有一个是村子里的小流氓张阿六。当时黄大为父女见了，心中早已明白，燕飞叹了一口气，低低对大为说道：

“爸爸，你看怎么样？女儿前时的话不错吧？这小子心思多毒，爸爸到底可曾把他打伤过没有？”

“这是昨天的事情，我和这小子一同都在山上打猎，他无理由地抢夺我一只打中的野兔子，后来我们发生一点儿小冲突是有的，可是并没有把他殴打成伤，这小子竟装死来诬告我。”

“可是，爸爸，昨晚你干吗不说？”

“我怕你们听了又忧愁，所以我没有告诉。”

大为说着，轻轻地又叹了一口气。正在这时候，曹伟荣走进预审庭来，升了座，先传原告上来，把他问了一遍。陈小彪当然是装腔作势地大造谎言，并且说张阿六是证人，亲眼看见黄大为持刀谋害等话。曹伟荣听了，又传黄大为上来，问他为何持刀行凶，现在原告满身是伤，而且人证俱在，你还有什么抵赖的余地吗？黄大为听了，当然大加否认，表示原告完全说谎，至于昨天山上打猎的事，还有同村许多猎户也都在场，可以作为证人。不料曹伟荣听了，却大发雷霆，说老头儿花言巧语，意图抵赖，原告头破血流，脚骨折断，均有医生证明属实，明明是老头儿行凶。说罢，便即由司法警察押起，假使不服，可以请律师到法院再行辩驳。说完，便退庭走了。黄大为气得全身发抖，大骂混账，这是什么地方？难道是强盗窠中不讲理的吗？当下燕飞已经看出他们串通的情形，遂安慰了老父一番，说必定救你无罪，你可以不必难过。可怜黄大为便只好跟着司法警察，暂时扣押起来。陈小彪才算是报了大仇，吐了一口气，得意扬扬地和张阿六高视阔步地走出去了。

黄燕飞打听了审问人的姓名，她便到司法科去拜访曹伟荣。当时伟荣见是一个陌生的姑娘，并不认识，不过她的美丽足以动人心弦，于是微微地一笑，低声儿地问道：

“你这位小姐贵姓？在下就是曹伟荣，不知找我有什么贵干呀?”

“曹先生，我有一件小事情很想求教你，不知能否找个地方做小时的谈话吗?”

“可以，可以，我们到会客室来坐一会儿好了。”

曹伟荣被她的色已经吸住了，遂含了满面的笑容，连连点头，一面他已引她入会客室里坐下，一面取过一支烟卷，递了过去，微笑着道：

“小姐，你还没有告诉我贵姓，抽烟吗?”

“我姓黄，对不起，不抽烟，你自己抽。”

燕飞摇了一下头，一面露了妩媚的笑，一面伸手在小圆桌子上划了火柴，给伟荣点火。伟荣见她这样殷勤，因为她是一个太漂亮的小姐，所以不免有些受宠若惊，站起身子，连说：“不敢当，不当当。”然后吸了一口烟，在沙发上很安闲地坐下来，低低地问道：

“黄小姐，你来找我，不知有什么吩咐？现在你可以详详细细地对我说了。”

“哦，曹先生，你记得刚才被你扣押起来的那个黄老头子的人吗?”

燕飞向他“哦”了一声，便低声儿笑盈盈地问，这声音是分外温柔。曹伟荣方知道这事情有点儿糟了，遂竭力镇静了慌张的脸色，点头说道：

“是的，我刚才审的那个谋害不遂的案子，怎么啦？黄小姐是他的女儿吗？”

“不错，他是我的父亲。曹先生，你审问的时候，我也在旁听，我觉得你审问的手段太高明了。”

伟荣觉得她这两句话不免是讽刺得太显明一点儿了，因此两颊便再也忍不住地红起来，但他还故意表示严肃的态度，咳嗽了一声，问道：

“怎么啦？黄小姐，我觉得你这两句话中好像有点儿骨头似的，对不起，我的脑子很简单，俏皮的话有点儿听不懂，怎么，难道我审判有点儿不大公正吗？”

“不，公正倒很公正，但我的感觉上，你好像不是第三者立场的审问者，你有点儿像原告的辩护律师，因为简直叫被告没有申诉理由的余地。我想你曹先生不是原告的亲戚朋友，准是接受过原告一笔公费的。”

“不，不，你绝对不能胡说白道，你要知道我们吃这一项公事饭的人，个个清清白白，秉公办事，从来也不晓得什么舞弊受贿的，因为我们是吃国家的俸禄，当然应该为国家做点儿清公事。这可不是给你乱说的，所以你以后千万小心点儿，饶你第一次，饶你第一次。”

“多谢，多谢。可是曹先生，你别忙哪，我下面的话还没有说完哩。”

“好，你请说，你请说。”

“我要如说了出来，你心中一定会欢喜。”

“真的吗？我倒要洗耳恭听了。”

“我说你们吃这一项公事饭的人，原是个个都清清白白的，这句话我倒很相信，这是所谓人之初性本善。但后来为什么都糊涂起来了呢？这当然是外界引诱坏的。比方说，甲乙两人打官司，甲怕自己输了，预先拿钱去运动，但是乙也怕自己输了，连忙跟着拿钱去运动，这么一来，把你们的习惯倒养成了。”

伟荣听到这里，这似乎正说到自己的心眼儿上去，遂情不自禁地把手一拍，说了一声“对啦”。燕飞这就转了转乌圆眸珠，斜乜了他一眼，说道：

“可不是？你曹先生也觉得我这话说得不错吧？”

“不，不，哎哎，你这话也不尽善，假使有人来运动，我们吃这一项公事饭的人，也绝不会接受。”

“曹先生，你这话可是真的吗？那就太使我感到失望了。”

燕飞见他连忙又正襟危坐表示很正义的样子，这就很灰心地说了这一句失望的话，她又故意长长地叹了一口气。伟荣急忙问道：

“黄小姐，怎么啦？难道你……”

“我……我……”

“你怎么样？不要紧，你大胆地说出来好了。”

“我不敢说，因为你们吃这一项公事饭的人，个个都是清清白白，所以我实在不敢冒渎你。”

“你不敢说，我代你说了吧，因为我已经知道你的来意。你也预备来向我运动，救救你的父亲，我这个猜想可对吗？”

伟荣见她吞吞吐吐欲语还停的神气，一时倒等急了，遂代替她先说了出来。燕飞点了点头，但又微皱了眉尖，很忧烦地说道：

“可是，我这次是白跑了一趟，因为你……太正直了。”

“不，不……哦，我正直是向来正直的，但是我很同情人家有一片孝心，见了人家对父母的孝敬，我的心里往往会感动得软化起来。黄小姐，那么你倒不妨说说看，你预备拿什么东西来运动呢？”

燕飞这种态度使伟荣会感到焦急，他有点儿左右两为难的情形之下，竭力在维持他那副虚伪的脸。燕飞却一贯地显出诚实的作风，低低地说道：

“我想贡献给你的礼物，可说是一件无价之宝，大凡是一个有情感的人，恐怕就没有一个不喜欢的。现在很可惜，同时我也很失望。”

“黄小姐，你不要半吐半吞的，使人家心中难受，到底是件什么宝物？你就爽爽快快地告诉我吧。”

伟荣被她说得满心眼儿里像爬着蚂蚁一样，又急又痒，这就再不能永远扮起了这副面套，他已经是慢慢地露出尾巴来了。燕飞未说话前，那粉颊上先浮了一层桃花的颜色，有些赧赧然的神气，秋波脉脉含情地逗给他一个媚眼，方才低低地说道：

“我想把我的身体来贡献给你，不管你有没有妻子，我愿意把你当作我的丈夫，只要你能释放我的爸爸。”

“啊！真的吗？我给你保证，我没有娶妻子，我还是一个处男。”

伟荣听了这些话，他快乐得忘其所以然地竟猛可地跳起来了。燕飞淡淡地一笑，瞟了他一眼，低低地说道：

“曹先生，原告的运动费不及我可贵吧，我是金钱所买不到的。”

“嗯嗯！这是差得多了！哦，不，不，我从来也不受贿，但是，我对你黄小姐是例外的，因为你的孝心太感动了。一方面你是一个人的身体，绝不是钱和物，所以我绝对可以接受；同时我也绝对地并不惭愧。”

燕飞向他俏皮地问，偷眼又瞟了他一下。伟荣有点儿乐而忘形，但是他立刻又想着了，于是他又显出仁者老吾老以及人之老的慈爱，终于说出了这一篇富于人类同情心的话来。燕飞忍住了气愤，点了点头，说道：

“不错，你真有博爱的精神，我很敬佩你，而且我也很感激你。那么曹先生，你应该快点儿实行我所需要的条件呀！”

“当然，你可以不必性急，不过你认我是你的丈夫，这可口说无凭呀！”

“这是极容易解决的一回事，我可以写笔据给你。”

“好，黄小姐，你说得真爽快。”

燕飞表示毫无问题的样子，很坦白地回答。伟荣感到满意极了，遂含笑点了点头，连忙去拿了纸笔，交到她的手里。燕飞凝眸沉思了一会儿，方才提笔写道：

承蒙曹伟荣先生热心仗义，救了我的父亲，使我父亲不受铁窗之痛苦，在万分感激之余，我情愿以身相报，结为终身伴侣。婚期当在我父恢复自由之日，由我父主婚一切，成其好事，方为有效。恐后无凭，特此为证，右给曹伟荣先生收执。

立约书人黄燕飞签押

七月六日

伟荣见她写一句，自己遂念一句，等她写完，自己也已念毕，觉得写得并无虚脚，一时十分满意，遂把纸欲藏入袋内。燕飞手儿好像有一个举动，伟荣忙说道：

“你相信我吗？假使不相信，我先放了你的父亲，然后你再交给我那纸好了。”

“不用，你只管藏了，没有我父亲，结婚的时候谁来主婚呢？”

“对对对，没有他老人家，结婚可结不成。”

伟荣含笑点点头，他便匆匆地走了出去，可是去了一个多的钟点，还不见他回来，这叫燕飞心中急得不得了，背着两手，只管在室内团团地踱圈子。好容易见到伟荣急匆匆地走进来，他满头大汗的神气，皱眉顿脚地说道：

“糟了，糟了，你爸爸不知怎么的在拘留所里跌了一跤，把身子都跌坏了，我现在已经把他送到医院里去了。”

“啊！真的吗？我爸爸跌坏了？他……他……在什么医院？你快陪我去看呀！”

燕飞一听这个消息，仿佛是晴天中起了一声霹雳，她“啊”了一声，手按额角，几乎摇摇欲倒的样子，但她立刻又镇静了态度，一把拉住了伟荣的手，疯狂地向门外直奔了。曹伟荣想不到女孩儿家的气力竟有这么大，一时几乎被她拉得跌了一跤，遂连忙说道：

“黄小姐，你不要拖得这样快，我就陪着你去是了。”

但燕飞并不说话，只管拉了他急急地向外面走，她的脑海里是幻想着悲惨的一幕，她的眼泪已在眼眶子里贮满了。

黄大为怎么会跌了一跤把身子跌坏了呢？其实，曹伟荣说的鬼话，大为并不是自己跌跤的。原是下面的人得了陈小彪的运动费，所以把苦命的老头儿做打成伤的。伟荣因为在燕飞面前难以交账，所以急急地先把他送到医院，然后来对燕飞假痴假呆地讨好。当时燕飞由伟荣陪了赶到医院，只见大为遍体伤痕累累，已经奄奄一息。燕飞知道其中有人谋害父亲，一时抱了大为的身子，叫了一声“爸爸”，忍不住大哭起来。黄大为被女儿一哭，眼泪也像雨点儿一般地滚落下来，断断续续地说道：

“燕飞，我的孩子，爸爸被他们害死啰！这……还成什么世界？这……黑暗的地狱，这是杀人不见血的魔窟。孩子，你……真想得到，这小子真有那么狠心。陈小彪这狗奴才，不是人种养的，他害死你的爸爸，你……你要给我报仇！”

燕飞这时还说什么话好呢？她是哭得泪人样的，抽抽噎噎地没有停止。曹伟荣听大为只恨陈小彪，并没有恨到自己身上，心里暗暗地欢喜，遂在旁边低低地讨好，说道：

“黄老伯，你放心，我一定会给你报仇。这陈小彪狗贼的坏坯子，真是可杀之至，我一定要好好儿地教训他不可。”

“你是谁？你是谁？”

“我……我……是曹伟荣，是你的女婿。”

“女婿？孩子，这……这……是怎么的一回事？他……不是审问我那个不知廉耻的污物吗？他……做了我的女婿？哈哈，哈哈！我会要他这一个龌龊的脏女婿？”

黄大为虽然是个垂死的人了，但是他心里很清楚，他还认得出这个曹伟荣是个助纣为虐的帮凶，他间接地杀死了我，他也是我的仇人，所以怒目切齿地把那条没有气力的手痛恨入骨地指了他，用了最后的一分精神，向他大骂着。燕飞因为还要利用曹伟荣给自己报一下大仇，所以当时便劝阻了爸爸，叫他别这么地发怒，但伟荣却相当聪明，觉得三十六着还是走为上着，因此他便匆匆地奔出医院去了。燕飞待要叫住他，却已来不及了，因为见爸爸神色不对，想起家中可怜的母亲，于是征求爸爸的同意，把他从医院里送回家去。大为也明白女儿的意思，当然，他也希望和他老妻能够再见到最后的一面。可怜好好儿一份家庭，遭到了这飞来的横祸，弄成了这么悲惨的结局。但可恶的曹伟荣，把人命视作儿戏，起初几天，恐怕燕飞有所告发的举动，还担着一份心事，但过了半个月之后，他也早已把这件人命案子当作平淡无奇抛置于脑后去了。这天，他和妹妹月珍走到世万家中去，齐巧是宇华姊弟两人回来的日子，当时曹伟荣一见宇瑞，他的脑海里便扩展到另外的一个环境里去了。

第三回

兄妹献殷勤　目的只为他

郑世万见曹伟荣兄妹两人到来，心里真有说不出的欢喜，因为这一席鱼翅席单凭他们父母子女四个人是无论如何吃不了，现在又加上了两个人，那么吃起来至少可以增加一点儿兴味，遂先笑嘻嘻地叫道：

“伟荣、月珍，你们兄妹两人来得正好，快点儿坐下来一同喝杯酒。你们宇瑞表妹、宇华表弟才从上海刚回来，要如你们不来的话，我也要打电话来叫你。”

“哈哈，那我们真是来得太巧了。表妹、表弟，半年不见了，你们两人身子好啊？”

曹伟荣听了，笑了一声哈哈，他便在宇瑞旁边坐了下来，望着宇瑞的粉脸，表示十二分关怀而又亲热的样子。这里月珍也在宇华身旁坐下，秋波斜乜了他一眼，低低地问道：

“表弟，半年没见，你的个子高得很多了，在上海吃了什么补品呀？”

“真吗？可是你却老不会长起来，这回我可以追上了你，你也许只有资格做我的表妹了。”

原来月珍今年十九岁，比宇华大一年，他们小时候常常在一起游玩，所以说笑话是时常说惯的。当时月珍逗给他一个娇嗔，忍不住扑地笑了，就是宇华自己也笑起来。宇瑞在旁边瞧了，便向月珍笑道：

“表妹，你们一见面就这样好笑吗？瞧你见了我，就没有招呼一声儿。”

“啊呀，表姊，你别冤枉我了，我一进门不是就招呼你吗？可是你视线并不注意在我的身上，我想你在上海大学里读了书，一定身份高了，连睬都没睬上我一睬，所以我只好和表弟搭讪了两句。谁知道表弟一点儿也不客气，一见面就占我的便宜，你想气人不气人？”

月珍很会说话，她虽然是有点儿像生气的样子，但她脸上却浮了妩媚的笑容。宇瑞听她说话很不老实，一时也有点儿纳闷，便淡淡地笑道：

“这么说来，表妹今天在我们身上是受了很大的委屈了，真对不起得很。”

“月珍，宇华占你什么便宜？你倒说出来给我们听听。”

郑太太也忍不住笑嘻嘻地问。月珍红了两颊，秋波瞟了他一眼，笑道：

“表弟说我个子老是不会长，这回给他赶上了，他要我做他的表妹了。”

“哈哈，宇华，你这孩子倒也怪淘气的，要如照你这么说，明儿你个子高上了我，我也要叫你一声哥哥了。”

世万今天很高兴，他情不自禁地说出了这两句有趣的话，倒又引逗得大家哄堂笑起来。正在这时候，外面来报告，说市府里有两个客人来拜望老爷，世万听了，遂亲自迎出去招待。不多一会儿，世万带着进来，笑道：

“老刘、老秦，我们不要客气，今天总算很巧，小儿小女正从上海回来，所以我们在家里聚聚餐。宇华、宇瑞，这位刘老伯，这位秦老伯，都是我的好朋友，你们快快见过礼。”

宇华、宇瑞听了，遂都起身，很恭敬地鞠了一个躬，然后又招呼了一声。世万又给自己太太介绍了，一面又把伟荣、月珍指点了，大家方才坐下。宇华站起来，握了酒壶，给两人斟酒，刘、秦二人见宇华彬彬有礼，遂向他问长问短地问了一会儿，宇华对答如流，于是刘、秦二人竭口称赞，说将门之子，前途当不可限量，向世万一味地恭维。世万乐得什么似的，因此引起了酒瘾，被他们高谈阔论起来。倒是苦了宇瑞等四个孩子，他们似乎受了拘束，连坐着的姿势都有点儿毕恭毕敬那么样子了，于是等大菜一上，就匆匆吃饭，和郑太太大家先到上房里去散坐了。阿贞给他们泡上了玫瑰花茶，拧上了面巾，郑太太笑着埋怨道：

“这两个老头子也太不识相，吃晚饭的时候来拜客，人家本来说说笑话，多么高兴，现在被他们一来，空气也好像会沉闷起来，你想讨厌不讨厌!”

“妈，你别那么说，爸爸和他们在谈得高兴，那也很好，是爸爸的好朋友，你说他们讨厌，回头爸爸听见了要生气的。”

宇瑞喝了一口玫瑰花茶，抬头一撩眼皮，向她母亲低低地劝阻，一面又叫阿贞把自己皮箱里从上海带来的龙眼松子软糖和玫瑰水炒瓜子去拿来。阿贞答应，遂匆匆地去了，不多一会儿，阿贞已拿着进房，宇瑞笑道：

“妈说牙齿不大好，那么瓜子开了听子大家来吃点儿解个闷。”

“不错，给我一个人哪里吃得了这许多？阿贞，你开一听，装在盘子上大家吃。”

郑太太点点头回答，这里阿贞开了听子，便装在玻璃盘内，于是大家各抓了一把，嗑着瓜子消闲了。伟荣是专找宇瑞谈着话，问那样问这样，显出非常殷勤的样子。宇瑞本来对伟荣就没有什么意思，何况现在自己又到了大学里读了书，她的目标自然更要高一点儿了。倒是宇华和月珍却谈得十分投机，大有亲热的样子。过了一会儿，宇华忽然站起身子，说道：

“这屋子里太闷一点儿，我们还是到院子里纳凉去吧。”

“不错，院子里一定有点儿风，你看树叶子不是都在摇动吗?”

月珍一面指了指窗外回答，一面站起身子，跟着宇华一同走到院子里去了。宇华似乎知道月珍的身子跟在背后，遂回头望了她一眼，笑道：

“表姊，你也感到屋子里空气沉闷吗?”

“嗯，院子里当然凉快得多。表弟，那边假山旁有一张长凳子，我们到那边去坐一会儿，而且我还要向你问问上海的情形呢。”

两人说时，便携手一同在假山旁的长凳上坐下。这时，天空中已黑漆漆的，除了几颗闪闪烁烁的小星之外，是只有飘飞了几朵灰白色的浮云，所以院子里的光线很暗淡，然而给男女两个人坐在这环境里面，在各人心里自然更会感到一种神秘的有趣。宇华见月珍挨近了身子，和自己几乎有点儿依偎的样子，因为他还是一个十八岁的少年，又因为平日是很少接近女子的缘故，所以他那颗心是感到极度的紧张，好像十五只吊水桶似的，七上八下地跳跃不停，望了她一眼，低低地笑道：

“月姊，我记得我们近十岁左右的时候，时常这样地偎坐在一起。后来我们到中学去读书了，一直分开了手，今天这样子并肩地坐，在这七八年来可说还只有破题儿第一遭。”

“可不是?那时候你很顽皮，握了我的手要闻香，有时候扑着我的身子，还要吻我的面孔，我急得躲藏不迭，而且还喊着你妈，说你欺侮我；现在你长大了，倒显出文文静静的样子。哎，表弟，你现在还会扑着我身子来吻我的脸吗?”

月珍紧紧地握了他的手，含了勾人灵魂的媚眼，瞅着了他的脸，一面说，一面忍不住盈盈地笑。宇华再也想不到她会对自己说出过去这些话来，一时全身一阵子热燥，两颊忍不住飞过了一层桃红，倒有点儿很不好意思的神气，摇了摇头，说道：

“月姊，你的记性真好，七八年前的事都记在心里，可是我却全都想不起来了，我想这大概是女孩儿的记忆力比男孩子好的缘故吧。"

"七八年前的事情，其实离开现在也并不怎样地远，记性无论坏到哪一种地步，我想也总不至于会完全地记不起来。不过你所以会一点儿都不记得，我知道这是因为另一个的缘故。"

月珍见他摇摇头这样地说，她心里感到有些失望，两条柳眉微微一蹙，显然她的脸上浮现了难过的样子。但宇华听了有些莫名其妙不大明白，凝望了她一眼，怔怔地问道：

"你这话显然有些奇怪，是因为另一个的缘故，你说那是为了什么缘故呢?"

"这还用说吗？当然是因为在上海读了书的缘故。"

"哧！你这话益发叫人不明白了，上海这地方又不是另一个世界，我在那边也没有吃了什么忘记性的药水，哪里就是为了在上海读了书的缘故？我说这完全是你一种多心病。其实七八年前的事情怎么还能够老记在心里？比方说，人家说你小时候在地上拾到鸡屙当糖蜜，你现在还能够承认吗?"

"我假使没有忘记的话，那我当然绝不否认的。"

"这就容易解决的了，我想无论谁就绝不会记得这一种事情，那么我忘记了这七八年前的事情，也不能说我是不合理的呀。"

月珍见他絮絮地辩白，一时倒弄得无话可答，遂又恨又爱地在他手背上轻轻地打了一下，逗了他一个娇嗔，笑盈盈地说道：

"瞧你这张嘴多灵活的，半年不见，也不知是谁教了你?"

"没有什么人教我，是我自己去学会来的。"

"那你显然比前进步得多了。哎，我问你，在上海这半年来，除了上课读书之外，还做些什么事情?"

"星期假日，我们照例开同学会，同学们大家聚餐，餐后还有余兴，谁唱歌，谁表演话剧，就是这样消磨了时光。"

宇华很老实地告诉她，脸上还含了很得意的笑容。月珍这就暗暗地沉吟了一会儿，眸珠一转，含笑问道：

“同学多不多?”

“各级都有，大概加入的有五十多个。”

“那么其中有没有女同学呢?”

“女同学当然也有，不过比较少一点儿，占全数四分之一。”

“四分之一，起码也有十多个，我想其中一个，至少是你的爱人对不对?”

月珍和宇华说了许多话，到此方才谈到主要的题目上来。宇华微红了脸，急急地摇了一下头，笑道：

“没有没有，在高中部里，我的年纪最小，有几个女学生大都在二十岁以上，你想，有谁会跟我来谈爱情呢？所以大家都把我当作小弟弟的模样。”

“人家都把你当作小弟弟，那就可见你一定成了大众的爱人了，我想你在上海的桃色事情一定很多的，凭你这张多俊的脸，谁不喜欢跟你来搅上一会儿的?”

月珍说到这里，把纤指在他颊上一指，忍不住哧哧地笑。宇华那颗心益发像小鹿般地乱撞起来，表示很正经的样子，说道：

“月姊，你不要冤枉我，人家把我当作小弟弟，都是规规矩矩的。你不相信，可以问我的姊姊，假使我有一个爱人的话，她一定先知道了。其实我还年轻，我跟女人也谈不来什么叫作恋爱呀!”

“哼！你骗谁？饮食男女，这是天经地义的事情，还有谁谈不来恋爱呢？除非他这个人是傻子，是骇子。”

“可是说不定我就是这样一个傻骇的人。”

月珍噘了噘小嘴儿，哼了一声，表示不信任他的样子，很快地回答。宇华把手指在自己鼻子上一指，他却忍不住笑起来了。月珍生气地道：

“你会是个傻骇的人，那傻骇的人不知更有多多少少了。我想，你在我面前装傻，在别的女人面前就不会了。”

“这是天晓得的事情，我真觉得有些委屈。”

“委屈？照你说，天还该响雷来打死我不成？”

“月姊，你既然这么说，我想你一定是个谈恋爱的能手，不，也许是个专家，请你告诉我听听，你在北平已和多少人谈过爱情了？”

宇华这句话倒是问得特别俏皮，而且他脸部上还显出非常认真的样子，但月珍听了，却忍不住“啊呀”的一声叫起来，恨恨地白了他一眼，笑道：

“华弟，你真要死了，把我当作一个浪漫女子看待吗？”

“不，那么你难道也是傻子骙子吗？”

“谁告诉你？”

“既然不傻不骙，你怎么也不会谈恋爱呢？”

“我会，我会，但是我留着一份火一般的热情，舍不得和人家去谈掉它。”

“你预备跟谁？”

“跟一个人……”

“跟谁？你说，我做弟弟的能不能听听？”

宇华接连不断地追问下去，这叫月珍真有点儿难以启齿。她的两颊更红晕起来，秋波像水银要融化了每一个男子的心似的，她哧哧地笑了起来，却情不自禁倒向宇华的怀里去了。

一个年轻的小伙子，他的身怀里忽然倒了一个女人家软绵绵的身子，你想，这是体会到多么神秘的一回事。所以这使宇华全身每个细胞都感到膨胀起来，连忙伸手去扶她，但越是要避嫌疑，事情偏有这么地巧，手指会碰到了软绵绵的一堆，因为是夏天的季节，衣裳又是这么地单薄，几乎把一颗鸡头肉也感觉出来了。这么一来，宇华的心几乎是飘然地颠倒不定起来，但是他口里还很急促地叫道：

“月姊，你别笑了，你快点儿起来吧！人家被你揉擦得怪肉痒的，这我可受不了，啊呀！你瞧，那面好像是我姊姊来了。”

月珍听了他后面这一句话，方才停止了笑，很惊慌地坐正了身子，把纤手理了她鬓边被风吹散的云发，向前望了一眼，问道：

“你骗我？哪里你姊姊走来了？”

“我不这么地哄你，也不知你要笑到什么时候才能坐起来。我被你揉得真有些受不了。”

“什么地方受不了？”

“我浑身没有一处受得了。”

“呸！你就不害臊的。”

宇华这句话至少回答得有些顽皮的作用，因为他的脸上是显出贼秃嘻嘻的神气。月珍对于这一种油腔滑调，她心中很懂很明白，便向他啐了一口，却把手指去划他脸。宇华哧哧地一笑，他也忍不住微微地红起脸来了。过了一会儿，宇华又故作不解的样子，望了她一眼，低低地问道：

“月姊，我真有点儿不明白你为什么要这么地好笑，因为单凭你这样一笑，总不能算是代表你告诉出等着和谁谈恋爱的一回事吧。”

“华弟，我以为你可以不必再这样地追问我，假使你此刻再不明白的话，那就枉为你是一个高中毕业生。”

“这话也不尽善，高中毕业的人，对于这项事情门槛不大精的难道就一个都没有了吗？因为在这里至少我就是其中的一个。”

宇华明知她是等着自己到来谈恋爱的意思，不过他表面上还假痴假呆的样子，一面说，一面把手指了指自己的鼻子。月珍听了，把手猛可伸过去，按了他的胸部，笑道：

“哦，真的，在胸口上摸不着肚脐眼，你真是一个好人。”

“那么你胸口上难道倒有肚脐眼的不成？”

“为什么这么说呀？所以世界上才没有一个是好人的。咦，华弟，你的心为什么跳跃得这样快速？”

月珍见他倒也不老实，用了俏皮的口吻向自己反问，这就噘了噘嘴，轻松地回答。忽然，她又按住了宇华的胸口，似乎有点儿惊奇的样子，急急地问。宇华红了红脸，连忙把她手放下了，笑道：

“我很怕肉痒，月姊，你别跟我开玩笑，心跳每个人都是这样子的，哪里还有快和慢的分别吗？”

“可是，你摸摸我的心，我就比你跳得慢。”

月珍听他这样说，遂把他的手抓了来，放到自己的胸口上去。宇华在她这样柔媚的手腕之下，一个从未亲近过女色的少年，怎么不要被她迷恋得神魂颠倒起来呢？于是他开始也大胆起来。月珍是并不因他的顽皮而感到愤怒，她反而把身子更偎紧了他，把他的手按在自己的胸部上也更紧一点儿，用了半开半闭的媚眼，迷离地斜乜了他，嘴角旁还露了一丝诱人的甜笑。

“华弟，你为什么一声儿都不响？是不是我的心也跳得和你一样快吗？”

“是的，也许你的心比我更要跳快得多，月姊，你自己难道一点儿也不觉得？”

“我觉得，我觉得，我此刻更觉得我的全身都被你的热情所融化了。华弟，我的嘴角旁是什么东西咬了一口，有些痛得很。”

“在哪里？哦……”

宇华凑过脸去，低低地问。忽然月珍的小嘴像燕子似的飞了过去，在他嘴上接住了，宇华“哦”了一声之后，他几乎有点儿疯狂了。月珍在他疯狂的情形之下，因此也有点儿连呼吸都透不过气来了。

“华弟，你现在明白了我的热情是在等待哪一个人？”

“我明白了，我知道了，月姊，你待我真的太好了。”

宇华在月珍的面前已消失了戴着那副假面具的勇气，他紧紧地握着月珍的手，用了十二分热情的目光，脉脉含情地逗了她一瞥。他在月珍妩媚的手腕之下，到底是屈服了。宇华和月珍的脸上正在感到一阵热烘烘的时候，忽然一阵凉风吹来，天空中便乌云四聚，好像要下雨的样子。月珍拉了他的手，低低地说道：

“华弟，天要下雨了，我们还是回房去吧。”

不料她话声未完，忽听一阵子洒洒的声响，果然落起大雨来了。

幸亏他们奔得快，才没有淋湿了衣服，遂匆匆地步入上房，谁知房里却静悄悄的，一点儿说话的声音都没有。原来，宇瑞和伟荣也不在房中，只有郑太太一个人歪在床上，脸向着床里，她似乎没有熟睡，听到了一阵步履的声音，遂回过身子来，说道：

“这是什么声音？天在下雨了吗？”

“是的，一忽儿就下得好大的雨。妈，姊姊呢？她到哪儿去了？”

“她和伟荣不是跟着你们也到院子里去散步了吗？”

“奇怪，可是我们并没有遇见他们。”

“刚才我原见姊姊一个人影子在那边树蓬里，你不是还说我骗你吗？”

“嗯，不错，那么她和哥哥一定在那边散步，可是此刻这么大的雨，他们不是也该逃回到屋子来了吗？”

月珍点了点头，因为刚才宇华确实曾经对我这么说过的，大概他也没有看得十分详细，所以就含糊过去了，但听了洒洒落雨的声音，月珍又奇怪地猜测着说。宇华道：

“说不定他们来不及逃回来，所以只好在那边一个茅亭里躲雨了。”

“要如真的这样子，我叫阿贞拿了雨衣雨伞到院子里去找他们。”

郑太太听了儿子的话，心里有点儿放不下，遂在床上坐起身子来说。宇华望望窗外的雨水，好像千军哭喊，又好像万马奔腾，虽然外面还有湘帘垂着，但水点儿也不免纷纷溅了进来，于是一面关窗，一面说道：

“这时雨落得太大，院子里成了小河，路也很难走，让他们在茅亭里躲一会儿吧，待雨小一点儿了，再叫阿贞去找寻。妈，爸爸呢？难道和两位老先生还在吃酒吗？”

“唉，吃好了酒，不知又上哪儿胡闹去了。宇华，你爸爸这个人越老越花，要这么地再胡闹下去，他在外面准会弄上一个小的。”

郑太太听他提起了老头子，便情不自禁地先叹了一口气，在她这两句话中，至少是包含了一点儿怨恨的成分。月珍听了，却忍不住扑哧地笑了，说道：

“这个说不定，表伯这个人近来真有点儿变了，他总是显出那么人老心不老的样子，不过一位有地位的人，谁没有三妻四妾？这是难免的事情。所以我说伯母也不必为这些事而自感烦恼，只要你老人家多问表伯要一点儿钱用用，那也就是了。”

“月珍，你的年纪还轻，不懂得什么。你表伯今年已经五十朝外的人了，平日已经时常闹着头痛腰酸，假使给他在外面再弄上了小老婆，你想他这几根老骨头还受得了吗？”

郑太太这几句话，引逗得月珍和宇华都好笑起来。宇华笑过了一阵子，遂安慰她说道：

“妈，爸爸年纪既这么大了，他自己若不爱惜身子，这也是他自作自孽。不过我相信他还不至于会糊涂到这样地步，其实爸爸心中是很有一点儿主意的。”

“一个男人家到了这个环境之下，再有主意一点儿也会变成没有主意的了。唉！”

郑太太摇了摇头，她表示并不以为然的样子，忍不住又微微地叹了一口气。宇华听母亲这样说，使他猛可想起了刚才在月珍柔媚的手腕下竟消失了拒绝温顺的勇气，觉得母亲说的话真是丝毫都不错，因此瞟了月珍一眼，他的两颊又感到一阵热辣辣地红起来了。月珍却笑着道：

“这样子坐着太闷了，拿副象棋来，我们还是下棋吧。”

“也好，我们还是下棋。”

宇华点了点头，表示十分赞成。他在抽屉内取出象棋，在桌子上放下了棋盘，摆好了车马炮，两个人坐在桌子旁便静静地下棋了。

天空的雨是像发狂般地落着，郑太太心里是有些忧愁，不知宇瑞这个孩子可曾淋着了雨没有。其实宇华的猜测是很不错，宇瑞和伟荣因为来不及逃回屋子来，所以只好躲到那个茅亭里去了，此刻两人站在茅亭里，抬头望着黑漆漆的天空，雨点儿好像倾盆似的倒泻着，在茅亭里看到外面，更好像有点儿看瀑布的样子。伟荣忍不住微微地笑道：

“站在这里看落着这样大的雨，那倒也是一件难得的事情。”

“可是也不知落到什么时候才会停止。”

宇瑞微蹙了两条细长的眉毛，秋波凝望着那发狂般的大雨，她满面是显现了忧愁的神气。伟荣却不以为然的样子笑道：

“你愁什么？反正不会落到明天的。表妹，只是一落了雨，那气候就会转冷了许多，你觉得有些寒意吗？我把那件长衫脱下来给你披在身上吧。”

“北方的气候就是这样地讨厌，我在上海住惯了，觉得在这里总不及上海住得舒服。表哥，你把长衫脱给了我，那么你自己会不会感到冷的？”

宇瑞见他把长衫很快地脱下来，亲自披到自己的身上，一时心中很感激他，遂瞟了他一眼，低低地问，表示自己也不是一个自私而不顾全别人的姑娘。伟荣摇了摇头，微笑道：

“我一点儿也不觉得冷，因为我的身体比你强壮，就是冷了，也很熬得住。”

“比我强壮？那恐怕也不见得，我身体也不见怎么衰弱，因为我从来也不生病的。”

“这几年来，表妹大概是饮食调养得好，所以的确强壮了不少。我记得从前你十四五岁的时候，还是瘦得像林妹妹的样子，而且每年秋天还得咳嗽一遍，后来不知吃了哪一个大夫的方子，你就慢慢地好起来了。”

伟荣在远处楼房里透露出来的一点儿灯光之下，瞧着宇瑞白里透红的娇靥，低低地说，在他的意思，表示宇瑞过去的一切，他也是十二分熟悉。宇瑞听了，微微地一笑，乌大的眸珠在长睫毛里转了一转，说道：

“过去的事你倒全都记得，可是我这个咳嗽病连自己也有点儿糊里糊涂的，不知是怎么的会好起来。”

“当然记得，对于表妹的事情，我记得最清楚。就是这几年表妹到上海去求学了，我虽然在办公，在吃饭，尤其在晚上睡觉的时候，什么工作都做舒齐了之后，我就会想到了你。”

伟荣觉得这是一个绝好的机会，遂用了温和的口吻向她低低地表示竭力的讨好。宇瑞觉得表哥自己未免有点儿追求的意思了，遂淡淡地一笑，不等他再说下去，就向他说道：

“表哥，你想我什么呢？其实像我这么一个普通的女子，也没有什么值得人家的可想吧。”

“像你这么的女子说普通，那么世界上普通的女子也不知有多少的了。”

“照你眼光瞧起来，我还算奇特吗？可是我奇特在什么地方呢？”

“表妹，你奇特的地方太多了，我觉得你没有一处不是和平常女子有两样的分别。比方那么说，你现在还只不过二十二岁的年纪，已经读到大学三年级了，单这一点，普通姑娘就及不到你。”

“就是这一点吗？那也算不得什么。”

宇瑞微微地摇了一下头，很淡漠地回答。伟荣连忙说了两声：“有，有。”接着又挨近了她一点儿身子，笑嘻嘻地说道：

“表妹，你不要性急，比方说，你的爸爸是财政局长，他是多么地有财有势，将来你要出国去留学，这也不是一件困难的事情呀。”

“这不能算是我的特点，爸爸做财政局长，那不过是我环境比别人优良一点儿罢了，和我本身是加不上什么‘奇特’两个字的。”

“你本身的特点更多着哪！表妹，不是我当面奉承你，你那张脸庞，老实说，整个北平就找不出第二个。”

“怎么啦？太丑恶了吧？”

宇瑞用了俏皮的口吻，瞟了他一眼，低低地反问。这倒把伟荣问急了，连说了两声“哪里”，笑嘻嘻的样子说道：

“表妹，你太会客气，我觉得你真是太美丽了。你的头发像乌云似的覆着那个白里透红的脸蛋儿，若比它为海棠，海棠无其香；若比它为桃花，桃花嫌其轻薄；若比它为水仙，水仙感其清瘦；若比它……”

“得啦得啦！又不是叫你做作文，啰里啰唆地比方了这一大篇，我觉得有点儿头痛。”

“总而言之，你好像是朵牡丹，花中之王，实在可说是‘国色天香’这四个字了。”

伟荣并不觉得她心中在感到讨厌自己，最后还说出了这一句话，他颇有扬扬自得的意思。但宇瑞反而鼓了脸腮，表示很生气的样子，说道：

“表哥，你比来比去还是把我比作一朵花，把女人家比花，我认为在二十世纪的女子，至少感到的是一种侮辱。”

“侮辱？啊呀，说你生得美丽呀，怎么说是侮辱呢？”

“我不希望外界把我们女子来当作花一般地赞美，我觉得这就是一种侮辱。”

“对了，表妹，我说你与普通女子不同，对于这一点，至少是你奇特的地方，你说是不是？”

伟荣很会奉承地又说了这一句话，宇瑞听了，忍不住嫣然地笑了。不料正在这个时候，忽然浓黑的天空中画上了一道电蛇之后，接着哗啦啦的一个雷声，因为是冷不防之间，所以吓得宇瑞掩了两耳竭声地叫起来了。

第四回

荒山嬉行猎　娇娃儿遭殃

宇瑞冷不防听到了这一声霹雳，一时急得伸手掩了两耳，一面竭声地叫，一面躲在伟荣的怀里去了。这是给伟荣一个很好的机会，他趁势把宇瑞的娇躯紧紧地抱住了，一手还大胆地去拍她的胸口，很温和地说道：

“表妹，你别害怕，你别害怕，这是响雷的声音呀。”

“喔哟我的妈，想不到冷不防地会起了一个雷声，真把我小魂灵都吓掉了。不知会不会再来两个雷声，那可怎么办呢？那可怎么办呢？”

宇瑞脸色惊慌地偎着他的胸怀，她吓得几乎要哭出来的样子。伟荣忍不住感到要笑起来，遂抱了她的肩胛，低低地说道：

“我想不到表妹竟这样地怕雷声，其实你可以不必怕的。”

“你不知道，我从小就怕雷声，一听见响雷，我就躲在床里，蒙着被不敢起来。”

“那么你此刻也想躲到床里去吗？可是这么大的雨，路上又全是泥水，那怎么办？”

伟荣一面说，一面皱了眉毛，也表示代为着急的样子说。宇瑞叹了一口气，有点儿怨恨的表情，低低地说道：

“早知道事情这样不巧，我就悔不该到院子里来散步了。”

“这是我不好，表妹，你不要生气，我负着你回房去好不好？”

“这也不行，要如在路上滑了一跌，那可还成什么样子？”

宇瑞说到这里，天空中又闪了一道电光，还没有听见雷声，宇瑞的脸先在伟荣的怀里乱躲乱藏了，但是结果这一个雷声大概是在远处，所以并不十分响亮。伟荣笑道：

“表妹，你又不做亏心事，为什么要怕雷？”

“做亏心事没做亏心事，这和怕雷不怕雷是两个问题。谋财害命的人也不是个个会给雷打死的，但在雷雨中触电而死的，也未见得个个都是做过亏心事的呀。表哥，你也是高中毕业的，但思想为什么还是那么陈旧？”

伟荣听她这样地解释，脸上不免有点儿羞惭的样子，但是他忽然想起了自己受贿谋害黄大为的一回事情，因此他的脸孔会变成一点儿灰白的颜色，同时他那颗含有歉疚的心也感到极度地紧张起来了。就在这个时候，忽然远远地又一道电光照射过来，而且还听见阿贞的声音在高声地叫道：

“小姐，小姐，你在哪里呀？”

“阿贞，我在茅亭里面，你快来呀！”

宇瑞知道阿贞一定送雨衣、套鞋来了，遂十分欢喜地也高声地回答。不多一会儿，阿贞撑了雨伞，匆匆地奔进茅亭，把雨衣交给两人，笑道：

“太太一听响了雷，这才急起来，因为小姐是听不惯雷声的，她说这回可把小姐一定唬死了，所以叫我匆匆地拿雨衣、套鞋来找你们。表少爷，这件雨衣是少爷的，你也快点儿暂时穿一穿，到了屋子里再说吧。”

宇瑞、伟荣于是匆匆地披上了雨衣，大家踏着泥水地匆匆地回到了屋子，又急急地脱了雨衣、套鞋，叫阿贞收拾过去。这会子她倒又定心了，忍不住笑哈哈地走进上房，一面还说道：

“真是天不作美，想不到一会子竟下了这么大的雨。”

“表姊，你身上淋湿了没有？”

月珍和宇华停止了下棋，站起身子来笑嘻嘻地问她。郑太太用了很肉疼的目光望着宇瑞，说道：

“孩子，你惊吓了没有？我真给你急死了。”

“这真是母爱的崇高，是没有什么再可以比拟的。妈，你若再不叫阿贞拿雨衣来，我真的要急得哭起来了。”

宇瑞一面说，一把挨近床边，偎到郑太太的怀里，十足地还显出小女孩那么的样子，但凭了她这两句话，倒把众人反引逗得笑起来了。不多一会儿，天空中雨小得多了，郑世万也坐了汽车回来，郑太太问他在哪里，他说在外面打了八圈牌，究竟在做什么，别人也不知道。他一回家，就叫阿贞烧烟泡，歪到炕床上去抽大烟了。一会儿，阿贞出来，说老爷要吃龙眼松子软糖，叫自己来拿，郑太太便把小盒子的软糖都给她拿进套房里去了。这里伟荣兄妹预备回去，郑太太叫阿三把汽车送他们回去家，临走，伟荣请宇瑞姊弟在后天到舍间午饭，因为后天是星期，局里是不办公的。宇瑞、宇华情意难却，遂只好答应下来，伟荣兄妹两人方才匆匆别去回家了。

到了星期日那天，伟荣叫母亲烧了许多很丰富的小菜，说宇瑞姊弟两人要来吃早饭。曹老太听宇瑞姊弟到来，自然十分地起劲，所以起了一个早，就忙着买菜烧菜，直到十一时左右的时候，宇瑞姊弟两人才匆匆地到来了。他们先向曹老太请了安，说不要为了我们太累忙，我们都是自己人，随便什么吃点儿都行。伟荣、月珍听宇瑞说我们都是自己人这一句话，大家心中都有一种希望，所以满心眼儿感到无限甜蜜，两人脸上的笑容也就没有平复的时候了。

午饭毕，大家商量做何消遣，伟荣说玩骨牌，宇瑞摇摇头，说赌钱我不来，再说也不知道打牌的打法。伟荣想了一会儿，笑道：

“我们还是到城外山上去打猎游玩吧。那边飞禽走兽很多，那倒是很有趣的。”

“不错，去打猎游玩我很赞成，在上海什么玩意儿都有，只有打猎是没有的，所以我们回到了故乡，应该玩一个新鲜的，那才有滋味，姊姊你赞成不?”

宇华听了，很欢喜地表示同意，但他回头望了宇瑞一眼，又低低地问她。宇瑞原也是个好动的个性，当时她也很有这个意思，不过她还有一层忧愁的样子，望了伟荣一眼，低低地说道：

“不知道有没有凶恶的野兽，否则，那也是一件很危险的事情。”

“凶恶的野兽大概不会有，因为最多是野兔子、野鸡等走兽。好在我们这里有两支打猎的枪，况且我们人又多，那也不用怕什么的了。”

“好吧，要走我们马上动身吧。在都市里住得厌恶了，看见乡村大自然的景物，不知怎么的，我心里就会感到十分舒服。”

宇华听伟荣这样说，遂笑嘻嘻地好像有些迫不及待的样子。月珍见宇华高兴，遂很快地把两支猎枪去拿了来。宇华道：

“我们怎么样去法呢？最好是骑马去，那一定更有兴趣。”

“可是太热一点儿，回头怕中暑，我说你们四个人坐一辆汽车去，比较安全点儿。”

曹太太上了年纪的人，她说话总想得很周到。宇瑞表示赞成，遂打个电话到家里，叫阿三把汽车开了来，说大家到城外去游玩。阿贞答应一声，遂来告诉郑太太，郑太太便吩咐阿三把车子开到曹家，于是他们四个人别了曹太太，出城到荒山去打猎游玩了。

汽车到了西山的山脚下停住，宇华等四个人匆匆地奔下，抬头见前面一个山峰高矗云霄，山上怪石兀突，松柏对峙，树林阴翳，有鸣声上下，不绝于耳。宇华十分高兴，遂寻路上山，因为山路并没有经过人工的修筑，所以乱石当道，山路颇崎岖。四人行至半山，就听到奇奇怪怪的叫声，因为山上空气太沉寂的缘故，声震山谷，都有回音。月珍有点儿害怕，遂偎住了宇华，低低地说道：

“山上有点儿阴森森的，我心中有点儿害怕，还是不要走上山去了。”

“月姊，你的胆子也太小了，这有什么可怕？我在上海时常看外国影片，什么《森林探险记》，什么《人猿泰山》，一面摄着镜头，倒和这里差不多，飞禽走兽的声音也是怪声怪气的。啊，对了，我们忘记带了镜箱，否则拍两张照相多好的。”

宇华回头望了她一眼，忍不住笑嘻嘻地回答，他此刻站在这个环境之下，表示非常得意的样子。伟荣回眸向宇瑞望了一眼，含笑问道：

“瑞妹，你在这里环境之下，感到有点儿害怕吗?”

“一个人在这里，倒真有点儿吓吓的，不过我们人多，怕什么?只要没有猛兽在山洞里蹿出来，也就罢了。”

宇瑞向四面张望着，她一面笑盈盈地回答。伟荣挨近了她身子，用了柔情蜜意的态度，低低地笑道：

“表妹，你不用害怕，有我在你身旁做保镖，保险你没有什么意外危险发生的。”

“嗯，真是多谢你……啊!”

宇瑞刚回答了这一句话，忽然有一样东西从她头顶上落下来，心中这一吃惊，不禁“啊”的一声大叫起来，这一叫把众人都吃了一惊。宇华见是一只松鼠，遂把它开了一枪，只听吱吱地一阵子叫，那只松鼠便倒在地上了，宇华便笑道：

“姊姊，你不要害怕，是一只松鼠被我打中了。”

“弟弟，不是我埋怨你，这一种小动物，你不要加害它们呀。让我看，还好还好，打伤了它一只脚，把它盛在竹箩里吧。”

宇瑞低头去看，果然是一只小松鼠蹲在地上，两只眼睛兀是乌溜溜的，一时十分怜惜地把它抱在手中，向宇华低低地埋怨。伟荣把竹箩递过来，让她把松鼠放进里面，他却对宇华竖了一下大拇指，笑嘻嘻地说道：

“表弟，你眼光倒很准确，这一下子也可说是开枪大吉，今天我们一定可以满载而归的了。”

“姊姊刚才唬得这份样儿，此刻倒又发起慈悲心来了，你到山上做什么来？不是打猎来的吗？我们又不是猎户，打打小动物比较顺手，此刻要如来了一只猛虎，恐怕这里几个人连胆子都会吓碎了吧。”

宇华这两句话说得大家都笑起来了。伟荣在笑过了一会子后，却摇了摇头，说道：

“这也不见得，我们有枪在手里，总有办法可以对付它，只要心不乱，那是没有什么可怕的。”

大家一面说，一面又步上山去。伟荣见一只野兔子在前面奔跑，遂也放了两枪，宇瑞见他打中了，便奔上去捕捉，拿回来却皱了眉毛，低低地说道：

“被你打死了，多可惜的，这种小动物活捉了几只回去，那是多么好玩的。”

“野兔子是最灵活的小动物，你要活捉，那就很难了。”

伟荣却赔了笑脸，低低地回答。这时，月珍忽然抬头瞧到了一条蛇，盘绕在树枝条上，她掩着脸，也吓得尖叫起来。大家忙问什么，月珍连喊：“有蛇，有蛇。”众人听了有蛇，也吃惊起来，大家抬头一望，果然一条大蛇，头像电灯泡那么大，嘴一张一张，还露了两只毒牙。伟荣、宇华把枪连忙举起，可是两手却瑟瑟地发抖得厉害，不管有没有目标，就砰砰地只管放枪。那条大蛇尾巴一甩，树叶儿都纷纷落下，不多一会儿，却不知去向了。月珍以手拍着胸口，脸色还很惊慌的样子，说道：

“要如我一个人看见了这条蛇，我准会吓得路都跑不动了。表姊，你看这条蛇可不小，吞个把人真不算什么稀奇。”

“嗯，这条蛇至少有一丈多长，我看还是识相一点儿，早点儿开步回去吧，这样子真会把我心脏病都会吓坏了。”

“表妹，你又胆子小了，其实蛇虽然毒得很，可是见了你们的人，它也会害怕得逃走的了，所以我们不用害怕的。”

伟荣见宇瑞脸色也很慌张的样子，表示不敢再在这儿留恋的意思，于是向她望了一眼，笑嘻嘻地说，是劝她再在这里玩一会儿的表示。宇瑞噘了噘小嘴，逗给他一个妩媚的娇嗔，用了讽刺的口吻，笑嘻嘻地说道：

“表哥，你胆子很大，可是为什么刚才放枪的时候两只手也颤抖得厉害？你不要口硬骨头酥，性命到底人人要的，假使那条蛇盘在你身上，你的灵魂恐怕早就吓得没有了。”

“其实我倒并不是在发抖，因为……我要把枪头在蛇身上瞄得准足一些。”

伟荣听她这样说，两颊倒不免微微地红起来，但他还竭力镇静了态度，向她一本正经地解释。宇华听了，却忍不住哈哈地笑起来了，说道：

“表哥，你不要被人打肿了脸还装什么胖子了。我不装什么英雄好汉，我说句老实话，我刚才的手真抖得厉害，只知道砰砰地开枪，却不知道有没有开中它，因为那条蛇大得到底太可怕了。”

宇华这两句话说得伟荣无话可答，他忍不住也笑起来了。不料正在笑的时候，忽然听得一阵子枪声噼啪不绝，接着一阵风吹来，呜呜有声，山树上的枝叶都摇动得沙沙地作响。这声音触送到他们四个人的耳里，顿时毛骨悚然，不寒而栗。月珍先看见远处有一个庞大的黑影奔窜过来了，她这一吃惊，便翻身就逃，口里还大喊道：

“不好了，不好了，有只猛虎跳出来了。”

“啊……”

随了月珍这句话，大家都“啊”了一声，一时还顾得了什么，早已把那个竹箩也抛置道旁，拔脚飞奔而逃了。四个人各自奔逃，宇瑞吓得魂不附体，一个不小心，还在地上绊了一跤，这一跤跌下去，也忘记了痛苦，立刻又一骨碌翻身爬起，但他们三个人已不知逃到什么地方去了，回头向后一望，果然有只猛虎奔窜而来。这时候，宇瑞虽然吓得心胆俱碎，但她到底是个转机灵敏的姑娘，抬头见前面有一棵枯树横倒在地，还不算难爬上去，于是用尽吃乳的气力，攀树上去，等她坐到枯丫枝上的时候，那只猛虎已从树下奔过，看上去足有一只小牛那么大。这是宇瑞心中万万也料不到的事情，那只猛虎忽然扑身转来，两只前爪抓住了枯树的干子一阵乱摇。宇瑞暗想：我今日的性命大概是要丧在虎口之中的了。一时头晕眼花，只觉一阵昏黑，几乎跌下树来，幸而她还有知觉，把两臂抱住树干，就是这么地扑住了。这时候方才见有一个强壮的大汉从后面奔杀过来，他手里拿了一支枪，既到了面前，他把枪却放在一旁，腰间取下利斧，向猛虎背后狠命一斧头。猛虎负痛，大吼一声，一个翻身滚了过来，那男子一不小心，被猛虎撞倒在地，但他在地上跃身跳起，把头顶住猛虎的下颚，一手拔出虎背的利斧，随手又是一斧，猛虎也又大吼一声，身子仰天跌倒。那大汉就倒在猛虎的肚子上，他拔出拳头，在猛虎的头门上猛击数十下，然后气喘喘地站起身子，把脚向猛虎踢了一下，却是动也不会动一下了。他含笑骂声“不中用的孽畜”，便一屁股坐在旁边那块大石上，取了一条面巾拭着额角上的汗点儿，显然是感到十二分吃力的样子。

宇瑞刚才经过一番奔逃，又竭力挣扎地爬上了枯树，她已经是费去了九牛二虎之力，此刻在已经感到一切都已安全了之后，她方才感觉此刻扑在树枝条上，竟然连一点儿动弹的气力都没有了。在她总以为那大汉是看见树上有自己这么一个人，可是万料不到他却视若无睹，坐在路旁的石块上却休息起来，一时要想喊救命，又觉得很不好意思。况且心中又暗自思忖着：万一这个大汉是好色之徒，或者是为非作歹的人，那么我一个女孩子，此刻在孤单单的环境之下，也是太不方便了。那么还是让他走跑了之后，我自己慢慢地再爬下树来吧。宇瑞的心里虽然是这么地打定了主意，不过她的两眼却暗暗地注视着他的行动，因为刚才在慌张匆促之间，当然没有看清楚他是个怎么样的脸，但这时候细细地看起来，觉得那男子也并不生得十分可怕和粗蛮的样子，无非是显露出他一身强壮的肌肉，好像是铁一般的罢了，至于他的脸，却生得英气勃勃，大有好莱坞中武侠明星那么的雄姿。宇瑞在经过这一阵子打量之后，她已忘记自己是还爬在树枝条上，因此两手一松，身子便落空掉了下来。在掉下来的时候，宇瑞心中这一吃惊，便尖声地大叫起来。那男子也是一惊，见情势危急，于是就地一滚，伸张了两手，说也凑巧，宇瑞的娇躯便落在他的怀中了。在那个男子的心里，这似乎也是感到意料之外的事情，想不到半空中会掉落一个天仙化人那么的美女来，一时他倒呆呆地惊住了。这男子虽然不是都会里穿着笔挺西装显出斯斯文文的样子，但是他却十分懂得礼貌，立刻把宇瑞的身子放了下来，当然，在他是避免着一种男女之间的嫌疑，但宇瑞却有点儿站不住，她竟慢慢地坐到地上去了。那男子方才很不明白地望着她，低低地问道：

“喂！你这位小姐是从什么地方掉下来的？你到底是人还是……还是……”

“我从树上掉下来的，我当然是人啦！”

宇瑞被他这样一问，忍不住要扑哧的一声笑起来，遂向他频频地点了一下头，微含了笑容，低声儿回答。那男子见她笑的意态中至少包含了一点儿俏皮的成分，一时倒也不好意思了，遂又勉强镇静了态度，奇怪地问道：

“那么你躲在树上做什么？刚才掉落下来，难道不怕危险吗？”

“是的，那是危险极了，幸亏你先生把我抱住了，你真是我的恩人，我心里真是十分感激。”

宇瑞点点头，秋波脉脉含情地逗了他一瞥娇羞不胜的目光，她用了无限感激的口吻向他温柔地道谢。那男子皱了眉尖，见她老是坐在地上不站起来，遂去拉她的手，说道：

“你不要说什么感激的话，干吗不站起来？”

“对不起，我身上、手臂上都有些受伤，我站不起身子，还是给我在地上坐一会儿再说吧。”

“我说你这个女孩儿家似乎太顽皮一些，爬在这么高的树上有什么好玩的？”

“啊呀！您冤枉我啦！谁高兴爬到树上去游玩？还不是为了逃性命没有办法才爬到树上去的吗？”

宇瑞见他听自己说身子有伤，他又很快地放了手，可是他又用了埋怨的口吻对自己责怪，一时她不禁“啊呀”了一声，俏眼斜乜他一眼，急急地辩白。那男子听了，显出更不明白的神气，问道：

“什么？你逃性命？谁在害你？”

“你瞧，还不是倒在地上的那只大虫！”

“哦，我明白了，这只孽畜先被我打中了一枪，所以它乱奔乱窜地逃过来，你见了心中害怕，所以躲到树上去的，对不对？”

那男子见她指了指地上的猛虎，方才有点儿理会过来似的问她。宇瑞点了点头，明眸含情脉脉地瞅住了他，却并不作答。那男子方才感到有些抱歉似的样子，蹲下身子来，很轻微地说道：

“很对不起，这样说来，还是我累害了你。”

“哪有这种话？你是我的恩人，要没有了你来救我，我纵然逃过了虎口，刚才至少也得跌过半死。啊！想起来太危险，我真觉得有些害怕。”

“你受伤了哪里没有？我身边带了伤药水，我可以给你敷伤处。”

那男子听她说着话，对自己又微微地笑，这笑是包含了多少温情并妩媚可爱的成分，一时他也有点儿情不自禁起来，遂在腰间解下一个布袋，里面取出他常备的伤药水来。宇瑞点了点头，她把自己两条膀子看了看，只见被树枝刺破了皮肤，虽然是极轻微的伤处，却在雪白的肌肤上也印了鲜红的血痕。那男子把药水棉花浸了药水，给她伤痕上轻轻地搽着，一面又低低地问道：

“你一个人跑到山上来做什么？你好像不是本村子人。”

“是的，我们住在城里，因为我们是来游玩的。”

“还有许多人一同来的吗？”

“嗯，有三四个人一同来的。”

“为什么他们丢了你走了？”

“他们也怕死，大虫奔窜过来的时候，大家急得没有了灵魂，所以各自逃命，谁也顾不了谁了。我心慌意乱地跌了一跤，因此已不知他们逃到哪儿去了。”

那男子一面给她敷药水，一面低低地问。宇瑞觉得他的举动也十分温和，心里不知怎么对他就有了一种好感，于是也悄悄地告诉他。当她说到跌了一跤的时候，忽然感到膝踝上也有点儿隐隐地作痛，遂把旗袍下摆撩起来看，她忍不住“啊”了一声，原来丝袜都跌破了，血水流了一大堆。宇瑞见了伤处，方才感觉得痛苦，皱了两条细长的眉毛，大有盈盈泪下的样子。那男子方才明白她刚才站不起来的原因，遂给她取了一块纱布，很小心地包扎，微微地笑道：

“你此刻才感觉得疼吗？刚才为什么一点儿也不觉得？”

“刚才……刚才逃性命还来不及，这一点儿痛苦哪里还会觉得？”

宇瑞见他和自己谈了许多的话，可是他的表情老是显出那样严肃的样子，此刻这微微的一笑，倒还是第一次看见，这就发现他的颊上还有一个深深的酒窝儿，一时芳心里倒由不得荡漾了一下，俏眼儿逗了他一瞥娇羞的秋波，也忍不住微微地笑了。那男子给她伤处包扎舒齐之后，又低低地问道：

“还有哪里受了伤没有？”

“没有了，谢谢你，我心里真觉得感激。”

“不要客气，你能走下山去吗？”

“不，让我再坐着休息一会儿，说不定我的同伴们会来找寻我的。”

“嗯，那么我要走了。”

那男子点了点头，似乎翻身要走的样子。宇瑞这才急了起来，连忙伸手拉住他的衣角，低低地说道：

“哎！你……不能走呀！”

“奇怪，我不能走？那是为什么？”

那男子回转身来，向她凝望了一眼，表示不了解她心中的意思。宇瑞微红了脸，有些赧赧然地瞟了他一眼，有所忧虑似的，低低地说道：

“你假使一走之后，回头又蹿出一只猛兽来，那我不是又要没有性命了吗？所以你帮忙千万要帮到底的，还是在这里再伴我一会儿，等我同伴们来找寻我了，你再走也不迟。先生，你不知能不能答应我这个要求吗？”

“好吧，我就在这里再伴你一个钟点。”

那男子点了点头，似乎听了她这两句委婉的话使他心中也激起了一阵楚楚爱怜之情，遂在大石上又坐了下来，低了头，两手不停地互相搓着，好像静静地在想什么心事的样子。过了好一会儿，宇瑞才轻声地问道：

“喂，您先生贵姓大名呀？你是我的恩人，应该让我知道你的姓名，对不对？”

“我姓黄，名叫志豪，您小姐呢？”

志豪倒也很知道礼尚往来，遂抬起头来，一面告诉，一面也向她低低地请教。宇瑞暗暗地念了一声黄志豪，便转了转乌圆眸珠，笑道：

“我姓郑，是关耳郑，名叫宇瑞。黄先生，你的气力真大，能够打死一只老虎，真了不得，我想你一定从小学习过武艺的。”

“嗯，我从小就喜欢弄刀弄枪，后来跟了一个师父，他的拳术很不错，我这四五年来不过得了一点儿皮毛而已。想我们山野村夫，没有别的事业可以做，所以只好在荒山上打猎为生，和你们都市里小姐相较，那就显见得有天壤之别了。”

志豪的谈吐也很来得，他说到末了，有一种自谦的态度。宇瑞听了，连忙摇了摇头，微微地一笑，说道：

“黄先生，你这话太客气了，说什么山野村夫、都市小姐，大家不都一样是个人吗？我觉得黄先生那样强壮的身体，真令人可敬可爱，假使我们中国同胞个个有像你黄先生那样健康，还会被外人侮辱是东亚病夫了吗？”

“郑小姐，你这话倒也说得不错，不过像我这么傻的人，在中国能有几个？”

志豪微微地一笑，在他后面这句话多少包含了一点儿感叹的成分。宇瑞觉得他说的至少有深刻的作用，遂感到他也许是个隐士，然而他这个隐士是武的，这显然和文质彬彬的那些隐士有点儿不同，遂又低低地问道：

“黄先生，你今年多大年纪了？”

“很惭愧的，已经虚度二十六岁了。”

“那么家里还有谁呀？”

“母亲和妹妹。”

“那么你的爸爸呢？”

“我爸爸？”

志豪一听她提起了爸爸的时候，他的脸突然转变了颜色，圆睁了眼睛，握紧了拳头，猛可地站起身子来。他这举动好像是受到了什么刺激而因此疯狂起来的样子，但不到一会儿，他的疯狂的神情又慢慢地平复下来，同时他的身子也又在那块大石上坐下了。不过他此刻有些颓丧的样子，似乎在微微地叹了一口气。宇瑞心里当然感到十分奇怪，遂用了惊疑的口吻问道：

“黄先生，你怎么啦？你爸爸怎么啦？”

“我爸爸他……他死了。”

志豪有点儿沉痛的语气，他说完了这一句话，便低垂了头，表示他心里十二分难过。宇瑞心中暗想：他倒还是一个孝子，一听提起爸爸，便显出这样伤心的神气。但转念一想，觉得这事情其中一定有些蹊跷的，遂颦锁了翠眉，也很替他难受地问道：

“黄先生，恕我冒昧，你爸爸死了多少时日了？他……他生什么病死的呢？”

“我爸爸不是生病死的，他……他……是惨遭横死的。唉！可怜他老人家死得太惨了，我黄志豪枉为活了这一把年纪，真是太惭愧的了。”

“哦，我明白了，你爸爸一定也是打猎的，他……他恐怕被猛兽咬死的吧？”

“不，猛兽虽然凶恶，但及不到人心的险恶，世界上只有人是最毒、最残酷的东西，我爸爸是被人家害死的。”

志豪摇了摇头，他说完了这几句话，大有咬牙切齿的样子。宇瑞听了，心中这才恍然有悟了，遂很表同情的样子，说道：

“黄先生，那么杀你爸爸的仇人是谁？你可曾侦查出来吗？”

“我知道，一共有两个，一个逃跑了，还有一个，他在眼前有他的势力，我不能和他去拼，我当然只好含了一颗痛苦的心，静静地忍耐着。”

“那么你难道不预备报仇吗？”

“郑小姐，你这是什么话？我若不预备报仇的话，我怎么对得住我的爸爸？我怎么对得住自己的良心？我恨不得挖出仇人的心来，供在我爸爸的灵前，也好叫我心中吐了一口气。”

宇瑞见他涨红了脸，显然他心里是表示这一份样痛恨，遂点了点头，十分钦佩他有勇气的样子，点头说道：

“不错，你这话不错，我希望你能够早日达到了目的。”

“谢谢你，我想只要我黄志豪一日不死，我总有机会可以报得了这个血海大仇。”

志豪一面说，一面望了她一眼，大有感激她的意思。两人又默默地静了一会儿，这时太阳已慢慢地斜西了，树林蓬内笼上了一层暮雾。志豪见时候不早，遂搓了搓手，代她有点儿焦急，便悄悄地问道：

“郑小姐，你府上在城里什么地方？我瞧你这几个同伴胆子小，大概不会再上山来找寻你的了。假使你需要我伴送你回家的话，我倒可以给人类尽一点儿义务。”

“黄先生，你肯这样热心仗义，那我当然是感激不尽的了。”

宇瑞听他这样说，不免感动地回答，但她心中却是十分生气，生气的是弟弟和伟荣这两个人，他们真的太没有情义了。一个算是我亲骨血，一个是花言巧语的表哥，他刚才还对我说什么保镖不保镖的话，谁知一到要紧关头，便自管自地逃得不知去向了，你想可恨不可恨呢？但志豪已站起身子，他把斧头插入腰间，又把枪杆子负上，然后向那只倒在地上的猛虎望了一眼，回头对宇瑞说道：

“郑小姐，舍间离此很近，我的意思，你先到舍间略事休息，我把这只大虫搬回家里去之后，然后再送你回家，你瞧好不好？”

宇瑞因为心中已经有了一个主意，所以那是求之不得的事情，当然是连连地说好，很欢喜地表示赞成。不料就在这时候，忽听弟弟的声音从山下叫上来道：

“姊姊，姊姊！”

第五回

堕身削壁幸遇多情女

宇华突然见到了一只斑斓猛虎像一阵风似的奔窜过来，一个人的性命是谁都不愿意轻易地牺牲，所以他在灰白了脸色六神无主的时候，也顾不得东西南北，就向山下拼命地逃跑。他自己也不知道手中那一支枪是在什么时候丢掉的，但山路是这样不平，乱石当道，宇华在心急慌忙之下，一个不小心，这就一个跟头，身子便变成了一只什么瓜果的样子，向下面直滚了。宇华在滚下山去的时候，他的心里还很清楚，觉得自己这一滚下去，看起来性命总是很危险的了。他想喊救命，但喊不出来，他想哭，但也是哭不出来。总算他的祖宗有灵，半山里有一株小树把他的身子阻挡住了，于是他的身子就滚不下去。宇华才伸手抱住了树丫枝，他有点儿头晕目眩，也不知道自己究竟是生是死了。他闭了眼睛，便静静地息了一会儿。宇华在休息了一会儿后，因为还不知道自己攀住的到底是什么所在，于是慢慢地又睁开眼睛来，当他视线接触到四周的时候，他不禁“啊”的一声大叫起来了。原来四面都是临空的山峰，简直没有立足之地，你想，宇华紧紧地抱住了那株小树，他怎么不要吓得心胆都碎了呢？所以他在无可奈何之下，只好放开了喉咙，高声地喊救命了。宇华在喊了一会儿之后，忽然听得有个女子的声音好像在半山里问道：

“喂，喂！你这个人怎么掉下去的呀？”

“我太不小心了，哎！对不起，请你去叫两个人来，救救我的性命，我一定感激你的大恩。”

宇华抬头望去，只见上面有凸出了一块山地，站着一个村姑，俯了身子，对自己问着，于是心中有了一线希望，便向她高声地回答，显然他是求人爱怜的成分。那村姑好像是在山上砍柴，所以身边也有一条很结实的绳子，当下她把绳子掷下一端来，说道：

“喂！你快把绳子拉牢了，我可以救你上来。”

“啊！小姐，你是个小姑娘，你有这么大的气力吗？万一你吃不住，把手一松，那……我的性命仍旧是太危险了。对不住，请你还是找个人来帮忙吧！”

宇华见她要拉自己上去，一时觉得她一个娇弱的姑娘，哪里有这一份的气力？所以不敢贸然地答应，向她这么地请求。那村姑却笑盈盈地说道：

“你这个人的胆子为什么这样小？想你这个身体至多也不过百把斤重，我难道连这一点儿气力都没有吗？那你似乎也太小觑我了。”

“小姐，你不要生气，并不是我小觑你，因为这是有关我的性命出入问题，所以绝不能视作儿戏的。我觉得小姐若能再找个人来帮忙，那就很妥当的了。”

宇华愁苦了脸，他有点儿不相信一个年轻的小姑娘竟有这一份样儿的膂力，所以摇摇头，还是不肯轻易尝试的意思。那姑娘向四面望了望，表示无法可想的样子，说道：

“你这人真有些自说自话的，看这样冷僻的荒山，到哪儿再去找第二个人来帮忙呢？我对你说，我不是骙子，会把你性命当作儿戏，我当然有这一份自信的把握，我才来救你，你不要迟误了。这一株小树的丫枝也并不是十分安全的，假使吃不住你的重量，不是也要折断的吗？”

“可是，我觉得给你手一松的话，我的性命也是没有救的了。唉！我虽然相信你对我很热心，但我还不相信你有这一份的气力。”

那村姑的话听到宇华的耳朵里，可怜了的心是更跳跃得厉害了，觉得自己此刻好像在上法场，生死关头，只在法官嘴里一句话，真所谓千钧一发之间，所以他已经是带哭声的音调向那村姑苦苦地回答。那村姑有点儿不耐烦的神气，冷笑了一声，把绳子收缩上去，恨恨地说道：

“看你倒是一个堂堂七尺男子汉，谁知道竟这样地啰里啰唆？我救你也不望有什么好处，你若信不过我，那么对不起，还是另请高明，我没有这么多的闲工夫来和你多缠，再见，再见！”

“啊！慢来，慢来，好小姐，你不要走，你千万发发慈悲心救救我，可怜可怜我吧！常言道，救人一命，胜造七级浮屠。你……千万不要走呀！”

宇华见那村姑生气地要走，这才开始急了起来，他大声地向她说好话，语气是显出特别可怜的样子。那村姑方才又回过身子，把绳子的一端又放了下来，说道：

“本来我是原预备要救你，但是你不相信我，那叫我有什么办法？”

“哦！我相信你，我相信你，可是你这位小姐千万不要松手才好！”

“我是绝不会松手，只要你不要害怕，不放手，那就毫无一点儿危险的了。你把绳握紧了没有？我要用力拉上来了。”

“我已握紧了绳子，你拉吧！你拉吧！”

随了宇华这两句话，那村姑已把绳子一段一段地向上拉，大概不上两分钟时间，宇华的身子已站到那方凸出的山地上来了。他向下面张望了一眼，眼睛是显出害怕的神气，把舌头一伸，手拍了拍胸脯，他额角头上的汗点儿便像蒸气水般地冒上来了。那村姑却逗了他一瞥媚眼，盈盈地一笑，在她这一笑之中，多少是包含了一点儿一个男子还不及是个女子的意思，低低地笑道：

“我没有骗你吧？我假使没有这种自信的把握，我怎么会冒昧地救你？所以我说你这个人的胆子真小得有点儿像只耗子。”

“这是我因为没有知道你的缘故，你这位小姐真是我的救命大恩人，我除了深深地表示感激之外，我更应该向你叩头一拜。”

宇华听她这样说，觉得非常不好意思，一面红了脸，一面便真的向她跪倒下来，叩头不已。那村姑被他拜得有点儿难为情，遂连忙去扶他起来，说道：

“哎！先生，你千万不要这个样子，那岂不是要折死了我吗？我可受不了。你为什么好好儿的跌到这样危险的环境里去？这也没有什么好玩的呀。”

“本来嘛，我哪里是为了好玩才跌到树上去的？小姐，你不知道，山上出了大虫，我急急地奔逃，一个不小心就摔下去了，幸亏有株树阻挡了我，要不然一定粉骨碎身，性命难保哩！”

宇华听她说自己是为了好玩才跌下去，觉得这位姑娘说得真幽默得有些顽皮的成分，一时红了脸，忍不住急急地告诉。那姑娘“哦”了一声，有点儿猜疑的神情，点点头道：

“这样说来，我哥哥一定可以捉到这只大虫。”

“什么？你这位小姐说的什么话？你哥哥是谁？他会捉老虎吗？”

宇华此刻他觉得浑身骨脊有些疼痛，遂不管地下脏不脏就坐了下来，忽然他听这个姑娘这么猜测着，一时又感到十分惊奇，抬起头来，向她急急地问。这时，那姑娘把那条绳又在缚地上那堆柴枝，她回转身子，望了他一眼，点头笑道：

“是的，我哥哥的气力很大，他是打猎的，一只大虫真算不得什么稀奇！”

“嗯，这就无怪了。”

“啊！你这话是什么意思？”

“我说你假使老早告诉我你哥哥是打猎的，那我早就相信你是有这一份气力可以救得我上的了，你说对不？小姐，我还没有请教你贵姓芳名，不知道你肯告诉我吗？”

“一个人的姓名那为什么不能告诉人？我叫黄燕飞，你这位先生贵姓？”

“我叫郑宇华，黄小姐，你在砍柴？”

“嗯，为了生活，才没有办法哪。郑先生，你干吗不站起来？地上怪肮脏的，不怕污了你雪白的西装？”

燕飞捆好了柴枝，一面在柴堆上坐下了，一面向他谈话。宇华皱了皱眉，显出很痛苦的样子，把手东摸摸西摸摸，说道：

“黄小姐，你不知道，我从山上一个跟斗跌下来，好像滚皮球似的，但我到底是肉做的身体，哪里能受得了？刚才为了性命关系，所以自己还糊里糊涂，但此刻安定了之后，我的全身痛得不得了。”

燕飞听他这样说，遂向他身上、脸上打量了一下，一时由不得抹了嘴扑哧地笑起来。宇华见她这一笑，多少包含了一点儿神秘的意思，于是怔怔地问道：

“黄小姐，我跌痛了，你还这样地好笑？”

“郑先生，你这话奇怪了，你跌痛了，又不是我累害你的，难道连我笑的自由也没有了吗？我觉得你这人真有些自私自利。”

燕飞被他这样一说，由不得两颊浮上了一层娇红，可是她立刻又镇静了态度，冷笑了一声，显然有些不高兴的样子。宇华一时也觉得自己失言了，遂连忙说道：

“黄小姐，你不要生气，我并不是这个意思，我说你笑一定有缘故，不知能不能告诉我吗？”

“没有什么缘故，我爱笑就这么地笑出来了，假使我爱哭就这么地会哭出来。”

宇华见她鼓着小腮子，那种意态十足地还表示她一个天真可爱的姑娘，于是怔怔地望了她一会儿，伸手在自己额角上和脸颊上擦了一把汗。谁知经此一擦，燕飞把绷住了的脸又展开了笑容，她忍不住又嫣然起来了。宇华更有点儿不明白的样子，怔怔地问道：

“黄小姐，你又笑我了，我觉得你这笑其中一定有道理。哦，我明白了，一定我这张脸被灰沙泥土沾得不像样儿了，对不对?”

“你这才聪敏了，被你把手去一揩擦，更抹上了一个有趣的鬼脸。”

燕飞点了点头，方才含了微微的笑容，向他低低地告诉。宇华连忙摸出一方手帕来，预备按到面上去擦揩。燕飞忙阻止他说道：

“慢来，这样是无济于事的，我给你扶下山去，在河里浸湿了帕，给你好好儿地揩擦才能够干净呢。”

“可是我的那条腿伤了筋，一时走不动，没有办法，只好让我在这里多坐一会儿吧。反正回到家里，非洗一个澡不可的。”

“那么你把手帕交给我，我去浸湿了手帕，给你轻轻地揩擦好不?”

“不用了。”

“嗯？是不是怕我骗去了你这条手帕?”

燕飞见他并不答应，一时觉得很不好意思，她情不自禁地红了脸，秋波逗给他一个白眼，显然有些怨恨的样子。宇华这就急了起来，连忙把手帕交到她的身怀内，急急地说道：

“黄小姐，你这是什么话？叫我听了心里真有些难过。你救了我的性命，我就是拿了珍珠宝贝来报答你，那也算不得一回稀奇的事，何况是一方不值钱的小手帕，那你不是跟我在开玩笑吗？其实我是一片好意，你完全是误会了我。”

“我误会了你什么？请你说说你这一份的好意出来听听。”

“因为这里到山下也有不少的路，你一个人奔下又奔上，万一不小心，也跟我一样地摔了一跤，那叫我心中怎么过意得去?”

“谢谢你的好良心，你明明是在咒我。”

“啊呀！那真是天晓得的事情，假使我存心在咒你，我就绝没有……”

“胡说，你再往下说，我可不依你。”

燕飞见他有发咒的意思，一时急了起来，遂扬了手，做个要打的姿势，是不让他往下再说下去。宇华觉得她这个举动至少是多情的表示，遂笑了一笑，低低地说道：

“不说就不说，你急什么？那么请你劳驾一次，给我把手帕去浸了水，让我擦一个脸，因为我也觉得怪腌臜的，十分难受。”

“也好，那么你在这里等着我。”

燕飞这才很高兴地笑了笑，她便连奔带跳地走下山去了。宇华见了，心里倒有点儿着急，连叫慢些跑，当心绊了跌，但燕飞回过头来，还向他招了招手。宇华眼望着她的身子在眼帘下消失了之后，他心中不免荡漾了一下，暗自想道：这位黄小姐虽然是个乡村里的姑娘，但是娇小玲珑，很为可爱，而且她的口才也相当不错，并没有显出一点儿庸俗的样子。看她对我那种样子，一忽儿生气，一忽儿娇嗔，一忽儿又柔情绵绵的神气，总而言之，对我不免有点儿爱的成分。照理，她救了我的性命，我本应该好好儿地报答她，假使她真的对我有点儿好感的话，那我当然也愿意跟她交一个朋友。想了一会儿，只见燕飞已笑盈盈地奔上山来。宇华见她奔得气喘吁吁的，两颊泛现了桃花的色彩，遂很感激地说道：

“黄小姐，你这会子真太累了，快坐下来先息息吧。”

“不要紧，我倒不累什么，郑先生，你自己揩擦，还是我给你揩擦？”

燕飞笑盈盈地摇了摇头，她伸手掠着被风吹乱的云发，秋波斜乜了他一眼。她后面这两句话是问得相当俏皮，宇华觉得这倒叫自己有点儿难以回答，遂不免憨然地傻笑了一会儿，说道：

“我自己揩擦，可惜没有镜子，假使麻烦你吧，我又觉得很不好意思。”

“假使不嫌我粗手毛脚的话，那有什么不好意思呢？”

宇华接口很快地回答，他脸上是含了得意的微笑。燕飞于是蹲下身子，面对了宇华，给他把手帕轻轻地揩擦，在揩拭干净之后，见宇华雪白的脸上有块乌青，这就“呀”了一声，低低地说道：

“郑先生，你脸上有块青的，想是刚才跌伤了，不知痛不痛?”

“还好，因为你有这么一个姑娘给我做看护，我是一点儿也不觉得痛了。”

“郑先生，我只当你很老实，谁知也不是一个好东西。”

燕飞口里虽然是包含了一点儿薄怒娇嗔的神情，但是她的芳心里却是相反地觉得十二分的甜蜜。宇华觉得她的娇嗔是更增加了她一分妩媚可爱，一时也更加有点儿神往左右起来，微笑道：

“黄小姐，我说的完全是实心眼儿的话，我一点儿也没有说假呀。”

“还说没有说假，我可不是医生，也没有给你搽上什么伤药水，怎么你就说一点儿也不痛了？那真叫人有些生气。”

燕飞说到后面，她故意噘了嘴，便把身子背了过去，是装作生气的样子。宇华遂拉了她一下手，用了温和的口吻，低低地说道：

“黄小姐，你不要生气，回身过子来呀。承蒙你救了我的性命，我心里真有说不出的感激，所以我很想和你交一个朋友，不知你肯不肯答应我吗?”

“郑先生，你要和我交朋友?”

宇华这两句话听到燕飞的耳朵里，她似乎感到十二分惊喜的样子，回转身来，含了笑容，低低地问。宇华似乎有点儿不了解地向她反问道：

“怎样啦？黄小姐，我很想和你交朋友呀!”

“可是，我觉得也许太不配吧。”

“是不是我配不上你?”

宇华见她淡然的样子，遂急急地又问了这么一句，他当然是带有了一点儿俏皮的成分。但燕飞却冷笑了一声，她似乎也十分聪敏，和宇华都刁猾地在钩心斗角，说道：

“啊呀！你这个话呀，不要太损人了，明明是我配不上你，但你偏偏说你配不上我，这又何苦来呢？谁不知道你是城里来的大少爷，我是乡村里打柴的穷姑娘。”

“黄小姐，你这话可不行，我没有和你比呀。再说你怎么知道我是城里来的大少爷呢？这叫人可有些不明白。”

“有什么不明白的？看你身上穿的这副派头，谁也知道你是个大少爷。”

“不要说起了，瞧我现在这副派头，就和小瘪三没有什么差别的了。”

宇华伸手扯了一下衣服，低低地说。原来他身上穿的这套白哔叽西服，此刻是东扯了一个洞，西拉了一个破弯子，而且雪白的颜色也早已变成乌黑的了，这当然是他一个跟头翻滚落来的缘故。燕飞听他这样说，又向他本身打量了一下，一时也不觉抿了嘴笑起来了。宇华被她一笑，方才把那颗心轻松了许多，也笑起来道：

“可不是？黄小姐，你该回答我，到底愿意不愿意呀？”

“假使你不以为我是一个庸俗的姑娘，那我还有什么愿意不愿意的？只不过我是高攀你罢了。”

“黄小姐，我以为年轻的人不必说这些虚伪的客套，总要实心眼儿一点儿相待才好。承蒙你答应和我交朋友，我心中是万分欢喜，那么我们坐下来，大家谈谈吧，好不好？”

宇华满脸含了笑容，话声是显得特别温柔。燕飞点了点头，她似乎也特别高兴的样子，在他身旁并肩坐了下来，笑嘻嘻地说道：

“你预备跟我谈什么？你就谈吧。”

“我第一先问你，你今年芳华几何？”

“虚度二八加一，你呢？”

“二八十六，加一十七岁，对不对？”

宇华自言自语地念着，他抬头望了燕飞一眼，低低地问。燕飞忍不住扑哧一笑，点了点头，显出那天真的样子，笑道：

“不错，你初小一年级大概毕业了，所以算术上的加法加得真纯熟的。”

“嘻嘻，黄小姐，你也说我聪明吗？那么我也给你做一门算术，十七加一是多少呢？”

“这还问我，三岁小孩子也知道，十七加一是十八。哦，我明白了，你准是十八岁，对不？”

“你也真聪明，被你一猜便猜着了。黄小姐，照年龄上说，我该是你的哥哥。”

“我哪里来这样好福气有你这么一个哥哥呢？”

“不要客气，我有一个姊姊，但就是缺少一个妹妹，只要你愿意，我是挺高兴的。”

燕飞听他这样说，秋波逗给他一个娇嗔，却红了脸，低头并不作答。宇华知道她是怕难为情的缘故，遂笑了一笑，说道：

“你不拒绝我，那就是默认的表示。”

“郑先生，我以为你不必在形式上有什么哥哥、妹妹的称呼。因为常言说得好，君子之交淡如水，假使感情上好得太快，破裂的时候一定也很快的，所以我们还是先结一个朋友。因为我是一个乡村里极普通的姑娘，做了你的朋友，已经有点儿高攀，假使要做你妹妹的话，那恐怕是更不够资格了，所以我觉得认一个朋友，已经是很满足了，我很不希望在短短几个小时之内就跟你认作了知心之交。因为世界上的事情，变幻莫测，好像是流水浮云，所以为了避免将来痛苦起见，我们还是君子之交的好。”

宇华想不到一个十七岁的姑娘竟会说出这一篇含蓄深刻的话来，一时觉得燕飞是个很有智慧的姑娘，当然，她的意思，就是怕我有抛弃她的行为。一时要想说几句肺腑之语，但又觉得说不出口来，遂很认真地说道：

“黄小姐，你的意思很对，不过你到底是我的恩人，这和普通的那似乎不可同日而语的。”

“其实这也谈不到是什么‘大恩’两个字，况且施恩于人是一件事，和人结交朋友又是另一件事，两件事当然不能够合在一处说的。”

燕飞说得很坦白，从这一点子看来，就可以知道她是一个很爽快的个性。宇华点点头，遂把话题又拉扯开去，说道：

“黄小姐，那么你府上还有什么？一个哥哥，他是打猎的，那我已经知道了。”

“还有一个上了年纪的母亲。”

“还有……”

“没有什么别的人了，就是我们娘儿这三个人。”

“难道你爸爸早已死了不成？”

“嗯，死了，不过他死得并不十分早，可以说还在眼前。”

燕飞用了沉重的语气，在她竭力镇压着愤怒的神情中慢慢地一字一字说出来，显然她的表情是那一份样的悲痛。宇华心中开始有点儿奇怪起来，微微地蹙了眉尖，低低地问道：

“黄小姐，那么你爸爸是怎样死的？为什么你的脸色转变得这样难看？”

“郑先生，你不要问了，因为我一提起了这件事，我的心里立刻便会痛苦起来，总而言之，我爸爸是死得很惨，很不平常。”

宇华把燕飞已经逼问得流起泪来了，她的眉宇之间是流露了一股子杀气。宇华似乎很需要明白其中这一回事情，遂急促地问道：

“黄小姐，假使你认为我真的是你朋友，那你似乎有个告诉我明白的必要。”

“其实那是很简单的一回事，我爸爸为了打不平，被一个人陷害，捉到警察局里去，可是放出来的时候，我爸爸已经快咽气了……”

燕飞说到这里，到底禁不住一阵子沉痛的刺激，她已忍不住扑簌簌地滚下眼泪来了。宇华也代为愤愤不平地说道：

“岂有此理，难道你爸爸被局里……”

“不必说了，总而言之，这是我爸爸的劫数难逃。那时候我哥哥还没有在家，爸爸回家后的第三天早晨，他已经奄奄一息了，我哥哥也学艺回家了，可怜他们父子二人就仅仅只有见了一次的面，永远地分手了。”

“真是可怜又可恨的事，我连肚子也气得胀破了。难道你们不预备报仇吗？况且你哥哥又是一个有武术的人。”

“我还记得爸爸临终时对哥哥说的一篇话，真叫人听了心都碎了。他说世界是永远这样黑暗，人类就永远是这样不平等的。现在我是很平凡地死了，因为是个穷人，所以死得很平凡，那似乎算不了什么一回事，不过我们是父子，是骨肉，凭了你那副沾了满颊是泪的脸，就知道你做儿子的心中是感到怎一份样的痛苦和伤心，所以我死之后，你当然会给你爸爸报仇，也好叫我在九泉之下稍为吐了一口郁勃的怨气。最后，你的母亲体素孱弱，千万还要尽一点儿做儿子的义务，那么我就很高兴地瞑目了。”

燕飞学着她父亲临终时候对她哥哥说的一番话，说到末了，她已是哭得泪人儿一般地伤心了。宇华总不能让她尽管地伤心着，遂拍拍她的肩胛，劝她说道：

“黄小姐，事情已经到了这个地步，你伤心也没有用呀，所以我劝你千万保重身子，不要太悲伤了。我想只要知道谁是你爸爸的仇人，那么将来慢慢地总可以设法报仇的。”

“仇人是谁我们当然知道，不过在没有达到报仇目的之前，我们是不能向任何人宣布的，所以对于这一点，还得请郑先生加以原谅才好。”

宇华点了点头，于是也不追问下去。燕飞收束了泪痕，她见远处炊烟四起，小鸟儿括着翅膀，三五成群地噪吱而归。斜阳已消失了它淫毒的余威，慢慢地向西山脚下沉沦下去了，显然暮色已笼罩了整个的宇宙。她见时候已经不早，遂绕过媚意的俏眼，向他脉脉含情地瞟了一眼，低低地说道：

“郑先生，天色已经不早了，这里荒僻山地，一到傍晚，更有猛兽出现来觅食物吃的，所以我们还是早点儿回去吧。你伤得到底怎么样了？能不能走路？假使走不动回到城里，不妨先到我家中去坐一会儿，万一时候过分地迟了，那么你就在我家宿一宵去，不过我家地方是小得很，只要你不嫌脏，母亲那里是绝没有什么问题的。”

“谢谢你，我心里真感激。哦，我忘记了我的姊姊和表哥他们三个人，不知道他们逃到哪里去了。”

“我们就这样地一路找寻下去好了。郑先生，我扶着你吧。”

燕飞一面把那捆柴枝负在左肩上，一面还去扶他的身子。宇华一拐一拐地走了几步路，向燕飞望了一眼，只见她满额都涨红了，可见这一捆柴枝也着实有一点儿分量，于是对她低低地说道：

“黄小姐，你既要负这么一捆柴枝，又要来扶我走路，我觉得这是太吃力一点儿了。所以你能不能为我牺牲一点儿，把这捆柴枝丢了，回头算我把它买下来好了。”

“郑先生，你这话是什么意思？不过我也很明白，那么我就把这捆柴枝放了吧。”

燕飞听了，粉脸不免红了起来，虽然她说的话显然有点儿矛盾，不过总觉得有点儿羞愧的意思，她就放下了这一捆柴枝，把宇华整个的身子扶住了。宇华感激得难以形容的样子，望着她粉脸，低低地说道：

“黄小姐，你待我太好了，我总不会忘记你待我这一份的恩德。”

“郑先生，你别那么地说，都是因为我家太穷的缘故，所以请你不要见笑。”

“这是哪里话呢？穷富一样是个人，你说这些话，倒叫我心中反而感到难受。”

燕飞的芳心里是深深地感到一点儿安慰，她笑了一笑，便垂下粉脸来。两人走到那条山路上，宇华记得这是刚才走上去的那条路，于是抬头向上面望了望，他想姊姊不知会不会还在山上，遂情不自禁地高叫了一两声“姊姊”。其实他不过是叫着试试的意思，谁知道宇瑞真的还在山上和志豪谈着话，可见得世界上的事情真也太凑巧了。

第六回

百般温存难博爱怜心

当时宇瑞在山上听得弟弟的声音在高叫着姊姊，一时觉得弟弟到底和自己是同胞手足，所以又会奔上来找寻自己，这就站起身子，扶着树干子，向下面扬着手帕，叫道：

“弟弟，弟弟，我在这里呀！我在这里呀！”

“咦，奇怪了，这个扶着他的姑娘不是我的妹妹吗？”

志豪抬眼望去，一时也觉得很奇怪地说，就在这时候，宇华让燕飞扶着已经一拐一拐地上山来。当下燕飞见了志豪，也忍不住“咦”了一声，说道：

“哥哥，你也在这里？啊，对了，那只大虫被你杀了吗？”

“弟弟，你……怎么弄成这个样子呀？难道身子受了伤吗？”

宇瑞见宇华衣衫破碎的模样，也惊奇地问。宇华叹了一口气，表示一种危险的神情，说道：

“姊姊，不要提起了，这事说起来话长。总而言之，我的性命是全靠这位黄小姐相救的，否则我的尸骨恐怕也会变成黄沙石子的了。哎，姊姊，这位是……”

“郑先生，你不听见我刚才叫他哥哥吗？他叫黄志豪，哥哥，这位是郑宇华先生。”

“弟弟，我的性命也全靠黄先生相救的，要不然，我也一定伤在虎口之中的了。”

“这样说来，我们姊弟两人性命全靠你们兄妹相救，那真不知叫我如何报答你们才好。黄先生，你真是一个现代的武松，小弟佩服极了。”

“哪里哪里，郑先生这样夸奖，那不是叫小弟感到无限惭愧吗?”

宇华和志豪一面说，一面很热忱地互相握了一阵子手。这里燕飞和宇瑞虽然没有经过直接的介绍，但是她们两人也颇得十分亲热地握住了手。宇瑞问她相救弟弟的一番经过情形，燕飞对她低低地告诉了一遍。宇瑞听了，也代为向她感激了一阵。一会儿，宇瑞又向宇华问道：

“弟弟，你可曾见表哥表妹他们两个人吗?”

“没有看见，他们不知逃到什么地方去了。”

“我看时候不早，大家还是到舍间去坐一会儿吧。妹妹，你带了郑小姐、郑先生先走一步，我把这个大虫负了回家。”

燕飞答应，遂和宇华姊弟两人相倚着下山，这里志豪把大虫负在背上，匆匆地跟着而下。到了山脚下，宇华以为汽车总等着他们的，谁知道阿三把汽车不知开到什么地方去了，一时十分愤怒，遂恨恨地说道：

“阿三这奴才真是该死的东西，他难道给表哥表妹两人就这样坐着先回家去了吗？他妈的，这奴才真没有良心的，我非叫爸爸停他的生意不可。”

“弟弟，我说这倒怪不了阿三，原是表哥和表妹两人太没有情义了。唉，知人知面不知心，一个人总要在患难的时候，才可以显得出真性情来。”

宇瑞想到伟荣初见面时那种甜蜜的话，谁知他是戴着假面具，什么情啦，什么爱啦，都是一种外表的虚伪，一时十分感触，遂情不自禁深深地叹了一口气。志豪和燕飞因为不知他们个中的事情，所以不便插嘴说话。一行四人离开了荒僻的山地，转入了一个村子，只见屋舍俨然，有良田美池桑竹之属，阡陌交通，鸡犬相闻。村童们一见志豪负了大虫，健步而行，遂都哄然地围拢来看热闹，口中还叫着："黄大哥又打了猛虎啦！"大家到了家里，志豪把猛虎在院子里一抛，然后向屋子内高叫道：

"妈，妈，有客来啦！"

"是谁啦？志豪，你妹妹一同回来了吗？"

"妈，我回来了，你别急哪。我给你介绍，这位郑小姐，这位郑先生，我们在山上碰见的，所以特地请他们到我们舍间来坐坐的。"

屋子里走出来一个年老的妇人，就是他们的母亲了。她满显了皱纹的脸，含了微微的笑，低低地问。燕飞早已跳到了她的面前，立刻先向她笑盈盈地介绍。宇瑞姊弟于是含笑走上前去，很有礼貌地鞠了一个躬，口叫伯母，说道：

"伯母，我们来得很孟浪，还请老人家原谅才好。"

"哪里哪里？不要客气，山野村妇，说不来客套，请里面坐吧。"

黄太太把手一摆，是请两人进里面去的意思，于是大家到了草堂，燕飞一面让座，一面倒茶。志豪很不好意思地说道：

"舍间地方又小又脏，真是不成样子，两位见了切勿见笑。"

"黄先生，你怎么也闹起客套来了？"

宇瑞秋波斜乜了他一眼，笑盈盈地问。志豪听了，却无话可答，只好报之以微笑。黄太太望着宇瑞的粉脸，觉得是个好模样儿，和自己女儿燕飞长得一样美丽，尤其在服饰方面的关系，当然她是比燕飞更有一种妩媚的风韵，她心中很是羡慕，又觉得很欢喜，遂低低地问道：

"郑小姐府上在城里吧？"

"是的，在警察局对面四一八号，我们想明天中午请三位到舍间便饭，不知老伯母肯赏我一个脸吗？"

"无缘无故地怎么好来惊吵府上？况且我们乡下人上城里去，处处地方也觉得很不方便。郑小姐的美意，我们表示心领谢谢吧。"

黄太太听她叫我们吃饭，因为还不知道个中曲折的缘故，所以心里表示无限惊异，她摇摇头，很不好意思地回答。宇华忙接上去说道：

“伯母，你不知道，我们姊弟两人的性命是全靠黄先生、黄小姐相救的，所以请你们吃一顿饭，这也实在算不了是报答了你们，无非大家走动走动，结交一个朋友而已。假使你老人家不肯赏光，那就是看我们不起了。”

“啊呀！郑先生，你这些话叫我怎么担当得起？志豪，他说你们救了他们的性命，这到底是怎么的一回事情？我却一点儿也不明白呀。”

志豪听母亲这样说，一时搓了搓手，觉得难以启齿的样子，微微地一笑，说道：

“也说不上是救了他们的性命，其实我们是一举手之劳，根本是算不了这么的一回事。”

“这是黄先生说得太客气了，虽然你们是一举手之劳，不过在我们就完全是生死出入有关的了。黄伯母，你不知道，我可以详详细细地告诉你……”

宇瑞说到这里，便把经过的事情向黄太太详详细细地诉说了一遍。黄太太听了，便毫不以为然的样子，说道：

“我以为这是人类应尽的义务，况且志豪本是一个打猎的，那就更谈不到‘救命’两个字了。”

“那么黄小姐救我的性命呢？难道也不能算是恩人吗？”

“当然，一个人若见死不救，那还能算是一个人了吗？所以郑先生，你千万不必把区区小事而挂在心上的。”

宇华说的，黄太太也不以为然，她虽然是个乡村里的妇人，但她却很有侠义的心肠。这时，志豪、燕飞听母亲说着话，他们两人都不敢插嘴，在一旁静静地听着。宇瑞沉吟了一会儿，说道：

“不管怎样，我们请三位吃饭，这是想和你们结交一个朋友，假使你们认为我们不够资格，那我们也不必勉强了。”

"哎呀，郑小姐，你生气了吗？对不起，对不起，既然你这样盛情，恭敬不如从命，我们明天中午一定准时到府便了。"

黄太太连忙含了笑容，向她表示歉意的样子回答。宇瑞这才欢喜起来，遂扬着眉毛，乌圆眸珠在长睫毛里转了一转，笑道：

"承蒙伯母金诺，侄女感激不尽，那么明天中午十一时左右，我叫人到府上来接你们好了。"

"接我们那可不用了，既然答应了你，我们一定不会失约的。"

黄太太摇摇头回答。宇华接口说道：

"这是一件容易的事情，伯母，您不要客气了。"

"事情既然说定了，我们该回家去了，伯母，我们明天见吧。"

宇瑞见时候不早，遂站起身子来说。黄太太和志豪兄妹两人送他们出来，在院子门口站住了，志豪有点儿不放心地说道：

"你们两人的身上都有微伤，在路上行走很不方便，要不要我伴你们到城里去呀？"

"我想不用了，我们走了一程路，回头有洋车，我们可以坐车的。"

宇瑞不好意思再叫人家伴送，遂婉言谢绝了，志豪听了，也就作罢。宇瑞姊弟两人匆匆地作别，一路上谈着伟荣、月珍两个人真岂有此理，他们竟坐了汽车自己逃命，不管我们的生死，这简直不是人养的了。两人正在愤愤的时候，忽见前面驶来一辆汽车，那汽车正是宇华家里的。当时车中人见了姊弟两人，便停车不前，车厢开处，跳下伟荣、月珍、阿三等几个人，后面还有四名警士。伟荣先急急地说道：

"啊！真是谢天谢地，你们都回来了。我和妹妹逃下山后，急忙坐汽车到警察局，带了警士来救你们的，谁知你们都已安然脱险，我们真欢喜得很。"

"多谢两位热心仗义，幸亏你们去报告了警察局，带了大队人马来救我，否则，我们的性命恐怕是没有的了，谢谢表哥的救命大恩。”

宇瑞听他这样说，气得脸不免转变了铁青的颜色，遂冷笑了一声，一面俏皮地回答，一面还向他深深地鞠了一个躬。这叫伟荣涨红了脸，真有点儿说不出什么来才好。月珍是只管注目在宇华的身上，她很焦急而又肉疼的样子，扑到宇华肩胛上，急急地说道：

“啊呀！表弟，你……的衣服怎么全都破了？难道被猛虎抓伤的吗？可怜我的身子虽然坐在汽车内，但我的心是老早飞到你表弟的身上来了。”

“哦，真的吗？你可说是个古今第一多情人了，谢谢，谢谢！不过请你别扶着我的肩胛，我浑身都受了伤，我吃不消你再来对我这样的举动。阿三，你这奴才真是狗心狼肺，抛下了主人自己逃命，我问你，这是我家的自备车，还是局子里的公务车？真正是混账之至，我若报告了老爷，哼！哼!”

宇华一面冷笑，一面拉了姊姊的手跳上车厢，吩咐阿三快快开回家里去。阿三当然是听少爷的命令，他没有违抗的余地，遂跳上汽车，拨动机件，呜呜的两声，向前开去了。这里剩下伟荣兄妹和四名警士，不觉面面相觑，都有点儿哭笑不得的神情，也只好自认晦气，安步当车地走回城里去了。四名警士都莫名其妙，不免向伟荣有抱怨上当的意思，但伟荣哑子吃黄连，有苦没处诉。不过他并不责怪自己没有义气，反而怨恨宇华的辣手，因此他们之间遂起了一条感情上的裂痕。

宇瑞、宇华回到家里，齐巧世万也从财政局里回来，一见儿女这么狼狈的样子，大吃了一惊，遂急问其故。宇瑞姊弟两人遂把城外打猎遇虎之后的经过情形向世万夫妇哭诉，一面又把表哥、表妹太以狠心，一点儿都没有照顾的同情心，自管逃命不算，还把汽车开走，大概想着在爸妈面前恐怕要没有交账，所以又去叫了四名警士来，假痴假呆地说是来救我们，最混账的是阿三这奴才，真是该死，爸爸非把他教训一顿不可的话，絮絮地说了一遍。世万听了，果然十分生气，把阿三叫来，大骂了一顿。阿三说都是表少爷的主意，他说山上出了猛虎，叫我开到警察局去求救，我那时糊里糊涂的，因此也没有想到别的就开车走了。请老爷发发慈悲，饶我这一遭，事情都是表少爷不好，并不是我小人的过错。世万听了，暴跳如雷，叫他马上滚蛋。倒是郑太太劝住了世万说，怪来怪去，总是伟荣不好，第一不必上荒山去打猎，既然去玩了，怎么可以不负照顾的责任？这真是岂有此理！一面又低低地说道：

“幸亏这黄家兄妹两人救了你们的性命，我想受恩于人，不可得而忘之，所以明天该送点儿礼物到他们家里去，表示谢谢的意思。”

“妈，我已对他们说过，请他们明天到我家来吃午饭，你看好不好？”

宇瑞听了，便对母亲低低地告诉。世万不等郑太太回答，便点点头，先说道：

“这样也好，不过……单请人家吃一餐饭，也不能算是报答了人家救命大恩，所以礼物还是应该要送一点儿的。”

“爸爸这话不错，那么我们该送些什么呢？”

宇华很欢喜的样子，便急急地问。世万吸了一口雪茄烟，表示沉吟的神气，低低地说道：

“照你们说来，他们的家境是很清贫的，那么最好是送他们钞票，在他们得到之后也可以实惠一点儿，你说我这意思对不对？”

“送钞票？我说不大妥当。因为他们家境虽穷，志气却很高，对于金钱两字，并不放在心上，不是城市里一班见钱眼开的人们所可同日而语的。”

宇瑞摇了摇头，表示送钱给人家恐怕人家不会接受的意思。世万听了，却有些不以为然的神气，想了一会儿，说道：

“那么你的心中以为送什么给他们比较好呢？”

“这些事情，回头慢慢地再商量好了。瞧瞧这两个孩子的人，还像什么样子呢？还是快到浴间里洗浴去吧。”

郑太太不及宇瑞细想，就催两人去洗浴。他们姊弟两人被母亲一提醒，也觉得怪腌臜的，遂点头说好，匆匆地到浴间里去了。世万待他们走后，向郑太太望了一眼，说道：

“我想不到伟荣这个孩子竟然是这样地不知好歹，其实你想想我提拔的恩惠，你也不该丢了他们自己逃性命呀！所以人心总是难测的，我觉得这人太没有良心了。”

“可不是？不过说起来，也是他自己没有福气，现在宇瑞见了他，心里哪里有什么好感呢？”

两夫妇正在说时，阿贞前来报告，说表少爷、表小姐来了。世万听了，甚为生气，只见伟荣、月珍垂头丧气地走进来，世万不等他们开口，便瞪着眼睛喝道：

“你们两人还有什么脸前来见我？要知道我年已半百，生平只有一儿一女，你们要害死他们，也不该用这一种手段呀！真是狼心狗肺，太没有情义了！”

“这是你们太以聪明了，开了汽车到局里来讨救兵，要知道猛虎真的扑到我这两个孩子的身上，等你们来救，是否还能够来得及吗？哼！是你们想出来的好法子，要到这种危险的地方去打猎，你们明明是存心不良，要想害死他们，我问你们两个人到底有没有心肝的呀？你说，你说说看！”

郑太太也气得全身发抖似的，连说话都有点儿气喘的成分。伟荣、月珍吃了这一顿排头，两人的脸红得连耳根子都发赤色了，但是他们在无可分辩的情形之下，也只好来一下子苦肉计。两人不约而同地向世万夫妇跪倒在地，却掩着脸哭泣起来了。世万见他们这个情景，一时倒愣住了，要想责骂，也有点儿骂不出来了，但郑太太反而更加生气地说道：

“这……这是什么意思，你们不要这个样子，我们还没有死哩！”

“伯父，伯母，你们老人家千万不要生气，我们假使有陷害表弟、表妹的意思，那我们将来绝没有好死的地步。总怪我们都是年轻人，一吓便吓糊涂了。不过我们本来是一同逃跑的，也不知在什么时候，我们竟瞧不见了他们两个人，因为我们无法找寻，所以只好想出这一个办法来了。”

伟荣是哭丧着脸，一面趴在地上，连连地叩头，一面便急急地声辩着。月珍是真的流起眼泪来，她跪在地上，也抽抽噎噎地哭泣道：

“伯父，伯母，我们并没有故意地要害他们，这实在是冤枉的，你们老人家千万饶了我们这一遭吧，实在是我们急糊涂了的缘故。”

“好了好了，事情已经是过去了，你们有意的也好，无意的也好，总而言之，你们不该丢了他们，自管坐了汽车回来，这就是你们绝大的错误。现在我也不来怪你们，只要宇瑞、宇华见你们不生气，也就罢了。”

世万因为阿贞等仆婢都在旁边，似乎也应该给他们留一点儿脸颜，于是叫他们都快快地起来。阿贞见了他们这副丑态，心中又好笑又好气，遂匆匆地前来告诉宇瑞。宇瑞和宇华都已洗好了浴，听了阿贞的话，姊弟两人便暗暗地商量起来。宇瑞对宇华低低地问道：

“弟弟，回头我们见了他们，还是理睬的好，还是不理他们的好?”

“当然不要理睬，这种自私的黑心人，我恨不得打了他们两个耳刮子呢!”

“不，弟弟，我说你不要火气太大，一个人要有忍耐，还是装作没事的样子，和他们客客气气的好。因为他们是小人之心，和他们结了怨，说不定他们会害我们的。”

“姊姊，我说你的胆子也太小了，他不过在警局里做一个小职员，况且还是我爸爸给他介绍的呢，难道还怕他有什么法力来害我们不成?”

“不是这样地说，我以为和他们客客气气的好，心中要恨他们，也不必恨他们到脸部上来，你说我这话对不对?”

宇华于是不再说什么，遂点了点头，和宇瑞一同走到上房里来。伟荣兄妹见了他们，脸先是一阵绯红，而且心里也会别别地跳跃起来，要想声明几句，但却又说不出口来，因此怔怔地愕住着。世万对他们骂过算了，把这件事情当然不会老放在心上，遂丢过一旁，走到里面套房里去抽大烟了。待世万走后，伟荣、月珍方才向两人低低地解释，并且还带有些求饶的成分。宇瑞有气装无气，含笑说："事情过去了，我们还是不要再提了。"不多一会儿，厨下开上饭餐，世万抽完大烟出房，大家坐下吃饭，在吃饭的时候，世万又把今天的事借题发挥了一大套，说一个人最要紧是见义勇为，尤其是你们公务员，更不应该稍遇困难便先要紧地逃命，这是最最可耻的，把伟荣滔滔地教训了一顿。伟荣不敢说半句不字，唯唯而已。

饭毕，宇华先匆匆地回到他的卧房来，坐在写字台旁，开亮了一盏台灯，抬头望到窗外的天空，这时已变成碧蓝的颜色。在那株高大银杏树的顶尖上露了一个光圆的明月，它那清辉的光芒照映着大地，使院子里的树木都隐隐约约地显露出来。宇华觉得那个月亮冰清玉洁得像一个朴素的村姑，虽然并没有华丽的装饰，但自有一股子清秀脱俗妩媚可爱的成分，她有真性情流露，她有真博爱表现。因为月亮而又想到了燕飞，她实在不是一个普通的村姑可比，我和她在半山上谈了许多时候，在她的谈吐之中，更可见她是一个不平凡的女性。不知怎么的，我一见了她，我就有爱上她的意思，不过她对我这种柔情蜜意的样子，至少也有一点儿爱我的成分，假使我们真的有和明月那么团圆的一天，我的心中是多么甜蜜呀！宇华一个人满面含了笑容，正在痴痴地暗想，忽然身后有人轻轻地一拍，而且又柔声叫道：

"表弟，你……你……一个人在想什么呀？"

"想什么不想什么，你用不着来问我！"

宇华回头一见是月珍，遂把笑容收起了，板住了面孔，冷淡地回答。月珍碰了他这个钉子，并不表示灰心，她是存心有一种计划来克服宇华的，于是低低地又说道：

“表弟，你何必这样冷淡的态度来对付我呢？可怜我是个弱女子，我也没有办法呀！说起来都是我哥哥不好，我原不肯走，说总要等表姊、表弟也逃下山来，然后一同坐车回家。但是我哥哥又说，猛虎比不了别的小动物，我们手无寸铁，怎么是它的对手？所以还是先去报了警局，带了警士再来援救岂非是好？我一时急糊涂了，所以竟认为哥哥的意思不错。唉，这原是我太糊涂了，表弟，你也可怜可怜我，就饶我这一遭吧！”

“其实也没有什么饶不饶的必要，根本你们是很有互助的精神呀！去报了警局来救我们，我认为这就是你们太有义气了。”

“够了，够了，表弟，你说这些话来挖苦我，我觉得你还是打我两记比较痛快。唉，我是有着一番真心的爱，我恨不得把心挖出来给你看，你就知道我对你这一份样的真爱了。表弟，你假使一点儿不肯谅解我的话，我情愿死在你的面前。”

月珍一面说，一面已扑簌簌地落下眼泪来了。宇华对于她的伤心，是并不感到一点儿同情，反而冷冷地笑起来了，用了轻视的目光，向她淡漠地逗了一瞥，说道：

“你要死在我的面前？哈哈，哈哈！你真的不怕死吗？”

“我死在我心爱人的面前，虽死也很安慰、很瞑目的了。”

“我觉得你这又何苦做这一出好戏文来给我看呢？你不肯和我被猛虎一同咬死，却情愿一个人死在我的面前，哼，你太矛盾了。这种话请你不必说，我不是三岁的小孩子，你为什么要这样地捉弄我？你为什么要这样地来欺骗我？对不起，表姊，我不能再忍耐下去了，恕我没有礼貌，你给我立刻离开这个屋子。”

宇华心中是愤怒极了，他猛可地站起身子来，睁大了眼睛，怒气冲冲地说。说到末了，他把手指向门外直指，是叫她出去的意思。月珍从来没有在男朋友面前受到这样的委屈，今天在这位表弟的面前，实在还只有破题儿第一遭，一时万分丢脸之下，又觉得万分痛苦，她倒在那张长沙发上便呜呜咽咽地哭起来了。宇华被她一哭，一时倒沉默了一会儿，因为月珍耸着两肩哭得好像非常伤心的样子，他倒有些懊悔自己不必过于愤激的态度去对付她，现在被她哭闹起来，这岂不是自己找麻烦吗？觉得姊姊高了我几岁，到底比我有见识得多。这就慢慢地挨近了过去，在她身旁坐下，拍了拍她的肩胛，说道：

“表姊，我想你是一个交际广阔的女子，何必喜欢在我的跟前自寻烦恼呢？不要哭了，哭坏了身子，这是你自己受痛苦，别人不会给你有丝毫的痛痒。”

“不，我为我心爱的人而受痛苦，我觉得是上算的。即使甚至于是死了吧，我也认为是太值得了。表弟，你难道还始终不信任我吗？”

“你说这几句话，我觉得代替你羞耻。表姊，我请你把头脑弄清楚一点儿吧！因为你把我当作目标，这是你的错误，而且你始终会感到失败的。”

宇华见她抬起头来，把身子靠近了自己，泪眼盈盈地望着自己脸，还是十分肉麻的口吻说，一时觉得好笑，他坐正了身子，显出那样严肃的态度，冷淡地回答。月珍却使用她最后的一个步骤，猛可抱住了他的脖子，把小嘴儿吻到他唇上去。宇华虽然是竭力地挣扎，但月珍抱得太紧了，使他没有抵抗的能力。良久，才恨恨地推开了她，说道：

“表姊，我觉得你这种举动不像是一个女子。”

“不管你恨我，你谩骂我，我总没有停止我的爱你。表弟，日久见人心，你慢慢地总会知道我。”

“我知道，我明白，你的心我已经明了得太彻底了。”

宇华站起身子来，用了讽刺的口吻，淡淡地回答，他望着天空中的明月，身子一步一步地走到桌子旁去。月珍正欲跟上去，还有所表示，谁知阿贞匆匆地前来，说表少爷要回去了，表小姐走不走？

宇华慌忙代答道：

“是的，表小姐也早已说要回去了。”

“好，表弟，我们再见。”

月珍没有办法，红了脸，至少有些怨恨的口吻向他点了一下头，便匆匆地出房去了。宇华待她走后，方才透了一口气，觉得全身是轻松了许多。

第二天早晨十一时光景，宇瑞叫阿三开汽车去接黄家母子三人，宇华说阿三不知道她家的院子，还是我坐着亲自去接他们。宇瑞见弟弟特别兴奋的样子，遂也表示赞成，于是宇华坐上汽车，便匆匆地走了。

汽车到了黄家，时候已经十一时半，他们兄妹两人早已打扮好了。志豪穿了一条白帆布的短裤，上面白府绸翻领衬衫，下面一双白皮鞋，因为他身上生得雄伟，更显得英气勃勃的样子。燕飞的头发好像特地用什么铁钳子烫过了，她穿了一件湖青爱国布的旗袍，一双雪白的纱袜，鞋子和旗袍一样的料子，还有八分新的成分。因为她打扮得有点儿像学堂里女学生的模样，更显出一种俭朴秀丽的风韵，一时向她呆呆地瞧望了一会儿，却没有说出什么话。倒是燕飞秋波斜乜了他一眼，低低地笑道：

“对不起，还要郑先生亲自劳驾，这叫我心中真有些过意不起。”

“哪里哪里，我来迟了一步，倒累你们等候了许多工夫，真对不起。伯母呢？她老人家可曾舒齐了吗？”

宇华这才清醒过来似的，含了微笑，慌忙向她低低地问。志豪搓了搓手，表示有点儿抱歉的样子，低低地说道：

“家母有些不舒服，她说有我们兄妹两人去了也就罢了。她虽然没有吃上这一顿饭，但是她比吃了还高兴、还感激。”

“哦，这就太不巧了，伯母睡着吗？我去望望她老人家。”

宇华听了志豪的话，蹙了眉毛，表示心有遗憾的样子说。志豪、燕飞遂引宇华到房里来，只见黄太太果然睡在床上。宇华轻轻地走到床边，叫了一声“伯母”，黄太太似乎要坐起床来，但却被宇华阻止了，说道：

“伯母，你身子既有些不舒服，你还是躺下来吧。别客气，我也不是外头人。”

“郑先生，你的盛情很真挚，我心里真有说不出的感激你。时候差不多了，不能让你府上久等，你们还是去了吧。”

黄太太含了微笑，低低地说。宇华于是和她告别，走出房来，他见燕飞一个人在前面，遂把袋内摸出一样东西，偷偷塞到她的手里。燕飞低头一看，见是一张中国银行十元钱的钞票，一时倒愕住了，忙问他这是什么意思，宇华轻轻地说道：

“昨天累你损失了一捆柴枝，我不是预先跟你说算卖给我了吗?”

“郑先生，你这举动太使我不高兴了，你以为我是贪钱吗? 即使你要算得那么清楚，这一点点的柴枝也绝不值十元钱，那可不是檀香呀!”

宇华见她脸上至少含了一点儿怨恨的样子，同时她的话是言在意外，因此只好把十元钱又很快地收了回去。这时，志豪从后面跟出来，宇华和燕飞也就不再说什么话了。三人步出院子，跳上汽车，阿三遂拨动机件，向城里开去了。

汽车到了郑公馆，直达大厅，志豪兄妹见这一份儿气派，知道是个大富之家。这时，宇瑞在大厅前石阶上早已笑盈盈地恭候了，她不避什么嫌疑地先向志豪握手，然后又向燕飞亲热了一会儿。大家到了客厅坐下，里面已摆了银台面，仆妇们送上香茗，不多一会儿，世万夫妇从里面出来，宇瑞给他们介绍了。志豪兄妹很有礼貌地向世万夫妇鞠躬行礼，郑太太见兄妹两人生得一表人才，容貌不凡，十分欢喜，遂向他们问长问短地问了起来。志豪兄妹也小心地回答，谈了一会儿，大家便入席了。因为座上没有善饮的人，所以这餐饭吃得不算慢。饭后，志豪兄妹因为母亲病在家中，一个人不大放心，所以便欲告别回家，世万叫阿贞取出许多礼物来，送给他们兄妹两人，志豪、燕飞坚持不受，说酒醉饭饱，已经是不胜谢谢了。世万没有办法，也只好罢了，一面叫阿三把汽车送他们回家，一面亲自送他们上车，方作别而去。

宇华自从燕飞走后，他便日夜思想，意欲向母亲吐露自己爱上了燕飞的意思，但又怕难为情说出口来，在这样的情形之下，他不免是恹恹地生起病来了。

第七回

知女身有托瞑目九泉

宇华睡在床上，一病就病了四五天，他昏昏沉沉的，饭也不想吃，茶也不想喝，精神是非常衰颓。世万给他请医诊治，医生按他脉息，也看不出有什么大毛病，不过医生总要说一点儿病源来，否则还做什么医生呢？所以他认为是由感冒而转变小伤寒的底子，遂胡乱地开了一张草头药方，好在总是吃不坏的，但宇华也不想喝药，只是昏迷不醒地熟睡。宇瑞见他这样样子，心里十分奇怪，这天便悄悄地走到他的卧房里来，只听卧房里好像有人在谈话，于是停步不前，在房门口细细偷听，似乎宇华在长吁短叹，喃喃地念道：

“唉！这……这……叫我如何对父母说出口来呢？因为他们的思想还是那么陈旧，说什么门当户对方才是美满姻缘。其实两性的结合，只要情投意合，贫富根本有什么计较呢？燕飞，你是一个可爱的姑娘，是我理想中的伴侣，况且又是我救命的恩人，所以我无论如何也忘不了你。你……几时能投入我的怀抱呢？”

宇瑞在房门外听了弟弟这几句话，心中方才有个恍然大悟，原来弟弟是在患相思病，这就无怪了。于是悄悄地走进房来，挨近床边，低低地叫道：

“弟弟，你……到底有什么病痛呀？姊姊不是外人，你快对我告诉吧。”

“你是谁？啊！你是燕飞，我亲爱的，我真想死你了！”

宇华突然听了女子的声音，一时也来不及辨清楚这是谁的容貌，他猛可地把宇瑞抱到怀内，却是紧紧地抱住了。宇瑞见弟弟神志昏迷到这样地步，一时又好气又好笑，遂伸手去抬他的下巴，低声儿笑道：

“弟弟，你仔细地把我认一认吧，我是谁？我是你的姊姊呀！你快不要弄错了。”

“啊！真的，你是姊姊，你……”

宇华被她一说，这才如梦初醒般地涨红了脸，显出无限羞惭的神情，连忙放了姊姊的身子，他颓然地又倒向床上去，再也说不出什么话来了。宇瑞却偏去捧过他的脸，瞅住了他哧哧地笑起来，说道：

“弟弟，你现在可把心事全都说出来了，原来你是为了燕飞姑娘而生病的，那么你干吗不老早地对我姊姊说呢？也许我做姊姊的可以帮你的忙。”

“帮我的忙？真吗？可是爸爸和妈恐怕不答应，因为他们是乡下人，家境又不好。唉，我为什么要做财政局长的儿子呢？”

宇华听了姊姊的话，先表示无限惊喜的样子，接着他深深地叹了一口气，又不免自怨自艾起来。宇瑞想不到弟弟竟痴心得这个样儿，遂忍不住又扑哧地笑起来，说道：

“弟弟，你不要焦急，你也不要怨恨，姊姊说帮你忙，当然有办法可以说服爸爸和妈妈的。你放心，好好儿地休养，我此刻就给你去说。”

“姊姊，你肯这样地爱护你的弟弟，我的心中实在太感激你了，我也没有什么可以报答你，我只希望姊姊将来得一个称心如意的好夫婿。”

“弟弟，瞧你这张贫嘴，我帮了你的忙，你还来跟我开玩笑，真是好人做不得，狗咬吕洞宾。”

“啊呀，姊姊，我这一番诚心也不是美意吗？你还骂我，那就太冤枉我了。”

宇瑞听弟弟还这样说，这就啐了他一口，恨恨地逗给他一个白眼，便笑嘻嘻地走出房外去了。宇华连忙又把她叫住了，宇瑞回身问他做什么，宇华笑嘻嘻地央求她说道：

“姊姊，你难道生气了吗？那么你到底帮不帮我忙呢？”

“我为什么要生你的气？我此刻不是就帮你的忙去吗？”

“亲姊姊，好姊姊，我生生死死总不会忘记你的大恩。”

“别说这些好听的话了，以后就少给我怄气也就罢了。”

宇瑞笑了笑，秋波逗给他一个娇嗔，这回便真的走出房外去。宇华心灵上似乎得到了无上的安慰，一连串地只管说谢谢。宇瑞到了上房里，世万和郑太太都在房内，他们好像皱了眉毛，都有点儿忧愁的样子，见了宇瑞，郑太太先轻轻地叹了一口气，低低地说道：

“阿瑞，你弟弟好好儿的忽然会生起病来，到现在也有四五天光景，我早晨去望他，看他兀是昏昏迷迷的神气，所以我心中真感到有些忧愁。”

“并不是我样样都说外国货好，就是医生吧，也是西医有道理。中医总归死样怪气，看他喝药像喝水似的，一些起色都没有，比不得西医，无论什么病，一针见效，所以阿华要如明天再不转好一点儿，我非调换西医诊视不可。”

世万听了，似乎有点儿嗔怪医生没有高明医理的样子，他吸着雪茄烟，表示他明天就要实行他新的主意。宇瑞在一旁坐下了，一本正经的神气，摇了摇头，低低地说道：

“我看弟弟这毛病实在有些危险，恐怕一时里就不会好起来。”

“啊！照你说起来，难道他这毛病是拖长的吗？”

世万和郑太太听女儿这样说，大家都不约而同地“啊”了一声，惊奇起来，看他们脸部的表情，显然是十二分着急。宇瑞还是平静了脸色，十分正经地说道：

“不过这毛病拖长了，要如入了骨的话，恐怕就没有救的了。”

“阿瑞，你越说越不对了，这话是什么意思？你弟弟患的到底是什么病症呢？你快点儿告诉我，我想北平的医生也很多，难道就没有办法把他医治好了吗？”

世万急得跳起身子来，因为宇华是他唯一的独生子，这好像是他的命根一样，当然他是十分忧愁。宇瑞却摇摇头，微蹙了两条细长的眉毛，说道：

“我弟弟这个病，说轻是很轻的，但说重也是很重的，不但北平城的名医没有用，就是全中国而甚至于全世界的名医，恐怕也是医治不好的了。”

“阿瑞，你不要胡说白道，难道阿华就这样地完了吗？”

郑太太也急急地说，在她说话的语气中多少还包含了一点儿埋怨她不该咒念的成分。宇瑞瞟了他们一眼，这会子却又轻快地说道：

“爸爸，妈，你们不要着急呀，天下无医不好的毛病，只要是病，就有办法医治的。”

“你这话就对了，可是你当初就不该拿这些不会好了的话来唬我。”

“爸爸，我并不是唬你，不过弟弟这毛病，除了一样东西能医好他外，其他药石是根本一点儿也不中用的了。”

“这是一样什么东西呢？灵丹妙药吗？”

“当然是灵丹妙药，而且整个的世界，就是这一味药才有用。”

“那么能不能够立刻办到呢？”

“办是容易办得到的，但这里有一个问题……”

“什么问题？一定很贵是不是？不过为了救治阿华的病，就是牺牲了我全部的家产，我也甘心情愿的。”

“贵倒并不贵什么，而且根本不必花什么钱，只怕你们不喜欢。”

“啊呀，你这话越说越混账，不花钱能救治儿子的病，这个我还有什么不喜欢的吗？阿瑞，你从前说话总是爽爽快快的，为什么今天却吞吞吐吐起来了？”

“真的，阿瑞，我觉得其中有些缘故了，你还是详详细细老实地告诉我吧！”

宇瑞见爸妈都急得有点儿迫不及待的这神气，方才笑了一笑，她用了很俏皮的口吻，低低地说道：

“我老实地说了吧，弟弟患的是心病，你想，心病除了心药之外，还有什么药石能见效呢？”

“哦！”

“哦！”

两老不约而同地“哦”了一声，可是却没有说什么，似乎静静地等待宇瑞再告诉下去。宇瑞理会他们的意思，便笑了一笑，接下去说道：

“爸爸，妈，你们以为弟弟是在想什么人呢？”

“我也不知道呀，才莫名其妙的。阿瑞，你既然晓得，快说吧！”

“就是前天来我家吃饭的黄小姐，弟弟说她是救命恩人，所以心中更念念不忘地感激她了。我说黄小姐今年十七岁，比弟弟小一年，论容貌年龄，倒实在怪相配的一对。”

宇瑞趁此机会，便竭力地从中赞助，她是还有一层与人方便即与自己方便的意思，所以她要玉成弟弟这一头婚姻。郑太太先接口说道：

“人才果然是很不错，生得娇小玲珑，可人可爱，就只不过家境差一点儿，所以这未免是个缺点。”

“可不是，我也这样地想。因为我家到底是个有地位的人，虽然不是什么国府要人，但到底也是堂堂的财政局长。假使被外界知道我们娶了这样一个贫穷人家的姑娘做媳妇，那不是要被人家当作一件笑话讲吗？”

世万反背了两手，口里吸着雪茄，只管在室中来回地踱步，显然有些踌躇不决的意思。宇瑞心中是早已料到这一层的，于是淡淡地一笑，很俏皮地说道：

“自古以来，‘门当户对’这四个字，在双方做家长的心里对于这一点大家确实是非常注意，认为门不当户不对，纵然是郎才女貌，两小口子情投意合，也认为这不是一头美满的姻缘。但反转来说，只要门当户对，大家有财有势，不管男方是傻子，或是女方是跛子，也觉得这是天经地义的一对好姻缘。这么一来，在封建思想的婚姻束缚之下，真不知牺牲了多多少少的青年子女呢！不过对于弟弟这件婚事，你们要弄清楚，他患的是相思，相思病除了心药可医之外，否则就有性命送掉的可能，不但可能，完全可以保险。所以我要问爸妈，是为了顾全外界笑话要紧，还是为了顾全弟弟的性命要紧呢?”

“这个……倒叫我有些左右为难了。”

世万听了女儿这一番话，真的把他问住了，他皱了眉，很有点儿委决不下的神气。郑太太是爱儿子若珍宝，为了儿子的生命关系，她便急了起来，说道：

“这有什么左右为难呢？我问你，阿华要如有了三长两短的话，我们再到哪里去找一个亲儿子来呢？所以我说只要能够医治阿华的病，就是他爱上了一个叫花姑娘，我也管不得许多，只好去娶她来做媳妇了。不过我的意思，别人家做父母的心中是否肯把女儿嫁到我家来，这倒是一个问题呢。”

“爹妈倘然不嫌人家贫穷的话，我倒可以给弟弟去做媒，凭我那张会说话的嘴，他们一定会答应的吧。”

“也好，那么你马上就去一次，前天送给他们的礼物，他们一定不肯接受，我想你今天亲自再带了去吧，送到他们家里，总不好意思再退回来了。”

郑太太对于宇瑞的话表示十分赞成，一面想起了礼物，又低低地叮嘱。宇瑞暗想：空手到人家那里去，原不大好意思，当下连连说好。世万这时也没有什么主意，坐在沙发上，也只好随她们母女两人去干的了。

宇瑞坐了汽车，匆匆地到了志豪家里。在院子门口，齐巧遇见志豪匆匆地出来，宇瑞连忙向他招呼了，阿三把许多礼物拿下车厢，宇瑞吩咐阿三拿进屋子里去，一面和志豪握手说道：

“黄先生，你预备到什么地方去?”

“郑小姐，我不到什么地方去，你干吗又把这些东西亲自送了来？那不是太客气了吗？快请里面坐吧。”

志豪故意摇摇头，一面回答，一面已和宇瑞步入屋子。宇瑞见阿三已把礼物放在桌子上了，遂对他吩咐道：

“你到外面去等着吧。”

“小姐，是。”

“妹妹，妹妹，你快出来呀，郑小姐来了。”

志豪待阿三走后，他便向屋子里高声地叫喊。不多一会儿，就见燕飞从房里走出来，她把手还在拭着眼皮，但却又满显笑容的样子，叫道：

“郑小姐，难得你请过来，啊！你怎么又来这一套了？我们不好意思接受这些礼物的，你们也太客气了。”

“黄小姐，我们快变成自己人了，你又何必这样客气呢？咦？你……怎么脸带泪痕？我还没问伯母的病到底怎么样?”

燕飞见到桌子上的礼物，遂又转变了话锋说，宇瑞开头这一句话是带的俏皮的成分，但燕飞一时里却听不出其中的意思来，所以却毫无一点儿表示，但宇瑞这时却瞥见到燕飞脸上留了丝丝泪痕，她不免又惊奇地问。燕飞有些凄凉的口吻，低低地说道：

“我妈这四五天来的病势却只有加重，而且神志也不大好。”

“那么该请个大夫瞧瞧呀！黄先生，我说你别到什么地方去了，还是坐了我汽车到城里去请大夫吧！”

宇瑞说到末了，回头又向志豪望了一眼说。志豪却摇头说道：

“昨天已请过大夫来诊治，我妈不肯再请了，她舍不得钱。”

“唉！年老人总是这个样子，黄小姐，你陪我进去望望她老人家。”

宇瑞轻轻地叹了一口气说，燕飞遂陪她进房，走到床边，宇瑞见黄太太躺在床上，闭了眼睛，有点儿昏沉沉的样子，遂低低地叫道：

“伯母，你……觉得什么不舒服呀？”

“哦，你是谁？”

“妈，她是郑小姐呀，你怎么忘了？”

“是的，我没有忘，郑小姐，累你老远地跑了来望我，叫我心中真过意不去。”

燕飞见母亲虽然是睁开眼睛来向宇瑞望了一眼，但她却有些糊涂的神气，这就在旁边向她连忙提醒了一句说。黄太太方才想到了似的，她有点儿抱歉的成分，还向宇瑞微微地一笑。宇瑞见她这一笑的神态，简直是带着哭的样子，可见黄太太的病势原是很凶险的了，因为人家的母亲病得这么厉害，一时对于自己这一件弟弟的婚姻问题，却再也说不上口来了，站在床边，倒是怔怔地愕住了一会子。但黄太太说过了这两句话，她的精神相当倦怠，闭了眼睛，却不再招呼她了。宇瑞遂也不再去惊动她，乌圆眸珠一转，拉了燕飞的手，走到窗口旁来，低低地说道：

“黄小姐，我看伯母的病确实是很沉重了，所以我的意思医生是非请不要的。我们不能管她老人家要看不要看，做了女的似乎应该要负一点儿责任，你此刻跟我到城里去跑一趟，我给你请好了医生，你们再坐了我的汽车回家来吧。”

“郑小姐的话虽然不错，但是……”

燕飞听了她的话，点了点头，口里虽然是这么地回答，但她的两颊却像玫瑰花朵般地红了起来，说到“但是”两个字的时候，却又支支吾吾地说不下去。宇瑞原是一个聪明的姑娘，她似乎已经理会燕飞的意思了，遂向她耳边低低地说了一阵，但燕飞的脸更红了，而还有些惭愧的颜色，说道：

“那……算什么呢？我们也太不好意思了。”

“黄小姐，人类应有互助的义务，想你们兄妹救了我们姊弟的性命，此恩此德，没齿难忘。今日请个医生给伯母看病，这也是我们做小辈的分内之事，所以根本用不到这‘不好意思’几个字的。黄小姐，不，我们亲热一些，算我虚长了你几年，就叫你一声妹妹。妹妹，我们快点儿走吧！”

宇瑞一面说，一面已拉了她的身子向房外走。志豪在堂前见她们急急地走出来，便忙问她们上哪儿去，宇瑞代为答道：

“黄先生，我和燕妹一同到城里请医生去，你不要走开了，伴在伯母的身旁，好在不多一会儿，医生就可以请来的。”

“请医生去？我想……”

志豪还没有说完他要说的话，宇瑞拉了燕飞已走出院子外去了，跳上了汽车，阿三已向前开了去。两人在坐进车厢之后，宇瑞拉了燕飞的手，轻轻抚摸了一会儿，望着她的粉脸，忍不住微微地一笑。燕飞觉得有些奇怪，遂凝眸含颦表示有点儿猜测的样子，低低地问道：

“姊姊，你笑什么呀？”

“我笑你此刻和我一同到城里去请医生，医你母亲的病，可是有一个人也生了病，却要妹妹去给他医治医治。”

“姊姊，你这话我可有些听不懂，我不是做大夫的，我怎么会医人家毛病呢？假使我能医病的话，母亲也不会病得这么厉害了。”

燕飞听宇瑞这么说，简直有点儿弄得莫名其妙，一时呆呆地愕住了，向她惊奇地问。宇瑞笑起来了，她用了俏皮的语气，低低地说道：

“妹妹给人家医病是用不到开药方吃药剂的，只要你肯发发慈悲心，那么对方的病人就马上会好起来的。”

“我真不明白谁生了那种怪病，但我从生以来没有给人家治过病，恐怕我是无能为力的。”

燕飞到底还是一个十七岁的小姑娘，当然她还有一颗天真无邪的童心，所以她还不明白究竟是怎么的一回事，表示自己无力胜任的意思。宇瑞抿了嘴，忍不住哧哧地笑了起来，低低地说道：

“我老实地告诉你吧，是我弟弟生了病，他四五天来，茶饭不思，终日昏沉沉地躺在床上，看样子比你母亲的病势还要厉害。”

“他……他……怎么会病的呢？”

燕飞方才有点儿感觉到了，她的粉脸益发红晕起来，在没有什么可说之下，而勉强地这么问了一句，但宇瑞倒也很爽快地索性说道：

“还不是为了你吗？假使不是为了你的话，我也不会请你去医病呀！”

“可是，我不……”

“你不？你不什么？你不愿意医我弟弟的病吗？老实地说，我弟弟这病除了你之外，就是灵丹妙药也医不好他的了。妹妹，你不能心肠这样硬，难道你眼看着一个很有学问、很有才貌的青年活活地为你而想死吗？这你也未免太以残忍的了。”

“姊姊，因为我是个没知识的小女孩，我实在有点儿怕。”

“你怕什么？你别说孩子话了，只要你安慰他几句，你答应了他，我弟弟的病马上就会好起来的，一切只要你肯受一点儿委屈。”

“受一点儿委屈？我真不知该怎么样地受委屈才好。”

“你担心吗？只要你肯答应嫁给我弟弟，做我的弟媳妇，不是完了吗？”

“这个……”

燕飞在当初确实不知道该怎么样地受委屈，所以她觉得有点儿害怕和担心，现在听宇瑞这么地说，一时她那颗芳心里不免充满了喜悦，但羞涩也已渗入了她整个的心房，使她垂了粉脸，说了“这个”两字，便再也说不上什么话来了。宇瑞待要再向她追问，但汽车已到了公馆门口，门房间里开了大铁门，汽车遂直达大厅去了。

燕飞由宇瑞陪伴到了上房，先见过了世万夫妇，此刻两老见了燕飞那种幽静贤淑的态度，把她的贫穷已忘了大半，心中十分欢喜，叫宇瑞赶快陪她到宇华的卧房里去了。

宇华因为由阿贞的报告，早已知道燕飞已到家中的消息，所以他这个怪病会好了一大半，精神也振作起来。此刻靠在床栏旁，见她姊姊陪着燕飞进来，他满脸堆了笑容，先叫着道：

“黄小姐，对不起，劳你的驾来望我，真叫我心里感激得很。”

燕飞因为已经知道他患的是相思病，而且想的又是我自己，所以她在跨入这卧房的时候，她那颗芳心已经是跳跃得很剧烈了。此刻被他一招呼，自己一时里倒反而回答不出什么来好了。宇瑞很识趣地笑道：

“弟弟，你不必再叫黄小姐了，因为我和她已认作了姊妹，那你也尽管可以亲亲热热叫一声妹妹了。我不奉陪了，你们谈谈吧。”

“姊姊，你……”

宇瑞一面说，一面翻身匆匆地就走。燕飞连忙回身去追，叫了一声“姊姊”，但宇华却急急地叫住了她，说道：

“黄小姐，你别走呀！我好容易地盼望到了你，你快来给我多看上一会子吧！”

“郑先生，你好好儿的怎么会病的?”

燕飞听他这样说，也可见他是痴心到这一份样儿的程度了，于是情不自禁地慢慢地挨近床边来，向他一撩眼皮，竭力镇静了态度，装作毫不知情地低低地问。宇华握了她的纤手，好像得到无上安慰的样子，他见房中没有第三个人，遂厚了面皮，老实地说道：

“唉！黄小姐，我为你病得快要死了，你还来问我?”

“可是我一点儿也不知道。”

燕飞听他叹了一口气，这两句话至少是包含了一点儿怨恨的成分，这就柔情脉脉地逗了他一眼，表示歉意地回答。宇华诚恳地又说道：

“那么你现在总该明白了，知道了。我不怕难为情地说，我爱你，我要娶你做妻子。黄小姐，你能够答应我吗?”

“这问题……不是我一个人所能解决的。”

“黄小姐，你不要说别人的，这是我们两人的事，应该由我们两人自己先解决。第一，我问你，我爱你，你能否接受我的爱?”

“在我本身而说，我当然乐而接受，不但是这样……而且……我简直是太高兴、太欢喜了。”

“既然你和我有同心的爱，那么这头婚姻问题根本就可以解决了。”

“但是此外的问题也不少。一则，你父母是否要我这么一个贫苦人家的女孩子？一则，我是个有母亲的人，我不能自己做主。”

“我的父母绝对没有问题，因为他们只有我一个独生子，他们为了我的生命，他们无论如何会答应的。至于你要问过你的母亲，我觉得这是你一片孝心，不过我的猜想，一个慈母谁都疼爱她的子女，当然也绝对不会有反对的理由。黄小姐，我叫你一声名字，燕飞，你说对不?”

“你的猜测或许是对的，不过我还有一点儿担心。”

“你还担心怎么呢?”

“我怕一个有钱人家的公子，他的爱是捉摸不定的，所以我虽然欢喜着目前，但我却忧愁着将来。”

“你这话难道怕我将来会变心吗?”

“嗯，还不是为了说不定吗?”

“燕飞，我要如有抛弃你的行为，马上天诛地灭，打入阿鼻十八层地狱，永远不得超生。”

“郑先生……”

“不，请你改口。”

“宇华，我相信你了。”

燕飞说完了这一句话，她情不自禁地倒入他的怀抱里去了。宇华抚着她的头发，他内心是甜蜜得像吃一块儿糖，忍不住也得意地笑起来了。不料正在这时，忽听一阵哧哧的笑声，两人连忙坐正了身子，回头去看，原来宇瑞已走入房中来了，她笑盈盈地说道：

“你们的谈判很爽快，我认为非常地赞成，不过你妈那里，当然又得我做姊姊的去跑一趟了。”

“好姊姊，亲姊姊，你帮助弟弟，弟弟心里是很明白的。”

“真是厚皮。”

“姊姊，我该走了。”

燕飞见他们姊弟两人说着笑话，一时好觉得难为情极了，遂低低地说了一句，表示要走的样子。宇华听了，急道：

“才来了一会儿，怎么就走了？”

“因为我母亲也生了病，而且很不轻。”

“不错，妹妹，我此刻该和你请医生去了。”

宇华听姊姊也这么地说，于是不再劝留，眼望着她们匆匆地走出房外去了。约莫半个钟点之后，宇瑞回来了，见宇华已起床了，靠着窗口纳凉，这就忍不住笑道：

“弟弟，你也好得太快一点了。”

“不，我睡腻了，站起来活动活动，透透空气。姊姊，你给她请了医生没有？”

“请了，我叫阿三把汽车送他们去，回头再送医生回城，我因为很乏力，这回没有一同去。”

“姊姊，爸爸和妈的意思怎么样呢？”

“只要你身体好起来，什么事情全都依你的。”

“那么过几天还得劳驾姊姊到她家中去一次。”

“你自己心中明白，但千万给我争一些气。”

“遵命，遵命！”

宇华很服帖地向她鞠躬行礼，他是一味地奉承。宇瑞见他还有这一下马功，遂逗给他一个娇嗔，却忍不住嫣然地笑起来了。

匆匆过了三天，宇瑞又坐汽车到黄家去，这真是意想不到的事情，却不料黄太太的病势是已经到了奄奄一息的时候了。只见志豪兄妹两人围在床边，大家都在扑簌簌地流眼泪，见了宇瑞到来，燕飞拉住了她，忍不住已哭出声音来了，说道：

“姊姊，我的妈恐怕已不中用了。”

“啊！真吗？哪有这么地快？”

宇瑞被她一哭，一时也忍不住流起泪来了，一面挨近床边，一面向黄太太望了一眼，见她一口气一口气地在叹出来，她心中十分悲酸，遂哽咽着喉咙，叫道：

“伯母，伯母，宇瑞在叫您老人家。”

“啊！你是谁？”

黄太太呆呆地望着宇瑞，声音是低沉得很轻微。燕飞抽抽噎噎地诉说道：

“妈，你又忘了？她是郑小姐。”

“是的，我记性多坏的，郑小姐，你常常来看我，你真好，你还请医生给我看，还赠金钱给我撮药，你真是我的恩人。但医生只能医病，不能救命，我……我……恐怕是不中用了。”

黄太太上气不接下气的样子，她有些气喘，说到末了，又连连地咳嗽。宇瑞知道她的生命已好像是风前之烛、草上之霜了，觉得此时不说明来意，恐怕是再没有这个机会了，于是低低地说道：

“伯母，我今天的来意，一则是望您老人家的病，二则是向您讨一杯喜酒吃的。因为我爸妈很看中燕飞妹妹，所以要把她给我弟弟做媳妇，不知你老人家心中可答应吗？”

“郑小姐，你说的是真吗？你没有骗我？我没有做梦？”

“不，伯母，完全是事实，完全是真的。”

“假使是真的，我是很放心了，虽然我是死了，我也很瞑目的了。郑小姐，但是我家太穷了，恐怕不大相配吧。况且燕飞是个不见世面的小姑娘，她有什么不懂的礼节方面，你……千万也要好好儿指点她才是。”

“伯母，你别这么地说，我一切都知道。”

宇瑞含了眼泪，向她温和地安慰。这时，黄太太含了苦笑，她颤抖地拉住了燕飞的手，奄奄一息地说道：

“孩子，你……总算安身有所了，我再也不必挂在心上了。志豪，你……你……好在是一个男孩子，大概是不用我做娘的再为你操心的了。最后，我希望你们还是不要忘记你们杀父的仇人……陈小彪……”

黄太太说完了这几句话，她已叹完了这最后的一口气，与世长别了。志豪挥泪不已，沉痛地道：

“妈，我不会忘记，我永远不会忘记。”

“妈，你丢我去了。”

燕飞倒在黄太太尸体上痛哭起来了，哭声是充满了整个的卧房，悲哀的气氛把浓烈的太阳光都向云端里躲藏进去了。

第八回

目的均未达计远思长

兹择于国历七月十八日为小儿宇华与黄燕飞小姐假座六国饭店举行婚礼，敬备菲酌，届时恭请阖第光临。三时观礼，六时入席。

郑世万鞠躬

这一张喜帖展在写字台上，旁边坐了一个少女，她两眼呆呆地望着喜帖，脸色是相当难看。她由失望而到悲哀，由悲哀而到愤怒，忽然恨恨地把拳头在桌子上重重一击，眼泪终至于会扑簌簌地滚下来了。原来这个少女不是别人，就是宇华的表姊月珍。月珍自从宇华由上海回来，她就一心一意地要到郑家来做媳妇，所以对待宇华不惜女孩儿家的身份，向表弟曲意逢迎，目的在得到宇华的欢心。但谁知道现在来了这一份喜帖，好像是一道催命符，把她粉红色的美梦打得粉碎。你想，怎么不要叫她悲痛欲绝呢？就在这个时候，她的哥哥伟荣匆匆地走来，一见妹妹这个神情，起初倒是一怔，及至瞧到那份喜帖，心中方才明白过来，便对月珍微微地一笑，说道：

“妹妹，你这又何必伤心呢？欲除烦恼须学佛，各有姻缘莫羡人。难道除了宇华，你就嫁不到一个好夫婿了吗？”

“哼！我倒并不是为了这些而感到伤心，因为我心中有些痛恨，假使此刻我有一支手枪的话，我情愿打死了这个小婊子，然后我自首投局，情愿犯法，大家没有得到圆满，这才出了我心中一口怨气。”

月珍竖了弯弯的眉毛，鼓着腮子，从她那双眼睛的光芒看起来，就可以知道她在怨恨之中确实是包含了一股子杀气。伟荣却反而阴险地笑了一笑，连摇了两摇头，说道：

“不犯着，不犯着，杀了人，自己却犯罪抵命，这又何苦呢？老实说，做事情要爽快，杀人要不见血，那才可称得好汉。”

“照哥哥这么说起来，在你一定有什么妙计了。不知道还有什么杀人不见血的办法，你若帮助我成功了事实，我一定重重地谢谢你。”

月珍也知道哥哥足智多谋，听他这样说，心中十分欢喜，连忙收束了泪痕，向他央求着问。伟荣在身边的皮匣内取出一张纸条来，向月珍一扬，说道：

“这里就是一个法宝，他们的感情融洽不睦，将来就完全在我的手掌之中。”

“哥哥，你快给我看个仔细，这……到底是件什么玩意儿呢？”

月珍连忙从他手中抢过来，展开那纸条来看，当她念完了这张条的时候，她惊喜欲狂的样子说道：

“哦，原来燕飞这小婊子早已和哥哥认识的，她还有这张笔据落在你的手中，那么她不是明明得新忘旧吗？我们快拿了这张笔据到六国饭店去，今天叫他们婚礼结不成。”

“慢来慢来，妹妹，你别性急，这其中还有缘故，你若去一闹开来，只怕我还要犯罪入狱哩！”

“啊！哥哥，你这话是怎么说的？难道是你伪造的吗？”

月珍回身要走的样子，却被伟荣拉住了，但月珍又万分惊骇的神情向他急急地问。伟荣摇摇头，遂把过去的事情向她详详细细地告诉了一遍，接着说道：

“妹妹，你现在可以明白了，所以他们结婚尽管让他们结婚，有了这张纸儿，你就可以从中暗暗地破坏他们的感情，只要他们将来有离婚的时候，那么也是妹妹胜利的日子。”

“但是用什么办法才能去破坏他们的感情呢？我觉得被他们一结了婚，这事情就透着有些困难的了。”

“妹妹，你以为结婚之后，他们是一定恩爱非常的吗？但这也不见得的，因为喜新嫌旧，这是人之常情，只要……”

伟荣说到这里，遂附了月珍的耳朵，低低地不知又说了些什么话。月珍听了，暗暗地点头，脸上方才浮现一丝笑意来，兄妹两人商量定当，当晚大家便去吃酒。六国饭店里自然是热闹非常，而且还有名角儿堂会，只听鼓锣喧天，男女来宾，粉白黛绿，目不暇接。伟荣在角落里，眼瞧着宇华新夫妇两人一会儿祭祖，一会儿见礼，进进出出由伴娘扶着十分忙碌。新娘总是低了头，所以她当然没有发觉自己，其实他也不希望让燕飞来看见自己而另生枝节。这时，宇瑞像蛱蝶穿花似的穿来穿去，也显得十分忙碌，她好像十分兴奋的样子，见了自己视若无睹，只有见了一个高高个子很魁梧的青年，却常常有说有笑。伟荣因为没有来观礼，所以并不知道他是燕飞的哥哥；不过他心里是非常气闷，所以他要有一种手段非痛痛快快地对付她一下子不可了。

夜深灯灺，众宾在吹打声中欢然而散。宇华、燕飞两小口子也安然地由六国饭店而回到公馆的新房里。几个至亲好友在闹过了一会儿新房之后，便也识趣地去安息了。此刻新房里是只有宇华和燕飞两个人，宇华回头向燕飞望了一眼，见她坐在床沿边，垂了粉脸，好像有点儿怕羞的样子，于是喜滋滋地走了上去，拉了她的纤手，燕飞遂也慢慢地站起，两人相对站立，四目相接，不禁都微微地笑起来。宇华低低地说道：

“燕飞，你觉得疲倦吗？”

“嗯，不。”

“是的，我们在过分兴奋的时候，确实会忘记一切疲倦的。哎，你瞧这融融的花烛，你瞧这鸳鸯的枕，我真想不到在这极短的时间内会给我达到了愿望，实行了目的。燕飞，你心中也觉得快乐吗？”

“是的，我很快乐。”

“当然啰，我十八你十七，这是一对美满的姻缘是不是……咦，怎么啦？燕飞，好好儿的你为什么哭起来了？”

“不，我没有哭。”

“嗯，你骗我，你眼角旁还沾着泪水。”

“唉，宇华，你不要生气，这是我错了。”

“燕飞，你为什么要这样说？我知道你一定有原因，你是我的爱妻，你的心中有什么痛苦，你应该对我说一个明白。”

燕飞见宇华“嗯”了一声，大有生气的样子，一时忍不住轻轻地叹了一口气，她向宇华低低地求恕。但宇华拉了她手，一同在床边坐下，却一定要她说出一个原因来。燕飞支吾了一会儿，她红了脸，逗了他一瞥令人爱怜的目光，低低地说道：

“在洞房花烛的夜里，我原不该想到这些事，宇华，我说给你听原可以，但是你千万不要责怪我。”

“绝不会责怪你，那你只管可以放心的。”

“因为我想到自己本是一个乡村里的贫苦姑娘，今日居然一步登天，嫁了你这么一个风流快婿，那我的心中该多么地欢喜。就是因为太欢喜的缘故，我更不免想起了我苦命的爸爸和妈，可怜他们假使还活在世界上的话，瞧见了我女儿嫁给了你，他们是多么地快慰。然而，现在他们都已死了。唉，我做女儿如何能不悲伤呢？”

“哦，原来是为了这个缘故，这是你一片孝心，所以做子女的确实应该替老人家难过。但人死不能复生，死者已矣，活着的人徒然痛伤，也是无益，只要做小辈能给老人家争一口气，我以为父母在九泉之下亦可以相当地安慰了。”

宇华听了，点了点头，表示十分同情她的神气，一面把她拥在怀内，一面偎贴着她的粉脸，默默地温存。燕飞听他这样安慰，心里自然万分地感激，倒在他的怀里，柔顺得像一头驯服的羔羊似的。宇华情不自禁，遂在她小嘴儿上紧紧地吻住了。

“燕妹，时候不早，我们该睡了。”

“好吧，你先睡下了。”

经过良久的吮吻，各人的心脏都跳跃得快速，宇华脑海里沉醉着甜蜜的一幕，这就向她低低地说。燕飞羞红了脸，娇媚不胜地一点头，轻声儿回答了这两句话，身子却已别过去了。宇华知道她是怕羞的缘故，遂笑了一笑，自管脱衣就寝了。

室内的灯光虽然是熄灭了，但融融的花烛还闪烁着一种神秘的光芒，这光芒下透露着郎情如水、妾意如绵的旖旎情景，这是表现出“人生之乐，莫此为甚”八个字了。

宇华、燕飞婚后的生活，当然是似漆投胶，恩爱异常。宇瑞见了弟弟的得意，使她一颗处女寂寞的芳心也不免活动起来，不过女孩儿家要和父母直接谈判自己的婚姻问题，那任她怎么厚的脸皮，总也不好意思说出口来。假使也和弟弟一样地害起相思来，这在宇瑞一个性高气傲的姑娘心里，又不大情愿，因此这几天就有些闷闷不乐，长吁短叹。宇华倒是个聪敏人，见了姊姊的神态，他就有点儿明白过来。这天见四下无人，便向宇瑞低低地问道：

“姊姊，我瞧你这几天精神萎靡不振，好像有什么不如意心事的样子。弟弟和你不是外人，你有心事，应该向我告诉，我可以给你想办法的了。”

“我没有什么心事，唉!”

“姊姊，你还骗什么人？既然没有心事，为何叹气呢？我以为你不说出来，那是你自己的损失。否则，我弟弟也得给你尽一份力量。”

宇华其实已经猜到了三分，不过他也很刁，非姊姊自己说出来不可，但宇瑞怎么好意思直接地告诉呢？虽然她是个大学生，但她平日是很贤淑的，所以红晕了粉脸，不免支支吾吾地停了一会儿，方才低低地说道：

“我心中的不如意，和弟弟在未结婚之前完全是一样的，我也恨自己为什么要生长在财政局长的公馆里呢，唉！”

“姊姊，你这话我明白了，你是不是也爱上了一个人，而这个人也是很贫苦的对不对？那么请你告诉我，这男子到底是什么人呢？”

宇瑞听弟弟还故意这么地问自己，一时心里真有说不出的怨恨，遂逗给他一个娇嗔，说道：

“弟弟，我觉得这一点你实在太不应该了，为什么还要明知故问呢？难道你不晓得我的性命是什么人相救的吗？”

“哦哦，我知道了，姊姊，你别生气，是燕飞的哥哥吗？嗯，像这一种青年我也非常欢喜他，其实爸妈能答应我的婚姻，那么对于姊姊这一头姻缘，我想也绝不会有什么大问题吧。”

“不过……”

“不过什么？我弟弟不是自私的人，我也知道‘投我以桃，报之以李’的两句话。你放心，我马上跟爸妈给你代为去说吧。”

宇华见姊姊说到“不过”两字，脸上显然有为难之色，于是很识趣地回答。在他表示自己也有一片真情爱护姊姊，绝不是“只管自扫门前雪，不管他人瓦上霜”的意思。他说完了这些话，便匆匆地向上房里走了。宇瑞见弟弟走远了，芳心暗暗欢喜，遂也急急地跟到上房来。在小院子里的窗口前，那是上房里的窗户，宇瑞不便走进去，她躲在外面偷听，好像听爸爸的声音，语气很严肃的样子，说道：

“宇华，我以为你自己的婚事已成功了，对于别人的闲账就少管一点儿。”

“爸爸，你这是什么话？别人的闲事？姊姊的婚姻大事，难道好算外人吗？况且……我弟弟都结了婚，姊姊照理是应该急切地订一个婚才是，那么在你们老人家心中也好完成了一件心事。”

宇瑞听到这里，全身一阵子热燥，她额角上几乎冒出蒸气水般的雨点儿来了，不过她还镇静了态度，静悄悄地凝神听爸爸说道：

“小孩子不懂什么，你还是少开口，这件婚事，还须慢慢地考虑。”

“我真不懂爸爸是什么意思，婚姻大事，正大光明，还有什么考虑呢?”

“孩子，并不是我们不愿你姊姊去嫁夫婿，你爸爸的意思，是因为门第太不相配了。这是为了爱护你的姊姊，怕你姊姊将来吃苦，所以你爸爸不肯答应，其实也是为了你姊姊的好。”

宇瑞听这是母亲说的话，在他们老人家的心中似乎还完全为了是一番疼爱子女的好心。这时，听弟弟的声音，他又急促地问道：

“门第不相配？我以为两性的结合，绝不在门第相配不相配的问题上的，况且……爸妈既然答应我和燕飞结婚，那么你就应该答应姊姊和志豪这一头婚姻。”

“这问题不能在一起谈的，燕飞虽然贫穷，但好在是到我家来做媳妇的，一到我家，她就此成少奶奶了，除了给她得到造化之外，我还不觉得十分丢脸。至于志豪呢，他虽然是个好青年，不过宇瑞到底要嫁给到他家中去做人的，她本是一个贵族小姐，吃得好、住得好、穿得好，现在嫁给志豪，她马上要到乡村人家去吃苦，这不但她本身受不了，就是被外界知道了，我这个台坍到什么地步为止呢？所以你们是不能相提并论的。既然你姊姊要嫁人，我一定给她留心，比方说我局里那个梁专员，今年也不过三十五岁，新近丧了妻，还未续弦，像他这样有地位的人，那么才可说是头美满的姻缘呢。”

世万滔滔不绝地说出了这一大篇的话来，还表示理由十分充分的样子。宇瑞听了，心中无限怨恨之余，又觉得十二分生气，但是宇华在房里也愤愤不平地说道：

“爸爸，我真不明白还是你去嫁人呢还是姊姊去嫁人？只要姊姊心中不以为志豪贫穷，她情愿吃苦，我想这和你们是毫不相干的。”

“放屁！放屁！”

“你才二十岁不满的小孩子，胆敢这么地放肆吗？你若在这里再胡说白道地乱讲，你给我滚出去！”

宇瑞听爸爸在房里大发脾气了，一时她再也听不下去了，遂悄悄地离开了窗口，跨出小院子，走到大厅里来。一路上却在暗暗地细想，想不到爸爸竟会这么地蛮不讲理。倒是弟弟为了我的事情，可怜他受了很大的委屈。正在低头暗想，忽听有人招呼道：

“表妹，你匆匆地预备上哪儿去？”

“嗯，不上哪儿去。你刚才来吗？”

宇瑞抬头一望，见前面匆匆地走来的却是伟荣，遂点点头，很淡漠地回答。伟荣见她脸上很有忧愤的颜色，遂跟着她向外走，并低低地说道：

“表妹，我觉得你好像很不快乐的样子，不知是为了什么，难道受了什么人的气了吗？”

“不，谁会给我受气呢？表哥，你今天到我家来是不是和爸爸有什么事情吗？”

宇瑞见他跟着自己走，心中不免有点儿讨厌，遂停止了步，回头望了伟荣一眼，低低地问。伟荣摇了摇头，笑嘻嘻地说道：

“我不是找你爸爸来的。”

“那么你是随便来玩玩的？”

“也不是……我是找你来的。”

“找我？有什么事情吗？”

“事情当然是有一点儿，表妹，我很想和你谈谈。”

“和我谈谈？是关于什么事情呢？因为我此刻要走出去一次，能不能过几天再谈呢？”

宇瑞心中有点儿猜到他所要谈的话，因为不愿和他再有谈话的时候，所以她转了转乌圆眸珠，委婉地拒绝。伟荣似乎有点儿急促，遂说道：

“假使表妹出外去买东西的话，我可以陪你一同出去，买好了东西，我们上馆子去吃点儿点心，那时候我们就可以细细地畅谈了。”

“但是我并不是出外去买东西。”

“那么也许是什么约会吗?”

伟荣见她一再地拒绝，他是感到失望的痛苦，在痛苦之中不免掺和了一点儿怨恨的成分，他情不自禁地俏皮地问。宇瑞淡淡地一笑，却毫不介意的神气，很得意地答道：

“是的，倒被表哥一猜便猜到了。”

“不知对方是男的还是女的?”

“男的怎么样，女的怎么样？我以为表哥没有打听得这样详细的必要。”

“啊，表妹，你不要误会我的意思，并不是我来管束你的行动呀!”

伟荣见她鼓着脸，大有生气的样子，一时只好含了笑容，向她急急地辩白。宇瑞冷笑了一声，恨恨地说道：

“本来嘛，我也没有这个资格。”

“当然，不要说我，就是做父母的也没有这个资格，因为现在的时代不同了，不过我站在第三者的立场而说，我应该有所劝告你，表示我一点儿忠心。表妹，你要晓得社会是黑暗的，人心是险恶的，比不得我们是至戚，彼此还有实心眼儿待人，像其他的一般朋友，不要说一个女子在外面结交，就是我们男子和男子吧，也是酒肉的多，患难的少。所以，我不能袖手旁观，常言道：‘一失足成千古恨，再回头已百年身。’想表妹也是个聪明人，大概也知道我完全是一番好意吧。”

宇瑞听他不照照镜子竟然是说出了这许多话来，一时又好气来又好笑，遂“哦”了一声，用了怪俏皮的口吻，笑出声音来道：

“这还用说吗？像表哥那么会照顾人的好青年世界上能找得出几个？那天我要不是表哥到警局里去叫了警士来相救我们，恐怕我们的性命早已被猛虎所丧的了。”

“表妹，你不能这样挖苦我。”

“我挖苦你什么？笑话，你真是一个古今第一多情多义的好青年。”

“表妹，我不管你对我说的是真心还是带着虚伪，但我自信我对你是有着一百二十分的真心。表妹，我再也忍耐不住了，我大胆地说了，我需要爱你。”

宇瑞再也想不到他被自己经过了这一番抢白之后，还会对自己说出这一番不知羞耻的话来，因为她在爸爸那里受到了一点儿刺激，所以忍不住失常地哈哈地大笑了起来。伟荣被她一笑，倒是怔怔地愕住了，良久，方说道：

“表妹，我这一番真心话直到今天才再也忍熬不住地说了出来，你……你多少给我一点儿甜蜜的安慰吧。”

“对不起，你给我滚开一点儿。”

伟荣一面说，一面挨近上去，似乎要和她拉手表示亲热的样子，但宇瑞却竖起了两条弯弯的眉毛，向他瞪了一眼，把手一扬，在他颊上啪的一记耳光，她熬不住娇斥起来了。这举动倒出乎伟荣意料之外的，一时把手按住了自己的面颊，怔怔地愕住了，接着又引起了一点儿反感的神情，不过他还竭力压制他愤怒的发展，低低地说道：

“表妹，你怎么能动手打人？我觉得你对我似乎太没有礼貌了。”

“礼貌？你说的是什么屁话？要我给你一点儿甜蜜的安慰，你当我是什么人看待？我不是卖笑的女子，你的头脑子可要弄得清楚一点儿，你以为是受了什么委屈的话，那么请你以后少到我这里来。”

宇瑞冷笑了一声，她表示说得非常干脆，用不到有一点儿拖泥带水的啰唆。伟荣偏有这一股子没气死人那么忍耐的功夫，又装了笑脸，说道：

“表妹，这完全是你自己多心，我有几颗脑袋敢把你当作卖笑女子看待？我无非对你有着一番痴心之爱罢了。表妹，你打我，我忍受，你骂我，我也承受，只是你不能不接受我的爱。表妹，我真为你爱得快要疯狂了，你千万发发慈悲心吧！”

“请你再不要多啰唆什么话，我对你老实地说，我不爱你。”

“表妹，你这话是真的还是和我开玩笑？”

“你的脸生得漂亮，我才跟你开玩笑。”

宇瑞见他兀是肉麻当有趣地显出那副丑态的样子，一时心中恨极了，遂向他竭力地讽刺。伟荣觉得宇瑞太使自己感到难堪了，因此由爱而转变到恨，由恨而转变到恶，遂狰狞了面目，冷笑了一声，说道：

“表妹，我最后警告你，你敢说一声不爱我？”

“不爱你，不爱你，不爱你……”

“好，你有种气，明天看我的手段。”

伟荣的脸由红而涨得紫褐色了，他恨恨地说了一声“好”字，便向门外急匆匆地奔了。宇瑞为了爸爸不肯答应自己的这头婚事，心中已经感到万分心痛，谁知道无缘无故地还受了伟荣这一份委屈，所以她心中是气闷极了，一时也不想再到外面去，自管回到卧房来，倒在床上，忍不住呜呜咽咽地哭起来。不料这时宇华和父亲争论了一会儿，也来找寻姊姊说话，今见姊姊倒在床上大哭，因此也怔怔地呆住了。

第九回

相思难如愿留书出走

宇华走进姊姊的卧房，见了姊姊倒卧在床上呜呜咽咽地大哭，一时倒吃了一惊，暗想：难道我和爸爸的争论她已经听到了吗？这就呆呆地站住了一会儿，方才挨近到床边，用了温和的口吻，低低地叫道：

“姊姊，你不要伤心了，自己身子保重要紧，你……干吗要这样地痛哭呢？”

“弟弟，我……很痛心。”

宇瑞听了弟弟的声音，遂从床上坐起了身子，泪眼盈盈地望了他一眼，表示她已经万念俱灰的样子。宇瑞恐怕姊姊因婚姻不自由而会发生意外的惨变，于是只好圆了一个谎，又安慰她说道：

“姊姊，你别那么地说，爸妈的意思，也并不是完全地不答应。我想给他们考虑考虑也好，反正他们本来是多余的事情，只要你自心不变更，他们一定会慢慢地屈服的。”

“弟弟，你也不必再来瞒骗我，其实爸爸和妈那种决绝的情形，我是完全都亲眼看见的。我想也不必再和他们多说，反正我的人是活的，绝不是死的，明天我上学校去读书的时候，难道他们还能跟在背后来管束我？唉！我觉得他们实在是太想不明白了。”

宇瑞说到这里，她好像已经有了一个主意，表示不再向父母做哀求的意思。宇华一时觉得无话可以安慰，因为空虚的安慰原也不能填补姊姊现实的痛苦，所以呆站了一会儿之后，也就自管地回房来了。不料在小院子里遇见了月珍，她见了宇华，便笑盈盈地叫了一声“表弟”，宇华因为自己已经结了婚，当然犯不着再结怨他人，遂对她微微地一笑，也招呼着说道：

“表姊，好久不来了，你一向好吗？”

“托表弟的福，贱躯还算顽强，其实我倒很想来望望你，但是你现在两样了，有了心爱的表嫂，天天享受着闺房之乐，假使我再时常来找你麻烦，那我自己也觉得太不识相的了。表弟，你说对不对？”

月珍一面极妩媚地回答，一面把秋波斜乜着他，表示有点儿取笑的成分。宇华的脸微微地一红，很不好意思的神情，笑道：

“表姊，请你不要取笑，我们到里面坐吧。”

“不，表弟，我今天到这里来，原有一件事情来告诉你，所以我们就在这里树下站着谈几句话好了。”

“哦，不知道是关于哪一方面的事情？”

“我在未说话之前，我先要加以声明，我并不是搬弄是非，我完全是一片好意，对于表弟的名誉和前途，我认为都有绝大的关系。”

宇华听月珍一本正经地说，一时觉得这一定是一件很严重的事情，这就静寂了脸色，显然有点儿担忧的样子，问道：

“表姊，那么到底是为了件什么事情？你就不妨向我细细地告诉吧。”

“我得先问你，表嫂过去在外面的行动，你是否有彻底的明白？”

“这个……我倒不曾仔细，怎么啦？难道……”

“表弟，你别急呀，这也许是件想不到的事情，原来表嫂和我哥哥在过去也有一番恋爱呢！不但有恋爱，而且还曾经订过嫁娶的婚约呢！”

“什么？你这话是真的还是造谣？我觉得有些不相信，因为没有什么证据，你好像是另有作用，所以你这种手段未免太卑鄙了。”

宇华听月珍说出这几句话来，他的脸突然转变了颜色，一股子酸气冲上鼻端，眉目间是充满了愤怒的神情，不过他立刻又浮上了一个感觉，脸色就平静了许多，至少对月珍有点儿轻视的意思。月珍却淡淡地一笑，说道：

“表弟，你不要不知好人心，狗咬吕洞宾，我也不是一个糊涂人，假使没有确实的凭据落在手里，我怎么肯凭空地冤枉人家呢？”

“那么请你凭据拿出来看。”

“哼！我何必多管闲事而自讨苦吃？对不住，你既然不相信，我就不必多说，再见了。”

月珍冷笑了一声，她此刻倒又放起刁来，说完了这两句话，便回身匆匆要走的神气。宇华没有办法，只好把她拉住了，低低地说道：

“表姊，你不要生气，这是我错怪了你，你若拿出证据来看，我当然相信你了。”

“好，你就拿去看吧。”

月珍方才又站住了身子，在袋内取出哥哥交给她的那张笔据来，交到宇华的手里。宇华展开纸条，从头看了一遍，待他瞧完了之后，他的两手顿时瑟瑟地发起抖来，暗想：原来果然有这么的一回事情，那么燕飞是否是个处女恐怕还是一个问题呢。他涨红了脸，向月珍望了一眼，竭力压低他的喉咙，说道：

“表姊，你这张笔据能否借我一用？”

“不，对不起，因为这张笔据是我从哥哥写字台里偷出来的，回头哥哥知道了，我要被他骂的。”

“不借也可以，好在无论什么事情，虚则虚，实则实，我自有办法可以去对付。”

宇华一面说，一面把纸条交还给她，他也不和月珍再说什么话，便自管自怒气冲冲地回到自己新房里去了。这里月珍微微地一笑，她自以为计划成功，目的达到，遂十分得意地回身跨出了院子，也回家去了。

宇华回到房里，只见燕飞坐在沙发上刺着自己白缎拖鞋面的绣花，她听了脚步声音，便抬起头来，一见了宇华，遂笑盈盈地站起身子来，笑道：

“华哥，你这会子在哪儿去了大半天？”

宇华此刻见了燕飞，好像见了冤家一样，只觉有股子气愤向头顶上冒出来，他装作没有听见似的，理也不理地自管坐到写字台旁边去。燕飞心中感到有些奇怪，遂小心地去倒了一杯茶，轻轻地放在桌子上去，又温柔地说道：

“华哥，你脸上好像很不高兴的神气，莫非受了什么人的委屈了吗？”

“受谁的委屈？谁敢给我受委屈？”

“那么……你难道有些不舒服吗？”

“哼！你真好良心，无端端的为什么咒念我生病呢？”

宇华这时把她一片柔情蜜意的真心当作了恶意猜疑，遂回头瞪了她一眼，语气是相当气愤。燕飞见他今天的态度有异，心中自然十分奇怪，但奇怪之中多少还包含了一点儿悲哀的成分，这就眼皮一红，眼泪水就夺眶流了下来。宇华见她哭泣，在平常早已怜惜起来，但此刻反觉得有点儿可憎，冷笑了一声，恨恨地说道：

“才结婚半个月，你就眼泪鼻涕这样地伤心，是不是有什么委屈了你？所以你要把我哭死了，再好另外去嫁人吗？”

“华哥，你不要拿这些尖刀样的话来冤枉我，我真不明白有什么地方得罪了你，所以突然会遭你这样讨厌。是的，我也明白了，无非是我福薄罢了。”

燕飞听他又说出几句凶恶的话来，真叫自己可以气得吐血，她泪眼盈盈地说到这里，便倒在床上，忍不住更加呜呜咽咽地哭泣起来了。宇华猛可地站起身子，他伸手要去掷那桌子上的那只玻璃杯，不过在他理智警告之下，觉得这是万万不能够的，因此他叹了一口气，又在椅子上懒洋洋地坐了下来。在耳听着燕飞悲悲切切的哭声之后，不知怎么的，他的心肠也会一阵一阵地软了下来，于是他慢慢地站起身子，走到床边，对燕飞愣住了一会儿，方才低低地叫道：

“燕妹，你不要哭呀，被人家听见了，像什么样子呢？”

被宇华这时用了温和的语气一安慰，这使燕飞更感到一阵莫名其妙的伤心，所以她耸着两肩，愈加悲切起来。宇华真有些蜡烛脾气，得罪了人家，情愿再赔不是，这就在床边坐下了，拍了拍她的腰肢，低低地又道：

“燕妹，你不要哭得这个样子呀，是我错了，快坐起来，我给你擦了眼泪吧。唉，只怪我的脾气太不好一点儿了。”

燕飞听他一味地认错，连连地赔不是，当然也不好意思再哭泣起来，遂收束了泪痕，从床上坐起身子，秋波斜乜了他一眼，她在沉吟了一会子后，遂低低地说道：

“华哥，你没有错，你也没有脾气不好，因为我也不是一个愚笨的女子，对于你今天发脾气，当然也绝不是没有缘故的。不过是为了什么缘故，我的确还茫无头绪，千万请你给我告诉一个明白，假使我实在有不好的地方，或者是得罪了公婆及姑娘之处，我情愿甘心受责。但现在我不明不白，纵然是你把我恨死了，我做了鬼，恐怕还是一个不明白呢。”

“燕妹，你根本没有得罪爸妈，也没有什么不好的地方，无非是我一时糊涂，所以使一点儿小性子，你还是不要再提起了吧。”

宇华一时把月珍告诉这些话说不出口来，因此只好装作小花脸，半抱了她的身子，微笑着是包含了讨饶的口吻。燕飞觉得这事情若这样地含糊下去，将来总是夫妇间破坏感情的导火线，所以她是非追根究底地问一个水落石出不可，这就噘了噘小嘴，说道：

“凭你这句一时糊涂的话，我就觉得其中似乎有点儿道理，至少是你心中对我有些怀疑，所以会引起你心中的愤怒。华哥，我虽然是个乡村里的女子，但我也还懂得一点儿家庭里的复杂。”

“不，我说这是你对我的误会。”

“华哥，你说话太厉害了，明明是你对我有一种误会，怎么反而来咬我一口呢？唉，华哥，我在当初好像也曾经这么地说过，男子的心是不可捉摸的，尤其是一个有钱人家的公子哥儿，他爱上了一个姑娘当然很容易，就是抛掉一个姑娘又何尝不是一件容易的事情呢？果然，我进你家的门才不到二十天，就使你这么一个温文的丈夫而发脾气，这到底是我不祥呢，还是我没福做人呢？所以，事到今日，我很想和华哥爽爽快快地说一句话，假使你认为我没有资格配得上做你的妻子，我马上可以不拿一件衣服就永远地离开这里，免得你长发脾气。我受委屈事小，累你气坏了身子，这叫我一个苦命的女子怎么能够担当得起呢？”

燕飞一面流泪，一面说话，等她说完了这一篇话，她的身子已站起来，表示真的要走的样子。这一来把宇华急了，抱住了她身子不肯放，因为心中感到太歉疚的缘故，所以眼泪也滚下了两颊，懊悔地说道：

“燕妹，你千万不要说这些话，叫我真是太痛心了。你是我心爱的妻子，是我早想晚想想来的妻子，我怎么会讨厌你呢？唉，我太不应该了，我为什么这么地糊涂？喔，我的爱妻，你就饶我这一遭吧！”

“华哥，你也不必再说这些话，我知道你心中对我一定有不满意的地方，你若不说出来，我们恐怕是无缘再做夫妻的了。”

燕飞对于宇华流泪求饶，芳心虽然也有点儿软下来，但是她在仔细考虑之下，还是要他说出一个原因来。宇华被她逼得没有办法，遂只好把月珍说的话向她告诉一遍，并且说道：

“燕妹，我想这张笔据一定是他们伪造出来故意欲破坏我们夫妻的感情，就是真的是你写的，我想其中一定也有曲折离奇的缘故吧？”

“啊！曹伟荣就是你的表哥吗？”

宇华这些话听到燕飞的耳里，使她粉脸会陡然地变了颜色，眉毛之间顿时显现了一股杀气，咬牙切齿的神情，急急地问。宇华见了她铁青的粉脸，不期然地会感到一种害怕的心理，也急急地说道：

“怎么啦？燕妹，你……你……为什么气急得这个样儿呢？”

“华哥，我……真想不到曹伟荣这奴才既害死了我的父亲，他还来破坏我们夫妻的感情，他真是我唯一的大仇人，我若不报此仇，我怎么对得住泉下之父亲呢？”

宇华听她这样说，一时不免惊奇得目瞪口呆，倒是半晌说不出一句话来。良久，方才不解的神气对燕飞呆瞧了一会儿，问道：

“燕妹，我真太不明白了，伟荣他……他就是你杀父的仇人吗？这……这到底是怎么的一回事呢？你还是快点儿详详细细地告诉我吧。”

“咦！我爸爸被陈小彪向警察局诬告，当时接办这件案子的人就是曹伟荣，他和小彪串通一气，将我爸爸打得遍体是伤，可怜我爸爸就在这黑暗的世界中而毁灭了。这些事，在当初好像我已告诉过你，不过并没有说得十分仔细罢了。”

燕飞“咦”了一声，遂向他低低地诉说，说到末了，一阵子悲酸，她的眼泪再也忍熬不住扑簌簌地直滚下来了。宇华“哦”了一声，遂又急急地问道：

“那么你写给他这一张笔据又是怎么的一回事情呢？”

“我爸爸在审问时候，我是列于旁听的地位，因为见他问我爸爸的话完全不是第三者立场而言，当时我就知道他们一定受贿闹的活把戏，所以审问完毕把我爸爸押下之后，我就去拜访曹伟荣，为了要救我爸爸无罪，我只好使用美人计去迷惑他，虽然他是把我爸爸放了，但爸爸已经是奄奄一息了。你想，爸爸既然无能为力来给我主婚，那么我这张笔据会成什么效验吗？伟荣为了这样，所以怀恨在心，又来设计陷害于我，可是这会子也是他死期到了，我非报仇不可！”

宇华见她说完了之后，脸涨红得好像喝醉了酒一样，她有点儿疯狂的神态，猛可地站起身子，似乎马上就要去拼命的样子，这就又抱住了她，苦苦地哀求着道：

“燕妹，燕妹，你快定定心神，你快不要这个样子吧！虽然是父仇不共戴天，但万事总要从长计议。是非曲直自有公论，他们知法犯法，若报告了局长，他当然也是难逃法网的。”

“唉！这倒好了，现在反而被我知道了这杀父仇人和你的关系了。”

燕飞被宇华抱住了，她当然不再挣扎，倒在宇华的身怀里，深长地叹了一口气，忍不住又泪下如雨了。不料正在这个时候，忽然听阿贞的声音在外面叫进来说道：

“少爷，少奶，不好了。”

“阿贞，什么事？什么事呀？”

燕飞、宇华连忙离开了身子，两人站起来，见阿贞已奔进了卧室，遂向她急急地问。阿贞慌慌张张的样子，几乎要哭出来的神气，报告道：

“少爷，小姐……她……她留书出走了，老爷太太急得跳脚，你们快些去呀！”

“啊！姊姊出走了？这……这怎么办呢？”

宇华和燕飞听了，都人吃一惊，一面说着话，一面已急急地奔到上房里去了。到了上房，先听郑太太在呜呜咽咽地痛哭，世万背着两手，在室中踱圈子，却连声地叹气。宇华没有开口，世万把桌上展开的一封信指了指，还怒气冲冲地说道：

“阿华，你瞧，你瞧，这还成什么体统？一个女孩儿家，为了小小一点点婚姻问题，竟然不顾家中的老父母，硬着心肠，留书抛家，不别而行，那我……不是白白地辛苦了一场吗？”

宇华在这个时候，也不回答什么话，先把桌子上的信笺拿来，只见写着短短的几行字，字甚潦草，可想当时心乱的情景。还未读信，到底先激起了一阵姊弟手足之情，眼泪在信纸上湿了一大堆，然后低低地念道：

爸爸、妈妈：

女儿真是太不孝了，今日硬着心肠，终于抛弃了你们，到海角天涯去飘零了。唉！我此次出走，绝不是有什么追求幸福的希望，我是因为自己身长在大富之家，吃的海参鱼翅，穿的绸缎绫罗，住的高楼大厦，平常的生活太舒服了，因此造成了我这么一个寄生虫样的废物。我觉得羞对父母，耻见社会，所以我想到外面去吃一点儿苦，以锻炼我这弱不禁风娇养惯的身子。我知道爸妈接到了这封信，一定会十分地焦急，而且更会十分地伤心，其实你们可以不必难过，譬如我今年发了时疫病死了，那也不是完了吗？好在弟弟已经结了婚，将来弄孙之乐，承欢当不乏其人，又何必为我一苦命女儿郁郁不欢于怀也？话说到这里，我不愿有所多说，希望爸妈老人家善自保重福体为要，女儿唯期来生再做相会吧！

不孝女宇瑞含泪留

即日

宇华瞧完了这一封信，一面拭了泪痕，一面向世万用了埋怨的口吻，冷冷地说道：

“爸爸，你现在还要骂我滚开吗？你想找个好女婿呀，可是女儿都不见了，我瞧你还到哪里去找女婿呢？”

“阿华，你也不必埋怨我，我已经打电话到警察局，叫他们在车站上派警等候，若见了阿瑞，立刻扣留。唉！我想不到她会这样地积极，阿华，我不是来埋怨你，你不该去告诉阿瑞呀，否则她怎么会知道我不答应呢？”

世万被儿子一顿埋怨弄得无话可答，呆住了半晌之后，方才也向儿子埋怨起来。宇华摇了摇头，急急地辩白说道：

“爸爸，你不要冤枉我，我和你在说话的时候，都是姊姊在窗口外亲自偷听到的，我哪里曾经把这些事去报告姊姊呢？”

“哼！我想阿瑞女孩儿家绝没有这么大胆量，那一定有背景的。”

“有背景？什么背景呢？”

宇华听父亲冷笑了一声回答，这就有点儿不明白的神气，向他追问下去。世万在气愤头上，也没有想到燕飞在房中，遂恨恨地说道：

“那还用说吗？当然是志豪在她后面撑腰，叫她抛家出走的。”

“爸爸，你不能一无凭证地冤枉好人，志豪这半个月来只到我家做了一次舅爷，此后人家一次也没有来过，你怎能随便地瞎说？”

宇华代志豪急急地辩白，世万本当要向宇华呵责，忽然见到旁边的燕飞，他方才不便再说什么了。这时，燕飞正在劝慰郑太太不要伤心，一听公公提到自己哥哥的头上来，这就凝眸含颦用了猜疑的目光望了世万一眼，低低地说道：

“公公，怎么啦？姊姊的出走，难道和我哥哥有些关系吗？”

“我想你总有点儿知道，何必还来问我？”

世万冷冷地回答，他显然是十分生气的样子。燕飞听了，真有点儿莫名其妙，望了宇华的脸，呆呆地愣住了一会儿。正在这时，阿贞又来报告说，舅少爷来了。世万一听志豪到来，好像女儿已经有了一半着落的样子，便气呼呼地奔出去了。宇华、燕飞看父亲神色不对，于是也急急地跟着他走出来，果然见世万在大厅上对志豪大发脾气，说志豪拐走了他的女儿。可怜志豪还弄得丈二和尚摸不着头脑，因为他是个小辈，想着妹妹在他家做媳妇，所以为了妹妹的终身幸福着想，他是忍耐了一百二十分的委屈，还小心地赔笑说道：

“伯父，你不要火气太大，我到底有什么过错，你要对我这么地大发雷霆？就是我妹妹不孝，你要打要骂，也不该骂到我的头上来呀！”

“什么？你把我女儿拐走了，你还不该给我骂吗？老实对你说，你若不把女儿交出来，哼！哼！你今天就来得去不得了！”

世万完全是气糊涂了，他凭着是个财政局长的身份，竟向他说出这几句蛮不讲理的横对话来。志豪涨红了脸，冷笑了一声，俏皮地说道：

“老伯，你不要以为是个有财有势的局长，就可以凭空地来诬告我，要知道法律是有公正的评判，你一无凭据，二无见证，你凭什么来说我拐走你的女儿？假使我真拐走你女儿的话，我今天还会到你家来做什么呢？所以事情还得请你调查清楚一点儿，捕风捉影，诬蔑良民，也是有罪的呢！你不放我走，我绝不走，你就是要我一同到局里去，我也马上去，我没有做过什么亏心事，我怕什么呢？”

志豪这一番正义的话，倒把世万说得哑口无言。宇华在旁边站着，此刻遂把姊姊出走的原因向志豪说了一遍，并且又道：

“因为这事情是为了你而起的因头，所以爸爸就误会到你的身上来了。其实这是我爸爸一时糊涂的缘故，所以得罪了老兄。好在都是自己人，一切还得请你不要生气才好。”

“我觉得这更属是笑话奇谈了，因为你们在说的话，我根本是莫名其妙。就是你们一厢情愿地答应了，可是你们知道我是否要娶一个贵族小姐做妻子呢？这恐怕还是一个问题吧。”

“好，好，你有种气还拿这些漂亮话来侮辱我，我要如有你这么一个穷光蛋，那我不是瞎了眼吗？”

世万听志豪这样说，一时气得全身发抖，忍不住再度大怒起来。宇华连忙劝阻了父亲，这时郑太太也从上房里走出来，她也向世万埋怨道：

“老爷，你真是越老越糊涂了，舅爷是外客，你怎么能这样地得罪他？你说他拐走了你的女儿，我问你又有什么凭证呢？所以我劝你少发点儿脾气吧！舅少爷，你不要见怪，不过宇瑞今天出走，也是实在的事情，你瞧这一封留别的信吧，你就知道了。”

郑太太一面说，一面把宇瑞这封信交给志豪看。志豪见老太太对待人还有一点儿道理，遂把一股子怒气稍许平了下来，把这封信看了一遍之后，心中也有点儿焦急，皱眉说道：

“想不到宇瑞小姐真会留书出走了，照你们说起来，我确实是一个重大的嫌疑，不过我完全是冤枉的。我虽然是个乡村里的俗子，但我到底还知道‘廉耻’这两个字，所谓人穷志不穷，我还年轻，我还要在社会上做一番轰轰烈烈的事情，我岂能为了一个女子而毁灭我的前途吗？所以你们放心，我绝不会干这么下流的勾当。但是宇瑞小姐的出走是事实，那么在我得知了这个消息之后，我的心中也感到万分不安，当然，我也应该负起找寻宇瑞小姐的责任来。”

“哼！你也知道吗？我非叫你负完全的责任不可！”

世万对于他说的却完全认作花言巧语，所以冷笑了一声，还这么地钉了他两句回答。志豪不愿多辩白，遂欲起身告别，但世万却不肯放走他，说他一走，从此在北平城的再也不会找到他。燕飞见哥可怒不可遏的样子，遂插嘴向世万说，她愿担保哥哥绝不逃走，假使哥哥逃走，我愿一死担待。郑太太、宇华也竭力相劝，世万方才无话。志豪遂万分委屈而又万分愤怒地向外面匆匆地走了。志豪奔出了郑公馆，步入一家小酒馆内，他想以酒浇块垒，不料事有凑巧，忽然他瞥见陈小彪和一个西服少年坐在远处另一张桌子上喝酒，他再也想不到在无意之中会遇到了杀父仇人，一时把宇瑞这些事情早又置之于脑后了，遂暗暗地注意他们的行动。他们吃好了酒，志豪也急急地付了账，跟他们走出小酒馆，偷偷地盯在他们的身后。只见他们在汽车行里坐了一辆汽车，不知开驶到哪里去，志豪见他们行动神秘，暗暗奇怪，遂也坐了一辆汽车，追踪驶去。他们的汽车是向城外而驶，志豪叫车夫尾随而至，远远地见前面汽车在西山脚下停止，志豪叫车夫不要前驶，也在后面停止。

不多一会儿，他们汽车掉头驶回来，志豪遂拦住来车，自己跳下车厢来，向车夫问明两人由何处入内，说自己是侦探，前面两人是强盗。车夫听了，吃了一惊，遂告诉志豪，说从三间茅屋内进去的。志豪于是对两个车夫叮嘱，叫他们急急开回城内，报告警局，立刻派大队人马前来捕盗，事成一定重赏两人。车夫听了他的话，连声答应，便跳上车厢，急向城内驶行。这里只剩下志豪一人，他便慢慢地向茅屋前走过去了。

第十回

情海报恩仇人月两圆

陈小彪身旁那个西服少年是什么人呢？原来就是曹伟荣。小彪既然害死了黄大为，虽然他是称了心愿，但知道大为的儿子回家来了，听说志豪又是个力大无比，那么自己若再在村子里留恋下去，难免要被志豪陷害，所以他有点儿害怕，遂悄悄地离开了村庄，到北平城里另找出路来了。以小彪一个无业游民，他还有什么事情可做？所以纠集一班无赖之徒，就索性公然做盗匪了。说来事情很巧，在一星期之前，伟荣遇见了小彪，见小彪不比以前那么寒酸，西装革履，翩翩然活像一个公子哥儿，所以问他近来可是发了财。小彪见伟荣是个糊涂人，而且见钱眼开，遂先送给他许多钞票，然后把自己实情向他仔细告诉，并且托他帮忙，万一不幸落网，总要援手相救才好。伟荣见了花花绿绿的钞票，理智早已糊涂起来，当下和他约法三章，说每月都要孝敬钞票。小彪连连答应，而且两人谈得投机，还结拜了兄弟。大家设誓，所谓有福同享，有祸同当。后来伟荣想到了宇瑞的婚事，遂和他商量，小彪说先礼后兵，倘若追求不遂，便可实行强抢。伟荣听了，大表赞成，所以这天到郑家去求婚，却不料被宇瑞打了一记耳光，因此怀恨在心，和小彪告知此事。两人遂在乡间雇了驴车，由小盗等扮作车夫，候在郑公馆的附近，齐巧宇瑞留书出走，因此被小盗们一把拖上驴车，用棉花把她嘴儿一塞，就此神不知鬼不觉地把宇瑞绑架到城外西山去了。

伟荣见大事成功，心里自然是万分欢喜，而且对小彪也有说不出的感激，当下两人在小酒馆内饮酒庆祝，可是在他们心中万万也料不到背地里却被志豪窥见了呢。伟荣和小彪跳下汽车，悄悄地步到茅屋门口，轻轻地叩了两下，里面小盗在小洞内张望出来，一见是盗首，遂立刻开门，让两人进内。小彪问道：

“那个姑娘关在哪里?”

“关在里面那个草棚内。”

小彪点了点头，含笑对伟荣努了努嘴，是叫他可以入内调戏的意思。伟荣和他握了握手，表示十二分感激，他遂轻轻地推进那个草棚内，里面光线十分暗淡，在初入内之时，简直有点儿伸手不见五指，原来一扇窗户上掩拢着一块黑窗帘布，所以伟荣也看不清楚里面有着宇瑞一个人。正在这时，小盗拿进一支烛火来，放在桌子上，便悄悄地掩门退了出去。伟荣这才看清楚宇瑞是被绑在一根木柱上，只见她两眼狠狠地向着自己，却一句也不说什么。伟荣心中不免有点儿奇怪，及至走上去一看，原来宇瑞的嘴上还塞了一块棉花，于是连忙伸手去把她取下了，微微地一笑，叫道：

“表妹，对不起，你真是太受一点儿委屈了。”

“哦！我道是谁来绑架了我，原来还是你闹的把戏，哈哈！你的手段真太高明了!”

宇瑞嘴里没有了棉花，她就“哦”了一声，用着讽刺的口吻，对他恨恨地说。伟荣因为她的手脚都缚在柱上，一点儿也动弹不得，这就大了胆子走上前去，把她下巴抬了一抬，笑嘻嘻地说道：

“表妹，你不要怪我手段高明，只怪你自己的心肠太狠。”

“哼！我的心肠狠在哪里？你说，你说!”

“那还用我说吗？可怜我这样真心地爱你，你到底爱不爱我?”

“原来我没有爱上你，你就用这种卑鄙手段来对付我吗？哈哈，哈哈!”

“表妹，你不要怕，我虽然绑架你到这里来，但是我根本没有害你的意思。我的目的，还是希望你能够可怜我，答应和我做一个永久的伴侣。”

“我觉得你是忘记了你是在什么公务机关里任职的人了，想不到你会用这一种方式来强迫我，那你完全是走错了道路。我老实对你说，你这种行为，恐怕将来会死无葬身之地、生无立足之地的。”

“表妹，但是我一切都为了你，你假使能答应我，我不是仍旧是一个良善的好百姓吗？假使你不肯答应我，那么你就造成我做一个犯罪的人了。”

伟荣说到这里，他忍不住伸手去抱住了她脖子，凑上嘴去，在她脸上啧啧地吻个不了。可怜宇瑞在这个环境之下，真好比虎落平阳被犬欺，龙困沙滩被虾戏了，她是气得倒竖了柳眉，眼睛里愤怒得几乎要冒出火星来了，娇斥道：

“伟荣，你这奴才，你简直不是人养出来的，想我爸爸待你不薄，你不思有所报答，反而恩将仇报，我问你的心肝在哪里？你……再敢胡闹，我可喊起来了。假使此案破了，我问你还有什么脸做人吗？”

“表妹，我老实对你说，你在这个荒僻的环境里，纵然是喊破了喉咙，恐怕也没有什么效用吧。现在我给你走两条路，一条是生路，一条是死路，你就在十分钟的时间里，随便你拣一条走吧！”

“哼！生路怎么走？死路又怎么走？我倒要向你请教请教了。”

“你立刻答应了我，就在这里和我洞房花烛，那么你就走的是一条生路。否则，我也不必多说，先把你奸污了，然后一刀杀死，看你到死还不能保全一个清白。表妹，你到底预备怎样？已经一分钟过去了，你快考虑吧！做人要随机应变一点儿，你此刻在我的手里，好像是一头羔羊，要杀就杀，要放就放，你的生命之权，都在我一句话之中，我劝你不要后悔莫及！”

伟荣说这几句话的时候，脸色是相当沉寂，眉宇间浮现了一股子杀气，表示给她个最后的考虑。宇瑞心中暗想：在这样冷静的地方，四周除了他们余党之外，还有什么人会同情我呢？真是喊爹不应，呼娘不理，假使和他一味地倔强，那么他这一个豺狼成性的奴才，也许真的会把我活活地害死。事到如此，也只好放一点儿柔媚的手腕来先迷恋他，且等我身子有了自由之后，再慢慢地设计脱逃便了。宇瑞想定主意，遂向他逗了一瞥勾人的媚眼，微笑道：

“表哥，我以为你对我虽然有一片痴心，不过在形式上看起来，好像总近乎是野蛮一点儿。”

“嗨嗨，表妹，你倒不要怪我手段野蛮呀，假使我不是这么地干，恐怕今生就永远不会得到你的相爱了。为了爱，这也叫我不得已而出此下策的。”

伟荣阴险地笑了一声，他很得意的神气，低低地回答。宇瑞却又平静了脸色，很认真地问道：

“那么照你这样子手段来对付我，难道就可得到我的相爱了吗？”

“不管你肯不肯爱上我，我今天非把你身子占了不可。”

宇瑞想不到伟荣说到这里，他竟像一头疯狂的狗在她胸部一阵子乱摸乱揉，他又偎上身子去，在她小嘴儿上紧紧地去接吻。宇瑞被她这么一来，她是痛恨到了极点，遂把小嘴一张，将伟荣的唇狠命地咬了一口，这一口咬下去，伟荣“啊呀”地尖叫了一声，只见他满口都染上了血渍。伟荣在伸手抹到一手都是鲜血的时候，他也恼羞成怒起来，遂在桌子上拉了一条皮鞭，先在壁上哗哗地抽了两记，表示做试验的样子，可怜宇瑞急得脸无人色，她就不顾一切地喊起救命来了。经她这么一叫喊，早已惊动了外面一个人，这个人就是黄志豪了。志豪在草屋门口徘徊了一会儿，心中暗想：自己手无寸铁，况且盗窟内必定人数众多，我若冒险入内，必遭毒害无疑，所以他是只等警局里派警到来，然后将他们一网打尽。谁知忽然间听到一阵女子叫喊救命的声音，其声至惨，一时循声而往，只见一扇窗户内用着黑窗帘布，隙缝内似乎有灯光透露出来。志豪急忙向内一张望，只一望真是出乎意料之外，他见一个西服男子手执皮鞭，恶狠狠地正在预备抽打一个被绑着的女子，那女子不是别人，正是留书出走的郑宇瑞。志豪瞧见了这一幕情景，他再也忍熬不住了，于是不管什么危险两个字，就破窗一跃而入，一个快步奔到伟荣面前，一拳向他胸口打去。伟荣猝不及防，“喔哟”一声，便仰天跌倒。宇瑞见窗外跳入的男子，定睛一瞧，想不到竟是志豪，这就乐得大叫道：

“志豪，你快先来救我，你快先来救我！”

志豪正欲俯身再给予以饱尝老拳，被宇瑞一叫，遂舍了伟荣，来救宇瑞，正在解脱绳索的时候，忽然背后有人大喝道：

“别动！”

志豪情知不妙，连忙回身，只见门外拥入五六个大汉，为首一人手执盒子炮，其余五人各执利刃，面目狰狞，一步一步地向志豪逼近过去。志豪在这个时候，也不得不举起手来，一步一步向后退下去。宇瑞瞧了，一颗芳心更是暗暗叫苦。志豪在退得无可再退的时候，他就停住了步。那时为首执盒子炮的那个盗首，也一步一步逼近到了志豪的面前，两人四目相接，真所谓仇敌相见，分外眼红。原来那个人不是别个，就是害死大为的陈小彪。当下小彪忍不住哈哈地大笑了一阵，万分得意的神气，说道：

“志豪，志豪，我因为惧你力大如此，所以避你远遁，想不到冤家有孽，你会自投罗网，这就叫你死而无怨的了。”

陈小彪正在得意扬扬，表示今日可以斩草除根的意思，但志豪就在他冷不防之间，飞起一腿，小彪“喔”了一声，那手中的盒子炮早已飞向半空去了。说时迟，那时快，志豪挥拳打去，这力量就像排山倒海似的，小彪向后一跌，后面小盗站脚不住，这就跌倒两三个，其余两个便向前扑上，小彪也已一跃而起，一阵子混打，把五六个小盗打倒一个，爬起一个。小彪偷偷地躲到志豪背后，把一把利刃在他大腿上猛可一刀，这才把志豪受伤捉住了。小彪走上去，不问情由先抽了他两记耳光，冷笑道：

“志豪，你虽然厉害，但是到底还逃不过我的手掌之中呀！”

“陈小彪，你这人面兽心的畜生，我生不能食汝之肉，死亦当夺汝之魄！”

“哈哈，哈哈！你这小子死在临头，还敢口出大言，真是不知羞耻，把他拉出去枪毙！”

“慢来，慢来！”

伟荣也不知在什么时候从地上爬起身子来，他走到小彪面前，却把他拦阻了，连说了两声慢来。小彪望了伟荣一眼，不解其意的神气，问道：

“为什么？你难道还给他讨情吗？要知道捉虎容易纵虎难，你不去加害他，恐怕他就会来加害你的。”

“哎！你们是什么话？我恨不得把他千刀万剐，方消我心头之恨，我如何还会代他讨情呢？”

“那么你的意思是……”

“我的意思，给他一枪打死了，那似乎太便宜了这小子，所以你给我把他绑在这个贱货的对面，让我慢慢地来收拾他。”

伟荣说这几句话的时候，他已忘记了人道，他无非只求内心痛快罢了。小彪对于伟荣的话是不敢不依顺的，当下点头赞成，就把志豪绑在宇瑞对面那根木柱上。伟荣又吩咐小盗把他的衣衫剥光，露着上身，志豪在平日也许还有挣扎的余地，但今日两腿先被他们用刀刺伤，因此就给他们随心所欲地摆布了。伟荣执了皮鞭，他是显出凶险的脸，向宇瑞望了一眼，冷笑着问道：

“你这贱货，你所以不肯爱我，你是不是爱上了这个杀坯？嗯？你不回答吗？大概默认了对不对？好，我今天就叫你亲眼见见你心爱的人吃点儿死不得活不能的苦头。”

伟荣一面说，一面就老实不客气地拉起皮鞭，在志豪身上结结实实狠命地抽打起来。皮鞭落在肉的身体上，嗒嗒地发出了很有节拍的声音。宇瑞在旁边瞧了，大叫着：“不要打，不要打！”但是宇瑞越喊，伟荣也越打得有劲，啪啪地好像是拼命一般的样子，打得伟荣额角上的汗点儿像雨水一般冒上来，相反地可知道志豪的浑身是已经血痕斑斑的了。

伟荣正在惨无人道地施行他的淫威，忽然听得一阵噼噼啪啪的枪声播送到了耳鼓。陈小彪和众小盗大家都惊慌起来，遂匆匆地奔到外面一间去。伟荣方才停止了抽打，他向志豪劈面一记耳光，冷笑道：

“你可知道曹大爷的厉害吗?”

“嗯！厉害得很，我真佩服你这种毒辣的手段!”

志豪到底是个学过武艺的人，所以虽然是满身都受了伤，但他还咬牙切齿地睁大了眼睛，狞笑着回答。这时，忽听外面枪声大作，好像在激战的样子。志豪明白是警察到了，他心里欢喜得什么似的，但伟荣却相当地吃惊，他不由呆呆地怔住了一会儿，忽然他上前把宇瑞松了绑，拉着她身子走到那个窗口旁去，是预备带了宇瑞一同逃走的意思。不料刚到窗口，窗帘掀处，有一支机关枪的口子伸了进来，同时有人喝道：

“不许动，站住，谁动一动，就打死了谁!”

伟荣和宇瑞都惊住了，这时窗外跳入数名警士，宇瑞一颗芳心是像小鹿般地乱撞，她在这时便急急地说道：

“诸位，这个就是盗首，你们快把他抓住了。”

众警士听了，遂把伟荣押起。宇瑞早已奔到志豪面前，她没有开口说话，先哇的一声哭了起来。另外两个警士连忙放下志豪，但志豪此刻已站脚不住，向地上跌倒了。宇瑞呜咽道：

“志豪，我害了你，我害了你，可怜你竟被他们毒害得这个样子了。”

“郑小姐，你不要这么说，这一点儿伤我还受得了。诸位先生，你们要如再迟来一步，只怕我真的没有性命了。”

志豪回头又向警士点头，表示感激的意思。就在这时，外面枪声渐息，一个警长匆匆入内，他手里还握了手枪，众警士报告盗首就擒，警长说外面也一网打尽，同时他一眼瞥见到伟荣的脸上，这就“呀”了一声，说道：

“什么？伟荣兄，你……你……就是盗首吗？”

“不，不，我是来救我表妹来的，他们把我误会捉住了。张老兄来得正好，快吩咐他们放了我。”

伟荣一见那警长，还想狡辩以脱罪名，宇瑞这就回身冷笑了一声，咬牙切齿奔上去，啪啪两记耳光，大骂道：

“你这不是人养的畜生，你……还能算是一个人吗？张警长，我告诉你，我叫郑宇瑞，我爸爸是财政局长郑世万，和你们局长是拜把子。他这狗奴才确实我的表兄，但是他为了追求我不遂，竟然知法犯法，串通土匪，将我绑架到此，预备实行非礼，幸而我这位朋友前来相救，方才免了我的受辱，但是可怜他自己却遭了他的毒手了。”

“啊！你……这位就是郑局长的女公子吗？真是有眼不识泰山，该死，该死！伟荣兄，你身为公务人员，竟糊涂到这个地步，恕我没有朋友之情，公事公办了。来，快把他戴上铐镣。”

张警长在听了宇瑞这一番话之后，便立刻堆下笑脸来，向她深深一鞠躬，表示不知者不罪的意思，但回头向伟荣说话的时候，却立刻又显出严肃的态度，冷冷地说着。这时，伟荣深悔莫及，也只好低首认罪了。这里宇瑞把志豪轻轻扶起坐在地上，见了他血痕斑斑的身子，她心头真有无限的肉疼，遂给他轻轻地披上衣衫，低低地问道：

“志豪，你能不能走路？”

“让我试试看，他妈的，这小子心如毒蛇，把我两腿都刺伤了。”

志豪一拐一拐地走了两步，皱了眉毛，咬牙切齿地痛恨着。宇瑞便扶着他走到外面，只见众盗都已就擒，上了手铐脚镣，志荣一见陈小彪，遂向警长说道：

“这个强盗还是我杀父仇人，到了局里，我们再详细地报告吧。”

张警长点头称是，把众盗押入警备车内，这里尚有前去报告的一辆汽车，遂给志豪、宇瑞坐着开回城去。到了城里，宇瑞先把志豪送入医院，她自己又急急地赶到警察局里。这时，郑世万夫妇以及宇华两小口子都已闻讯也到局里，当下见了宇瑞，便抱头大哭。世万更是懊悔不迭，向女儿连赔不是，一面又叫宇瑞详细报告经过，及至听到全靠志豪赶到相救，心中更加歉疚，一面又痛恨伟荣忘恩负义，非予以重办不可。

光阴匆匆，不觉已过旬日，志豪睡在医院里，伤势慢慢地已将复原了，他靠在床上，手里拿了一张报纸，见登着曹伟荣、陈小彪判处死刑的消息，他心里真有说不出的快慰，暗想：可怜我爸爸魂兮有知，当亦安慰九泉了。正在想时，忽听一阵脚步声，只见房外步入四个人来，一个是世万，一个是郑太太，还有一个是妹妹燕飞，和妹夫宇华。燕飞手里捧了一束鲜花，笑盈盈地插在桌子上的花瓶里，伏在床边，说道：

“哥哥，你报纸上的消息可曾见到了没有？血海大仇今日已报，我们也可以扬眉吐气的了。”

“是的，我们也总算对得住父母的了。妹妹，对于曹伟荣这个间接的仇人，我却还只有今天知道，妹妹为何当初不告诉我呢？”

“哥哥，你哪里知道，伟荣是个公务人员，他有相当势力，我怕告诉了哥哥，哥哥一定忍耐不住，万一报仇没有报到，却反而被他所害，这不是更叫父亲不安于九泉了吗？为了这样，我才不肯急急地向你告诉。”

“但天网恢恢，恶人焉有善果？今日判处死刑，也是罪有应得。”

志豪轻轻地叹了一口气，表示很感慨的样子回答。这时，世万也含笑走上来，低低叫了一声“舅少爷”。志豪本待不理睬，但人家既然这样客气，于是只好装作还只刚看见的模样，“呀”了一声，说道：

“不知老伯大驾到此，小侄有失远迎，真是罪该万死。”

“哪里哪里，舅少爷，老朽今日来此，一来探望贵体，二来负荆请罪，前时多有冒渎之处，还希海涵原宥，不胜感激。”

世万红了脸，打躬作揖，表示十分不好意思的样子，低低地回答。志豪心中虽然感到好笑，但想着前时所受之委屈，真是气愤，所以冷冷地说道：

“不敢，不敢。想老伯乃是堂堂局长，小侄本是贫苦小子，即有得罪于我，也何足道哉？”

“舅少爷，你何必还生气呢？一切总是我太不好了，脑子顽固，思想陈旧，不过现在我都想明白了，我对宇瑞也说过，以往的当它是个梦，未来的我们应该快点儿实现，只要你们欢喜，我做父亲的就不敢再放一声臭屁了。”

志豪听他这样说，分明是答应我们这一头婚姻的意思，意欲再向他抢白几句，但为了宇瑞的面子，他却说不出口来，这就低下头，默不作答。郑太太这时也笑着说道：

“舅少爷，你看他这个老骨头也说得很可怜了，你就马马虎虎看在我的面上，饶了他这一遭吧。”

“舅兄，你纵然不看在我们面上，但是你也得看在我姊姊的脸上呀！”

宇华在旁边也笑嘻嘻插嘴说，志豪方才抬起头来，向他们望了一眼，说道：

“过去的事，我们也不必再提起了。今日叫老伯、伯母亲自来慰问，我觉得是非常不敢当，而且又非常感激的。”

“这是理当如此，理当如此！”

世万连连说了这两句话，倒引得宇华好笑起来了。大家谈了一会儿，世万夫妇先告别回去，这里宇华方才对志豪笑道：

“舅兄，不，我已经可以称呼你姊丈了。说起来真有趣，那天从警局出来，姊姊还不肯回家，说她完全是死里逃生，根本她已经不是爸妈的女儿了，所以请爸妈还是把她当作死了的好。我妈听了，第一个先哭起来，幸亏爸爸门槛精，他立刻答应这头婚姻，并且将我骂一顿，说他本来就赞成，都是我把话传错了。啊呀！我的天呀！这叫我真有些冤枉，可是我为了你们，也只好受了一点儿委屈了。”

宇华絮絮地说了这么一大套的话，说到末了，倒引得志豪也有点儿赧赧然笑起来了。正在这个时候，忽然一阵皮鞋声，只见宇瑞咭咭咯咯地走进来，宇华笑道：

“姊姊，你为何姗姗来迟呀？爸妈也都来过了。”

“宇华，你不是说还要去买点儿东西吗？那么我们该早点儿走了。”

燕飞向宇华丢了一个眼风，笑盈盈地说。宇华会意，遂点了点头，向他们两人说声“再见”，便挽了燕飞的手，匆匆地走出房外去了。这里宇瑞放下手中的皮包，她慢慢地走到床边坐下了，秋波脉脉含情地凝望着他的脸，她有点儿凄婉而温情的口吻，低低地说道：

“志豪，你今天更好一点儿了吗？”

“嗯，我可说是完全好了，宇瑞，你干吗这样凄凉的样子？”

“这次要如你伤重不救的话，那叫我怎么能对得起你？”

“可是，我这顽强的贱躯还受得了这一点点皮伤，你看，我不是完全好了吗？”

“这是你良心好，所以很厉害的伤会好得那么快，其实你这次的伤，在我瞧着是已经觉得够惨的了……”

宇瑞说到这里，眼皮一红，她一阵子悲酸，眼泪已经夺眶流了下来。志豪心中有点儿感动，遂把她手轻轻地抚摸了一会子，微微地笑道：

“好在我们能够平平安安地都没有遭到意外的危险，这到底还是一件喜欢的事。宇瑞，你不要难过呀！”

“我遭到两次危险，都是你舍命相救的，我想我这条性命，该是归你所有的了。”

志豪听到这里，心中不免荡漾了一下，对她忍不住微微地一笑，但宇瑞的娇容已像桃花般地红晕起来，垂了螓首，显然是万分羞涩的样子。志豪于是又低低地说道：

“但是你这次的出走，我所负的责任也太重大了，你爸爸要把我押起来，说我拐走了你，当时那就叫我弄得啼笑皆非了。”

“唉，我觉得自己真是个不祥人，几次三番，就只管累你受委屈。”

“不，你为什么要这样说？虽然我是有点儿啼笑皆非，不过我总还觉得有点儿荣幸。宇瑞，你对我这一份情意，我除了感激之外，我也没有什么话可以对你说了。”

“在我俩之间，似乎不需要再说什么感激的话了。志豪，我爸爸这样无礼对待你，但是你心中恨不恨他呢？”

“我为了你，虽然有点儿恨，但也不恨什么了。”

“志豪，我太感激你了。”

“怎么你又说感激了？你不是说我俩之间是用不到说感激两字吗？”

“是的，我这人就太健忘了。”

宇瑞乌圆眸珠一转，她忍不住微微地笑了。

太阳已偏西了，黄昏已笼罩了大地，在紫褐色的天空里，映现了一钩新月。宇瑞偎在志荣的怀里，她低低念道：

“宛如待嫁闺中女，知有团圆在后头。”

“恐怕不必在后头，就在眼前了吧。”

宇瑞逗给他一个娇嗔，却赧赧然地垂下粉脸来。志豪也微微地笑了。两人此刻的心头是衔了一块糖样甜蜜，觉得这广阔的世界是只有他们两人所有的。

附　录

从鸳鸯蝴蝶派谈到冯玉奇小说

裴效维

《民国通俗小说典藏文库·冯玉奇卷》将收录冯玉奇的百余种小说作品，此举极其不易。现在，我愿以这篇文章给出版者呐喊助威。尽管我人微言轻，但我毕竟是一个中国文学的研究者，为鸳鸯蝴蝶派说些公道话是我的责任。

冯玉奇是一位鸳鸯蝴蝶派作家，因此我们要想了解冯玉奇，必须首先厘清有关鸳鸯蝴蝶派的一些问题。

一、何谓鸳鸯蝴蝶派

鸳鸯蝴蝶派作家平襟亚在《关于鸳鸯蝴蝶派》（署名宁远）一文中对鸳鸯蝴蝶派的来历说得很清楚：

> 鸳鸯蝴蝶派的名称是由群众起出来的，因为那些作品中常写爱情故事，离不开“卅六鸳鸯同命鸟，一双蝴蝶可怜虫”的范围，因而公赠了这个佳名。
>
> ——载香港《大公报》1960年7月20日

可见鸳鸯蝴蝶派并不是一个有组织有宗旨的小说流派，而是因为当时流行的言情小说多写一对对恋人或夫妻如同鸳鸯蝴蝶般相亲相爱，形影不离，因而民间用鸳鸯蝴蝶小说来比喻这种言情小说，那么这种言情小说的作家群当然也就是鸳鸯蝴蝶派了。这种说法应该是可信的，因为民间常用鸳鸯和蝴蝶来比喻恋人或夫妻，很多民间文学作品中不乏其例。这一比喻非常形象生动，但并无褒贬之意，因此不胫而走。

传到新文学家那里，便加以利用，并赋予贬义，作为贬低对手的武器。但新文学家对鸳鸯蝴蝶派的界定并不一致，大致有两种看法。

一种看法认同民间的比喻说法，即将鸳鸯蝴蝶派小说局限为通俗小说中的言情小说，将鸳鸯蝴蝶派局限为言情小说作家群。鲁迅是这种看法的代表，他在 1922 年所写的《所谓“国学”》一文中说：“洋场上的文豪又作了几篇鸳鸯蝴蝶派体小说出版”，其内容无非是“‘卿卿我我’‘蝴蝶鸳鸯’”（载《晨报副刊》1922 年 10 月 4 日）。又于 1931 年 8 月 12 日在社会科学研究会做了《上海文艺之一瞥》的长篇演讲，其中对鸳鸯蝴蝶派小说更做了形象而精辟的概括：

> 这时新的才子 + 佳人小说便又流行起来，但佳人已是良家女子了，和才子相悦相恋，分拆不开，柳阴花下，像一对蝴蝶、一双鸳鸯一样。
>
> ——连载于《文艺新闻》第 20、21 期

此外，周作人、钱玄同也持这种看法。周作人于 1918 年 4 月 19 日在北京大学文科研究所小说研究会做《日本近三十年小说之发达》的演讲中，就说现代中国小说“还有《玉梨魂》派的鸳鸯蝴蝶体”（载《新青年》第 5 卷第 1 号）。次年 2 月，周作人又发表《中国小说里的男女问题》（署名仲密）一文，认为“近时流行的《玉梨

魂》，虽文章很是肉麻，（却）为鸳鸯蝴蝶派小说的鼻祖”（载《每周评论》第5卷第7号）。与周作人差不多同时，钱玄同在1919年1月9日所写的《“黑幕”书》一文中也说：“人人皆知‘黑幕’书为一种不正当之书籍，其实与‘黑幕’同类之书籍正复不少，如《艳情尺牍》《香闺韵语》及‘鸳鸯蝴蝶派小说’等等皆是。”（载《新青年》第6卷第1号）这种看法后来被人称之为“狭义的鸳鸯蝴蝶派”看法。

另一种看法却将鸳鸯蝴蝶派无限扩大，认为民国年间新文学派之外的所有通俗小说作家都是鸳鸯蝴蝶派，他们的所有通俗小说都是鸳鸯蝴蝶派小说。这种看法的代表人物是瞿秋白和茅盾。瞿秋白从小说的内容方面来扩大鸳鸯蝴蝶派小说的范围，他在《财神还是反财神》一文中说，“什么武侠，什么神怪，什么侦探，什么言情，什么历史，什么家庭”小说，都是鸳鸯蝴蝶派小说（见人民文学出版社1953年10月版《瞿秋白文集》）。茅盾则从小说的形式方面来扩大鸳鸯蝴蝶派小说的范围，他在《自然主义与中国现代小说》一文中认定鸳鸯蝴蝶派小说包括“旧式章回体的长篇小说”“不分章回的旧式小说”“中西合璧的旧式小说”“文言白话都有”的短篇小说（载1922年7月《小说月报》第13卷第7号）。这种看法后来被人称之为“广义的鸳鸯蝴蝶派”看法，而且逐渐成为主流看法，以致后来的文学研究者都接受了这种看法。

新文学家不仅在鸳鸯蝴蝶派的界定问题上分成了两派，而且在鸳鸯蝴蝶派的名称上也花样百出。如罗家伦因为徐枕亚等人好用四六句的文言写小说，便称其为“滥调四六派”（见署名志希的《今日中国之小说界》，载1919年《新潮》第1卷第1号），但无人响应。郑振铎因为《礼拜六》杂志为鸳鸯蝴蝶派的主要刊物之一，便称其为“礼拜六派”（见署名西谛的《新文学观的建设》一文，载1922年5月21日《文学旬刊》第38号）。这一说法得到了周作人、茅盾、瞿秋白、朱自清、阿英、冯至、楼适夷等人的响应，纷纷采用，以致使用频率越来越高，知名度越来越大，终于成为鸳鸯蝴蝶派的别称了。于是“鸳鸯蝴蝶派”和“礼拜六派”两个名称便被新文学家所滥用。如郑振铎在《新文学观的建设》一文中称“礼拜六派”，而在《〈文学论争集〉导言》一文中却称“鸳鸯蝴蝶派”（见上海良友图书公司1935年10月出版的《新文学大系·文学论争集》卷首）。还有人在同一篇文章里既称鸳鸯蝴蝶派，又称礼拜六派。如阿英在1932年所写的《上海事变与鸳鸯蝴蝶派文艺》一文中说：张恨水的所谓“国难小说”，与“礼拜六派的作品一样，是鸳鸯蝴蝶派的一体”，“充分地说明了鸳鸯蝴蝶派的作家的本色而已”（见上海合众书店1933年6月出版的《现代中国文学论》）。

茅盾在20世纪70年代觉得统称鸳鸯蝴蝶派或礼拜六派都不合适，于是提出了一个折中的看法，他在《紧张而复杂的生活、学习与斗争（上）——回忆录（四）》中说：

> 我以为在“五四”以前，“鸳鸯蝴蝶派”这名称对这一派人是适用的。……但在“五四”以后，这一派中有不少人也来“赶潮流”了，他们不再老是某生某女，而居然写家庭冲突，甚至写劳动人民的悲惨生活了，因此，如果用他们那一派最老的刊物《礼拜六》来称呼他们，较为合式。
>
> ——载1979年8月《新文学史料》第4辑

事实是该派在“五四”前后没有根本变化，都是既写言情小说，又写其他小说，将其人为地腰斩为两段，既显得武断，又无法掩盖当时的混乱看法。

这些混乱的看法导致后来的文学研究者无所适从：或沿用“鸳鸯蝴蝶派”的说法（如北大本《中国文学史》和《中国小说史稿》、

复旦本《中国文学史》和《中国近代文学史稿》等）；或沿用“礼拜六派”的说法（如山东师院本《中国现代文学史》等）；或干脆别出心裁地称之为“鸳鸯蝴蝶—礼拜六派”（见汤哲声《鸳鸯蝴蝶—礼拜六小说观念的价值取向及其评价》，载《苏州大学学报》1992年第2期）。这可真算是中国小说史上的一出有趣的滑稽戏了。

二、如何评价鸳鸯蝴蝶派

鸳鸯蝴蝶派的开山作品是1900年陈蝶仙的言情小说《泪珠缘》，因此鸳鸯蝴蝶派应该是指言情小说派，这也就是后来的所谓“狭义的鸳鸯蝴蝶派”，但被新文学家扩大为“广义的鸳鸯蝴蝶派”，实际上也就是民国通俗小说派。

鸳鸯蝴蝶派与同时期的“南社”不同，既没有组织，也没有纲领，而是一个在思想倾向和艺术风格上大体相同或相近的小说流派，连“鸳鸯蝴蝶派”这一招牌也是别人强加给它的。然而客观地说，鸳鸯蝴蝶派确实是一个产生过巨大影响的小说流派。在“五四”以前的近二十年间，它几乎独占了中国文坛；在“五四”以后的三十年间，虽然产生了新文学，但新文学只是表面上风光，而鸳鸯蝴蝶派却一派兴旺发达景象。我对“广义的鸳鸯蝴蝶派”做过不完全的统计：该派作家达数百人，较著名者有一百余人，所办刊物、小报和大报副刊仅在上海就有三百四十种，所著中长篇小说两千多种，至于短篇小说、笔记等更难以计数。在此前的中国文学史上，还没有哪个文学流派有过如此宏大的规模，产生过如此巨大的影响。

鸳鸯蝴蝶派由于规模宏大，又处在历史的一个巨变时期，其成员的确鱼龙混杂，其作品也良莠不齐，但总体来说，它形象地记录了中国二十世纪前五十年的历史，为中国读者提供了丰富的精神食粮，对中国小说的传承起过积极作用，因此应该给予充分的肯定。

鸳鸯蝴蝶派小说已经不是中国传统通俗小说的复制，而是一种改良的通俗小说。在形式方面，它既采用章回体，也采用非章回体，甚至采用了西洋小说的日记体、书信体等，至于侦探小说则更是完全模仿自西洋小说。在艺术手法方面，受西洋小说的影响非常明显，如增加了人物形象和景物描写，结构与叙事方式也趋于多样化，单线和复线结构并用，第三人称和第一人称叙述法兼施，还采用了倒叙法和补叙法。在内容方面，鸳鸯蝴蝶派小说已经扩大了描写范围，反映了当时社会生活的各个方面，甚至已经紧跟时事，及时反映当前的社会现实，被称为“时事小说”。如李涵秋的《广陵潮》描写辛亥革命，而他的《战地莺花录》则描写五四运动，这种及时反映当时发生的重大政治事件的小说，与多写历史故事的古代小说完全不同，显然是一大进步。鸳鸯蝴蝶派的言情小说，也不同于古代的才子佳人小说，而是一种新才子佳人小说。古代的才子佳人小说因面对森严的封建礼教，只能写才子与佳人偶尔一见钟情，以眉目传情或诗书传情的方式进行交流，最后皆是有情人终成眷属的大团圆结局。而这种大团圆结局完全是人为的：或出于巧合，或由于才子金榜题名，皇帝御赐完婚，这就完全回避了封建包办婚姻的问题。而民国年间的封建礼教已经在一定程度上松绑，尤其像上海、北京等大城市得风气之先，恋爱自由和婚姻自主思想已经渐入人心。因此有些鸳鸯蝴蝶派的言情小说也突破了古代才子佳人小说的窠臼，才子佳人已经敢于“相悦相恋，分拆不开，柳阴花下，像一对蝴蝶、一双鸳鸯一样”。其结局也不再全是有情人终成眷属的大团圆，而是“有时因为严亲，或者因为薄命，也竟至于偶见悲剧的结局……这实在不能不说是一个大进步”（鲁迅《上海文艺之一瞥》，连载于1931年7月27日、8月3日《文艺新闻》第20、21期）。言情小说由大团圆结局到悲剧结局的确是一个大进步，因为前者是回避封建包办婚姻礼制，而后者是控诉封建包办婚姻礼制。而这一进步的开创者是曹雪芹和高鹗，他们在《红楼梦》里所写的婚姻差不多都是悲剧。因此胡适称赞《红楼梦》不仅把一个个人物“都写作悲剧的下场”，而且最后“作一个大悲剧的结束，打破了中国小说的团圆迷信”（《〈红楼梦〉考证》，见1923年亚东图书馆版《胡适文存》）。可见鸳鸯蝴蝶派的言情小说在一定程度上继承了《红楼梦》开创的爱情婚姻悲剧模式，因而具有相当的反封建意义。我们可以徐枕亚的《玉梨魂》为例加以说明，因为该小说被新文学家指为鸳鸯蝴蝶派的代表性作品。

《玉梨魂》的故事很简单——清末宣统年间，小学教员何梦霞与年轻寡妇白梨影相爱，但两人均认为他们的这种行为是不道德的。为了得到感情的解脱，白梨影想出个“移花接木”的办法，即撮合何梦霞与自己的小姑崔筠倩订了婚。然而何梦霞既不能移情于崔筠倩，白梨影也无法忘情于何梦霞，结果造成了一连串的悲剧——白梨影在爱情与道德的激烈冲突下郁郁而死；崔筠倩因得不到何梦霞之爱而离开了人世；白梨影的公公因感伤女儿、儿媳之死而一病身亡；白梨影的十岁儿子鹏郎成了孤儿。何梦霞为排遣苦闷，先赴日本留学，继又回国参加了辛亥武昌起义（即辛亥革命），壮烈牺牲。

《玉梨魂》不仅描写了一个爱情婚姻悲剧，而且不同于一般的爱情婚姻悲剧。一般的爱情婚姻悲剧都是由封建势力造成的，即由包办婚姻造成的；而《玉梨魂》所写的爱情婚姻悲剧，其原因却是何梦霞和白梨影自身的封建道德。他们既渴望获得恋爱自由和婚姻自主的权利，又不能摆脱封建道德和封建礼教的束缚，两者激烈冲突，造成三死一孤的惨剧。从而揭露了封建道德和封建礼教的影响力是多么巨大，它已深入人们的骨髓，使其不能自拔。因此，它的反封建意义比一般的爱情婚姻悲剧更为深刻。

其实，新文学阵营也不是铁板一块，虽然大多数新文学家对鸳鸯蝴蝶派全盘否定，但也有少数新文学家态度比较客观，他们对鸳鸯蝴蝶派也给予一定的肯定。鲁迅是其中最突出的一位，他不仅认为某些鸳鸯蝴蝶派的悲剧言情小说是“一大进步”，而且不同意某些新文学家对鸳鸯蝴蝶派消极影响的夸大其词。他说：

> 至于说他流毒中国的青年，那似乎是过虑。倘有人能为这类小说所害，则即使没有这类东西也还是废物，无从挽救的。与社会，尤其不相干，气类相同的鼓词和唱本，国内非常多，品格也相像，所以这些作品也再不能“火上添油”，使中国人堕落得更厉害了。
>
> ——《关于〈小说世界〉》，载《晨报副刊》1923年1月15日

这种客观的观点与前述周作人无限夸大鸳鸯蝴蝶派作品能使国民生活陷入“完全动物的状态”乃至“非动物的状态”的观点形成了鲜明对比。当抗日战争爆发后，鲁迅更提倡文学界的抗日统一战线，主张团结鸳鸯蝴蝶派一起抗日。他说：

> 我以为文艺家在抗日问题上的联合是无条件的，只要他不是汉奸，愿意或赞成抗日，则不论叫哥哥妹妹，之乎者也，或鸳鸯蝴蝶都无妨。但在文学问题上我们仍可以互相批判。
>
> ——《答徐懋庸并关于抗日统一战线问题》，载《作家》月刊第1卷第5期

鲁迅不仅提倡团结鸳鸯蝴蝶派一起抗日，而且主张新文学派与鸳鸯蝴蝶派在文学问题上“互相批判”，这种平等对待鸳鸯蝴蝶派的度量，也与那些视鸳鸯蝴蝶派如寇仇，必欲置诸死地而后快的新文学家形成了鲜明对比。

对鸳鸯蝴蝶派给予肯定的不只鲁迅，还有朱自清和茅盾。朱自

清认为供人娱乐是中国传统小说的特点，因此不赞成将“消遣”作为罪状来批判鸳鸯蝴蝶派小说。他说：

在中国文学的传统里，小说……更是小道中的小道，就因为是消遣的，不严肃。不严肃也就是不正经，小说通常称为“闲书”，不是正经书。……鸳鸯蝴蝶派的小说意在供人们茶余酒后的消遣，倒是中国小说的正宗。

——《论严肃》，载《中国作家》创刊号

茅盾也承认鸳鸯蝴蝶派小说也“写家庭冲突，甚至写劳动人民的悲惨生活”。他还从艺术性方面对鸳鸯蝴蝶派小说给予一定肯定。他认为鸳鸯蝴蝶派的有些长篇小说“采用西洋小说的布局法”，如倒叙法、补叙法，以及人物出场免去套语、故事叙述“戛然收住”等等，这一切是对“旧章回体小说布局法的革命”。还认为鸳鸯蝴蝶派的有些短篇小说学习了西洋短篇小说“截取一段人生来描写，而人生的全体因之以见”的方法：“叙述一段人事，可以无头无尾；出场一个人物，可以不细叙家世；书中人物可以只有一人；书中情节可以简至只是一段回忆。……能够学到这一层的，比起一头死钻在旧章回体小说的圈子里的人，自然要高出几倍。”（《自然主义与中国现代小说》，载1922年7月10日《小说月报》第13卷第7号）

鲁迅、朱自清、茅盾毕竟属于新文学派，因此他们对鸳鸯蝴蝶派的肯定是有限的。我们应该摆脱成见与束缚，从中国文学史的角度，对鸳鸯蝴蝶派做出客观公正的评价。

三、如何看待冯玉奇的小说

我们澄清了以上有关鸳鸯蝴蝶派的三个问题，等于为介绍冯玉奇的小说提供了一个坐标，也等于为读者提供了一把参照标尺。读者用这把标尺，就可自行评判冯玉奇的小说了。

冯玉奇于1918年左右生于浙江慈溪，笔名左明生、海上先觉楼、先觉楼，曾署名慈水冯玉奇、四明冯玉奇、海上冯玉奇。据说他毕业于浙江大学（一说复旦大学）。1937年九一八事变后寄居上海，感山河破碎，国事蜩螗，开始写作小说以抒怀。其处女作为《解语花》，由上海春明书店出版。出版后旋即由东方书场改编为同名话剧，演出后轰动一时。那时他才十九岁。由此一发而不可收，至1949年7月《花落谁家》出版，在短短十来年时间里，他创作的小说竟达一百九十多种，平均每年近二十种，总篇幅应该不少于三千万字，只能用“神速”来形容。这时他只有三十一岁。近现代文学史料专家魏绍昌先生（已去世）所编《鸳鸯蝴蝶派研究资料（史料部分）》（上海文艺出版社1962年10月出版）开列的《冯玉奇作品》目录只有一百七十二种，也有遗珠之憾。不过我们从这一目录中仍可确定冯玉奇是一位以写言情小说为主的通俗小说作家，因为在一百七十二种小说中，言情小说占有一百二十二种，其他小说只有五十种：社会小说三十四种、武侠小说十四种、侦探小说两种。

冯玉奇不仅是一位写作神速且极为多产的通俗小说作家，还是一位热心的剧作家和剧务工作者。早在他二十六岁（1944年）时，就担任了越剧名伶袁雪芬的雪声剧团的剧务，并为之创作了《雁南归》《红粉金戈》《太平天国》《有情人》《孝女复仇》五大剧本，演出效果全都甚佳。在他二十七到二十八岁（1945～1946）时，又与他人合作，前后为全香剧团和天红剧团编导了《小妹妹》《遗产恨》《飘零泪》《义薄云天》《流亡曲》等二十多个剧本，演出效果同样甚佳。可见冯玉奇至少写过十几个剧本。

冯玉奇一生所写的小说和剧本总计不下两百五十种，总篇幅可能达到四千万字以上，是名副其实的“著作等身”，是当之无愧的中国最多产的作家，号称多产的同派小说家张恨水也难望其项背。当时的文学作品已是一种特殊商品，冯玉奇的小说如此畅销，其剧本演出又如此轰动，这足可以证明其受人欢迎，这就是读者和观众对冯玉奇的评价，它比专家的评价更为准确，也更为重要。遗憾的是，我们无法看到他的剧作和三十岁以后的作品，也不知其晚景如何，卒于何年。

从冯玉奇的生活年代和创作时段来看，他显然是鸳鸯蝴蝶派的后起之秀，所以尽管他作品如此之多，影响如此之大，而同派的老前辈却很少提到他，这也是“文人相轻”的表现之一。

按说要介绍冯玉奇的小说，应该将其全部小说阅读一遍，但我没有这么多时间，也没有这么大精力，因而只向中国文史出版社借阅了《舞宫春艳》《小红楼》《百合花开》三种，全都是言情小说。因此我只能以这三种言情小说为例加以介绍，这可能会犯以偏概全的错误，因此只能供读者参考。

《舞宫春艳》写了两个纠缠在一起的爱情婚姻悲剧故事：苏州富家子秦可玉自幼与邻居豆腐坊之女李慧娟相恋，由于门第悬殊，秦可玉被其父禁锢，二人难圆成婚之梦。不幸李慧娟生下了一个私生女鹃儿，只好遗弃，自己则郁郁而死。鹃儿被无赖李三子收养，长大后卖到上海做伴舞女郎，改名卷耳。中学生唐小棣先是爱上了姑夫秦可玉家的婢女叶小红，不料叶小红失踪，于是移情于卷耳，但无钱为卷耳赎身，两人感到婚姻无望，于是双双吞鸦片自尽。

《小红楼》的故事紧接《舞宫春艳》：曾经被唐小棣爱过的叶小红的失踪，原来也是被无赖李三子拐卖为伴舞女郎，小棣、卷耳自杀后，小红才被救了回来，并被秦可玉认为义女。经苏雨田介绍，与辛石秋相识相恋而订婚。同时石秋的姨表妹巢爱吾也爱石秋，但石秋既与小红订婚在先，便毅然与小红结婚。爱吾为了摆脱难堪的地位，离家出走，下落不明。石秋奉父命赴北平探望二哥雁秋，在火车站被人诬陷私带军火，被军人押到司令部。可巧爱吾此时已成为张司令的干女儿兼秘书，便设法救了石秋一命。但张司令强迫石秋与爱吾结婚，二人既不敢违命，又固守道德，便以假夫妻应付。后来石秋回到家里，终于与小红团聚。

《百合花开》写了两个紧密相关的爱情婚姻故事：二十岁的寡妇花如兰同时被四十二岁的教育家盖季常和十八岁的革命青年盖雨龙叔侄俩所爱，而盖季常的十六岁侄女盖云仙又同时被三十六岁的银行家杨如仁和十九岁的革命青年杨梦花父子俩所爱。经过许多曲折后，终于两位长辈让步，盖雨龙与花如兰、杨梦花与盖云仙同场结婚。

由以上简单介绍可知，冯玉奇的这三种小说共写了五个爱情婚姻故事，其中两个是悲剧结局，三个是有情人终成眷属。这正如鲁迅所说："有时因为严亲，或者因为薄命，也竟至于偶见悲剧的结局……这实在不能不说是一个大进步。"其次，这三种小说的五个爱情婚姻故事，倒有四个是三角爱情婚姻故事，但它们的情况并不雷同。唐小棣、叶小红、卷耳的三角恋是一男爱二女，辛石秋、叶小红、巢爱吾的三角恋是两女爱一男，而盖季常、盖雨龙、花如兰和杨如仁、杨梦花、盖云仙的三角恋更为异想天开，竟然都是两辈嫡亲男人（叔侄、父子）同爱一个女子。可见冯玉奇极有编故事的才能，从而使作品更具吸引力和娱乐性。又次，这三种言情小说的描写极为干净，没有任何色情描写。除了秦可玉与李慧娟有私生女外，其他人都非礼勿言，非礼勿行。如辛石秋与叶小红因婚礼当天石秋之母去世，为了守孝，新婚夫妻在百日之内没有圆房。而辛石秋与姨表妹巢爱吾为了对得起叶小红，虽被张司令强迫成亲，却只做了几天假夫妻。

从表现形式和艺术手法来看，我觉得冯玉奇的小说与当时新文学的新小说都受了西洋小说的影响，基本相同。譬如：两者都突破了传统小说书名的套路，不拘一格，尤其采用了一字书名和二字书名，如冯玉奇有《罪》《孽》《恨》《血》和《歧途》《逃婚》《情奔》等；而巴金有《家》《春》《秋》，茅盾有《幻灭》《动摇》《追求》。两者的对话方式也突破了传统小说的套路，灵活自如：对话既可置于说话者之后，也可置于说话者之前，还可将说话者夹在两句或两段话之间。至于小说的结构法、叙述法与描写法，更是差不多的。譬如人物描写不再是“沉鱼落雁”“闭月羞花”“倾国倾城”之类的千人一面，景物描写也不再是“落红满地”“绿柳成荫”“玉兔东升”之类的千篇一律，而加以具体描绘。这里随便举一个例子：

> 小红坐在窗旁，手托香腮，望着窗外院子里放有一缸残荷，风吹枯叶，瑟瑟作响。墙角旁几株梧桐，巍然而立。下面花坞上满种着秋海棠，正在发花，绿叶红筋，临风生姿，可惜艳而无香，但点缀秋色，也颇令人爱而忘倦。

这是《小红楼》对莲花庵一角的景物描绘，虽然算不上十分精彩，但作者通过小红的眼睛描绘了院中的三样东西——风吹作响的“枯荷”、巍然挺立的“梧桐”、正在开花的“海棠”，从而衬托出莲花庵幽静的环境，曲折地表明了时在秋季。频繁使用巧合手法是冯玉奇小说的显著特点，可以说把所谓“无巧不成书”用到了极致。巧合手法有助于编织故事，缩短篇幅，增加作品的吸引力等，但使用过多则时有破绽，有损于作品的真实性。冯玉奇的某些小说也采用了章回体，但只是标题用“第×回”和对偶句，“却说”“且听下回分解”之类的套语已不再经常出现，因此并非章回体的完全照搬。况且章回体并非劣等小说的标志，它在我国小说史上发挥过巨大作用，产生过杰出的四大古典小说。因此用章回体来贬低冯玉奇的小说，也是毫无道理的。

冯玉奇的小说也有明显的缺点。它们与其他鸳鸯蝴蝶派小说一样，主要注重小说的娱乐性，而忽视小说的社会性和艺术性，因此没有产生杰出的作品。他是南方人而小说采用北方话，加之写作速度太快，无暇深思熟虑，导致语言不够流畅，用词不够准确，还有许多错别字和语病。还有使用“巧合”法太多，有时破绽明显，这里不再举例。

总而言之，冯玉奇既不是“黄色”和“反动”小说家，也不是杰出小说家，而是一位勤奋多产、有益无害的通俗小说家，他应在中国小说史尤其是中国现代小说中占有一席之地。

2017 年 6 月 4 日于北京蜗居

图书在版编目(CIP)数据

茜纱窗下·情海恩仇/冯玉奇著. —北京:中国文史出版社,2018.3

(民国通俗小说典藏文库·冯玉奇卷)

ISBN 978-7-5205-0007-4

Ⅰ.①茜… Ⅱ.①冯… Ⅲ.①长篇小说-小说集-中国-现代 Ⅳ.①I246.5

中国版本图书馆CIP数据核字(2018)第008311号

点　　校:清寒树　旷　野

责任编辑:牟国煜

出版发行:中国文史出版社

网　　址:http://www.chinawenshi.net

社　　址:北京市西城区太平桥大街23号　邮编:100811

电　　话:010-66173572　66168268　66192736(发行部)

传　　真:010-66192703

印　　装:廊坊市海涛印刷有限公司

经　　销:全国新华书店

开　　本:720×1020　1/16

印　　张:19　　　字数:244千字

版　　次:2018年3月第1版

印　　次:2018年3月第1次印刷

定　　价:56.00元